『美しき魔王』

ジョウの背すじが、ざわりと騒いだ。室内には血の匂いが充満している。
(35ページ参照)

ハヤカワ文庫JA

〈JA956〉

クラッシャージョウ⑦

美しき魔王

高千穂　遙

早川書房

6474

カバー／口絵／插絵　安彦良和

目次

美しき魔王

第一章　惨劇の病棟

1

「起きてる？　ジョウ」

　なんの前触れもなくドアが勢いよくひらき、そこからアルフィンが、その愛らしい顔をひょいと突きだした。

　覗《のぞ》きこむようなしぐさである。長い金髪が、軽やかな音を響かせて宙を舞う。ジョウは、とりとめもなくつづいていた夢想を破られ、額に小さなしわを寄せながら、うっすらと目をあけた。

　もう、そんな時間か。

　首をめぐらし、ジョウはそう思った。面会が許されるのは、午後になってからだ。午前中は、朝食と軽い検査と睡眠に費《つい》やされる。睡眠は、とくに心地よい。どうやらきょうも、夢ともうつつともつかぬ状態で横になっているうちに、一日の三分の一が過ぎ去ってしまったようだ。

「眠そうね」

いたずらっぽい笑みを浮かべて、アルフィンが病室内に入ってきた。

腕をうしろにまわし、首をほんの少しななめに傾けている。真っ赤なクラッシュジャケットの色彩が鮮やかだ。白一色の殺風景な病室が、うってかわって華《はな》やいだものになった。

「寝てばかりだと、からだがなまるぜ」

アルフィンにつづいて、リッキーも入ってきた。リッキーは壁のスイッチを押して、ドアを閉めた。それを見て、ジョウはタロスがまだグレーブに戻っていないことを知った。タロスは修理の完了した〈ミネルバ〉を引き取りに、ドンゴとドルロイへ行っている。きょうあたり帰ってくる予定になっていたが、仕上がり次第では、帰還が何日か遅れる可能性もあった。

「気分どう?」

ベッド脇の椅子《いす》に腰をおろし、アルフィンが訊《き》いた。これはいつものせりふである。

ジョウは答えるかわりに軽く肩をすぼめ、ついでに左手でベッドのレバーを操作した。マットレスの頭側、約三分の一がジョウの上体をのせたままゆっくりと起きあがった。

「下で聞いてきたよ」リッキーが言った。

「あと一週間で退院できるんだって？」

「ああ」

ジョウはうなずき、まだぼんやりしている目をリッキーのほうに向けた。マットレスは七十度くらいの傾斜になっている。毛布がずり落ち、腰のあたりに段になって溜《た》まった。ジョウは無意識に、その毛布の塊《かたまり》を指先でもてあそんだ。

あと一週間か。

しみじみと、その意味を噛《か》みしめた。今朝、退院の日が正式に決まった。ジョウはこの日を三か月待った。朗報は回診の際にエドリア婦長によってもたらされた。そのときは、とつぜんのことでもあり、ぴんとこなかった。しかしいま、リッキーの口からあらためてそれを告げられると、何かこうジョウの体内に震えるような歓びが湧きあがってくる。待ちこがれ、永久にこないのではとまで思われていたその日が、ついにめぐってきた。

思えばひどい火傷《やけど》だった。一瞬の短い炎だったが、ジョウの背中のかなりの部分を炭化させるのには、必要にして十分な炎であった。手首の通信機から発信されたままになっていた電波をトレースしてアルフィンと救急隊が駆けつけてきたのは、ジョウが気を失ってから三時間以上もあとのことだった。すぐにその場で応急処置がなされ、それからジョウはエアカーでリーベンバーグ市内の病院に収容された。ショック状態で虫の息だったが、応急処置が効を奏し、奇跡的に命はとりとめた。そして、一週間の基礎治療の後、ジョウは形成手術とリハビリテーションのため、惑星グレーブにある、このパスツール記念財団医科大学付属病院に送られてきた。パスツール記念財団には、豊富な資金を持つクラッシャー評議会が毎年多額の寄付をおこなっており、入院を要するクラッシャーの患者は、すべてここに送られることになっている。この病院で、ジョウは数十回に及ぶ皮膚移植手術を受け、三か月後のきょう、ようやく退院できるところまで回復した。

「気のせいか、顔色がいいわね」

アルフィンが言った。声が明るい。言葉が弾《はず》んでいる。ここのところ浮かない表情をしていたアルフィンだが、きょうは違った。機嫌がいい。退院のことを知らされたからだろう。休暇も一、二週間くらいなら楽しいが、三か月もつづくと、さすがに飽《あ》きてしまう。しかも、グレーブはあきれるほどに退屈な惑星だ。娯楽設備といえば、映画館にスポーツジム。それに海洋リゾートの施設くらいだろう。健全といえば健全だ。しかし、ありきたりで刺激に乏しい。パスツール記念財団という福祉団体が管理している惑星だから、これも当たり前と理解することはできるが、アルフィンは常に修羅《しゅら》場《ば》に身を置いているクラッシャーだ。とてもこんなお上品な場所には長居できない。三か月は、よくもったほうだった。

いまのアルフィンにとって、望みといえるのはただひとつしかない。ジョウが退院し、またあのめくるめく冒険に満ちたクラッシャーの生活に戻ること。それだけだ。これさえかなえられれば、今後五十年くらいは休暇がなくてもいいような気がしている。そして、その望みはあとたったの一週間で現実のものとなる。

「ジョウ、ちょっとへん」アルフィンが手を伸ばし、ジョウの肩を揺すった。

「どうしちゃったの？」

アルフィンの声の調子が変わった。いぶかしむような感じで、甘えたニュアンスが消えた。わずかだが、険を含んでいる。口もとも、少し尖《とが》りぎみだ。先ほどまでの浮き浮きとした雰囲気がどこにもない。どうやら、ジョウがいっこうに返事をしないので、アルフィンはすっかりむくれてしまったらしい。

「あ、ああ」

夢から醒《さ》めたようにジョウは首をめぐらし、しょぼついた両の目をリッキーからアルフィンに向けた。

まぶたをしきりにしばたたかせ、金髪碧眼《へきがん》の少女を見る。

「やだあ」ため息まじりに、アルフィンは言った。

「なんだか、ひどく老《ふ》けこんじゃったみたい」

吊りあがりかけていた眉が下がり、表情がわずかに曇った。

「どうも、ぼんやりとしている」ジョウは肩をすくめた。

「三か月の入院で、頭がぼけてしまったらしい。ここんとこ、いつもこんな感じだ」

「きょうは、とくにひどいんじゃない？」

「薬のせいかな？」ジョウは首をひねった。

「今朝、新しい薬をもらったんだ。一日一錠《じょう》、しばらく飲みつづけるように言われている。それがどうも、こんな症状を惹《ひ》き起こしているような気がする」

「そうだよ。薬のせいだよ」

リッキーがぼそりと言った。リッキーはベッドの脇に立ったまま、丸いどんぐりまなこをくりくりと動かしていた。二本の前歯が目立って大きい。まだ十五歳の若いクラッシャーだ。もっとも、アルフィンは十七歳、チームリーダーのジョウも、はたち前の十九歳。年齢的に大差はない。

「俺《おい》らにも同じようなことがあった」リッキーはつづけた。

「前にジンマシンがでてさ、メディカル・ユニットに薬をつくらせたんだよ。そしたらこれがすごい薬で、一日中うつらうつらの半寝ぼけになっちまった。整備ミスを一ダースばかりやらかして、タロスにいやっていうほどどつかれた」

「まずいな」ジョウは渋面をつくった。

「それじゃ、まるで睡眠薬だ。仕事にならなくなる」

「仕事どころじゃないわ」アルフィンが横から口をはさんだ。

「ジョウがそんなになったら、ワープ操作なんかをミスって一巻の終わりになっちゃう。ミサイルで一瞬のうちに吹き飛ぶならまだしも、異次元空間に閉じこめられてじわじわと朽《く》ち果てていくなんて、あたしごめんよ」

「しかし」

「もう傷は癒《なお》ったんでしょ？　薬なんか要《い》らないわ」

「いや。だけど」

「だけどじゃない！」アルフィンの甲高《かんだか》い声が、ジョウのしどろもどろの言葉を瞬時に消した。

「命がかかってるのよ、命が。ジョウはあたしたちがどうなってもいいのね。そんな薬を飲んでいたら間違いなく重大な事故を起こす。あたしたちのこと、ただの消耗品《しょうもうひん》だと思ってるんでしょ？　かわりはいくらでもいるって。でも、そうなったら、ジョウだって助からないわ」

「むちゃくちゃな飛躍だ」ジョウはあわてた。

「どんな発想か知らないけど、どっからそんな結論がでてくるんだ？」

「むちゃくちゃはジョウよ」アルフィンは、譲らなかった。

「そんな危険な薬を毎日飲んでて、何ができるっていうの？　誰だって最悪のことを考えるわ。リッキーだって、そうでしょ？」

「お、俺らは」

いきなりアルフィンに同意を求められ、リッキーは目を白黒させた。

「わかった、わかったよ」諦《あきら》めたように、ジョウが言った。

「飲むのをやめる。この薬は使わない」

「ほんと？」

アルフィンは疑わしげな目つきをした。

「本当だ。誓う」

「嘘《うそ》じゃないわね？」

「嘘じゃない」

「じゃ、いいわ」アルフィンは、大きくうなずいた。

「信じておく。裏切らないでね。わかってるでしょ？　これはジョウのためなのよ」

「そうかなあ？」

ジョウはかぶりを振り、苦笑を口の端に浮かべた。アルフィンは、腰に手を置き、胸を張っている。

そのときだった。

「困りますねえ、勝手にそんな約束をされては」

アルフィンの背後で声がした。

質のいいテノールだった。知的で威厳がある。アルフィンは、あわててうしろを振り返った。

「ヌレエフ先生」

ジョウが言った。

声の主は、ジョウの主治医、ドクター・ヌレエフだった。いつの間にかジョウの病室にきていて、三人のやりとりを静かに聞いていたらしい。その後方には、エドリア婦長の姿もある。午後の回診だ。

「銀河系随一と噂《うわさ》されるクラッシャーも、美しいお嬢さんのわがままだけには手がでないようだね」

ヌレエフは言った。表情には、おだやかな微笑がある。四十代も後半の、恰幅《かっぷく》のいいドクターだ。見たところ、臨床医ではなく研究室に閉じこもる学究肌タイプのようだが、実は超一流の技術を有したトップクラスの形成外科医だ。

「美しいはいいけど、わがままはひどいわ」アルフィンが、不満そうに言った。相手が温厚なヌレエフ博士とみての図々しい抗議である。

「あたし、一応、筋の通ったことを言っているつもりよ」

「よせ。アルフィン」

さすがにこれは言いすぎと思い、ジョウがあせって制した。

「だってえ」

アルフィンは身をよじり、じたばたと両の手を左右に振った。

2

「まあまあまあ」ヌレエフが、ジョウとアルフィンの間に、割って入った。

「気持ちはわかるが、いくら退院できるまでに回復したといっても、あれほどの重傷をジョウは負っていたんだ。からだのあちこちに機能不全を起こしそうな器官がまだいくつか残っている。それらが完全に復調しない限り、癒《なお》ったとは言えない。多少の副作用は我慢して、薬はちゃんと毎日飲んでもらいたい。そうしないと、ジョウは永久に完治しないということになる」

ヌレエフの口調は忍耐強く、丁寧《ていねい》で、まるで駄々《だだ》っ子をあやしているかのようにやさしかった。が、アルフィンはそのくらいで納得するほどやわな相手ではない。

「そんなの、無理よ」アルフィンは言った。

「クラッシャーは机に向かって書類を片づけているような、そんなお上品な商売じゃない。からだを張り、命懸けでやんなきゃならない商売よ。それを知ってたら、多少の副作用は我慢しろ、なんてせりふ、どこからもでてこないわ」

「やめろ。アルフィン」

ジョウが言った。

「なによお」

アルフィンは、ふくれっ面《つら》になった。意地になっているらしい。はじめは本当にジョウのからだが心配で言いだしたことだが、いまでは反対のための反対になってしまっている。これでは、どうしようもない。

「こうなったら、はっきり言っておこう」ヌレエフは嘆息まじりに口をひらいた。「いいかい、アルフィン。あの火傷は、三か月くらいで退院できるような生やさしいものではなかったんだ。ふつうの人なら、まず半年はたっぷり入院していなくてはならない重傷だった。ここのところを、よく覚えておいてほしい。わたしが今回、ジョウに退院の許可をだしたのは、本人の強い要望とジョウの体力に対する大きな信頼があったからだ。手術は、これまでに例をみないほど大がかりなものだった。クローン再生でつくりだした人造皮膚を移植すること四十六回。ようやく傷痕《きずあと》をきれいに消し去ることができた。しかも、そのあいだに内臓と骨折の治療も併行しておこなっている。とくに内臓はショックですっかり変調をきたしていたから、入念に手当てをした。心臓の衰弱で、一時は危険なところまでいったこともある」

「…………」

「ジョウが助かったのは、僥倖《ぎょうこう》だ。何かの偶然で、ようやく生き永《なが》らえることができた。そういう容体だった。そのことを考えれば、わずか三か月で退院に至ることができたことに感謝し、眠けをもよおす薬を毎日飲むことくらい、なんでもないと思うべきじゃないかな」

「…………」

アルフィンは、おし黙った。ふくれっ面のまま、何も言わずにそっぽを向いた。

しかし、その頰のふくれ具合は、先ほどよりも心なし小さくなっている。どうやら、反論の余地がないことをアルフィンは悟ったらしい。もしくは、いったん退《ひ》いておき、退院したあとで薬を捨てさせてしまえばいいと思ったのかもしれない。いずれにせよ、そのどちらかであろう。それでも、彼女がひとまずおとなしくなったことに変わりはなかった。

「ジョウって、クラッシャー仲間にとっても人気があるのね」

エドリア婦長が言った。アルフィンが口をつぐんだため、部屋の中がしんと静まりかえってしまった。その沈黙を、婦長は解消しようとした。話題を、もう少し話の弾む方向へ持っていこうという配慮もあった。まだ三十二歳と婦長にしては若いが、エドリアは気の行き届いた、極めて有能なナースである。

　エドリア婦長はベッド脇のテーブルを指差し、さらに言葉をつづけた。

「あのお見舞品の山よ」テーブルの上には、大小さまざまなパッケージが整然と積み重ねられている。

「いままでたくさんのクラッシャーをお世話してきたけど、こんなに見舞客の多かった人ははじめて」

「そりゃ、そうだよ」リッキーが言った。

「兄貴はクラッシャー評議会議長のひとり息子で、最高の腕っこきクラッシャーなんだ。このあたりにやってきたクラッシャーで見舞いに立ち寄らないやつがいたら、そいつはもぐりだね」

「くだらんことを言うな」

　ジョウの顔が、そこはかとなく赤くなった。

「照れることないじゃない」アルフィンが言った。

「リッキーの言うとおりだわ。ダーナでしょ、ユーティでしょ、ウィルでしょ、カールでしょ、エディスでしょ、ノルンでしょ、マッケイでしょ、それにタイラーとドレーク、おまけにバード。名の通ったクラッシャーや元クラッシャーは、みんなここに顔をだしている」

「そりゃ、そうだが」

ジョウは口ごもり、ますます赤くなった。

「いやいや。本当にすごい顔ぶれです」ヌレエフが感心して言った。「わたしのような門外漢でも、何度かその名を耳にしたことのあるクラッシャーばかりがきています。婦長の言うとおり、たしかに人気があるんでしょうね」

「はあ」

ジョウは顔を真っ赤に染め、うつむいた。もっとも苦手な雰囲気《ふんいき》だ。全身がこそばゆい。

でも、まあ、いいか。

むずむずしながらも、ジョウはそう思った。これで、一時はどうなるかという状況に陥っていた病室の空気が、すっかりなごやかになった。これはこれで、けっこうなことである。

「ところでさあ」リッキーが言った。

「先生は午後の回診にきたんだろ？　兄貴を診《み》なくていいのかい？」

「そうだった」ヌレエフは声をあげて笑った。

「きみの言うとおりだ。リッキー。仕事のことをすっかり忘れていた」

ヌレエフはエドリア婦長に向き直った。診療装置の操作を指示しようと右手を挙げた。

しかし。

その指示の言葉が、すぐにでてこなかった。

空白の時間が生じた。

診療装置の前に立つエドリア婦長は、どうしたのかとヌレエフを見た。

ヌレエフの動きが止まっていた。眉根を寄せ、その視線は婦長を通りこして、彼女の背後に向けられている。いぶかしげな、何かを問うような表情だ。

ヌレエフの視線を追い、エドリア婦長が首をめぐらした。

「！」

息を吞《の》んだ。婦長のからだが硬直した。

ドアがひらき、そこにひとりの男が立っている。

見知らぬ男だ。男はあえぎながら病室の中へと入ってきた。地味なグレイのスペースジャケットを着た若い男である。足もとがおぼつかなく、顔色が紙のように白い。両の手が前に長く突きだされ、てのひらが、見えない何かを求めるように宙空をゆらゆらと漂っている。

「誰だ？　きみは」

我に返ったのか、気をとり直したのか、ヌレエフがかすれた声で訊いた。

「…………」

男の口が苦しそうにねじまがった。目がうつろだ。焦点を結んでいない。その表情には、鬼気迫るものがある。

「ジョウ」

男の口がゆっくりとひらき、言葉が漏《も》れた。

「ジョウ」

しばし間を置き、もう一度言った。男はジョウの名を呼んでいる。

「………………」

ジョウは茫然としていた。いや、ジョウだけではなかった。アルフィンもリッキーも、みな凝然《ぎょうぜん》として立ち尽くしている。いったんは我に返ったはずのヌレエフも、いままた目を見ひらいて言葉を失っている。エドリア婦長に至っては、身動きひとつできない。

「ぐあっ！」

男がいきなり悲鳴をあげた。

「うあああああ」

すさまじい悲鳴だった。全身が高圧電流に触れたように跳ねあがり、その声は、呻《うめ》くように長く尾を引いた。

男の腕が痙攣《けいれん》した。手が拳《こぶし》を握った。目が丸くなり、眼窩《がんか》から飛びだしそうになる。ふくらんで紫色に変わった舌が、口からあふれてぬめりと外にはみだす。顔に浮かんで

いるのは、血も凍るかと思われる苦悶《くもん》の表情だ。

鋭い破裂音が響いた。それとともに、真紅の鮮血が四方に散った。

「ひいっ!」

エドリア婦長が、絶叫した。恐怖と絶望とがないまぜになった、魂消《たまぎ》る悲鳴だ。婦長の白い制服が、血を浴びて真っ赤に染まった。男の首すじだ。そこから血が激しく噴出している。

つぎの瞬間。

黒い塊が宙に跳ねあがった。血の噴出が、さらに勢いを増した。その血流のただ中から、黒い塊はバネに弾かれた小石のように飛びだした。

それは。

「いやっ!」

また悲鳴があがった。今度はアルフィンだ。アルフィンは顔を両手で覆い、床に突っ伏した。何か凶々《まがまが》しいものから逃れようとする反射的な行動だった。

アルフィンは、正面からそれを見た。

血煙に包まれて飛ぶ黒い塊。

それは、男の生首だった。

生首は、鈍い音をたてて床に落ちた。骨の砕ける嫌《いや》な音が響いた。

すっぱりと断ち切られた。だしぬけに病室に入ってきた男の首が。しかし、誰が切ったのか？　そのような者の姿は、どこにもない。

生臭い血の匂いが病室を満たした。

白い床に、大きな血だまりが赤く広がっていく。

首を失った胴体がぐらりと揺らぎ、ヌレエフめがけて倒れかかった。ヌレエフはけたたましい悲鳴をあげて身をひねり、それをよけた。鮮血が降りかかる。ヌレエフの全身が朱に染まった。

男のからだが崩れ、二、三度バウンドして床に横たわった。手足がひどく痙攣《けいれん》し、それが床を叩く激しい音が、ひとしきり室内にうるさく響いた。

エドリア婦長が、何かに怯えたようにはっとおもてをあげた。

あらたな悲鳴があがった。甲高い、すすり泣きに似た婦長の絶叫だった。

エドリア婦長の胸が裂けた。真横一文字、鮮やかに断たれた。

おびただしい血が、霧状にほとばしった。

悲鳴が途切れた。もう声がでない。エドリア婦長は、ゆっくりと両手を左右に泳がせている。目が、信じられないと言いたげに大きく見ひらかれ、丸い瞳孔が焦点を結んでいない。

がふっとむせた。婦長の口から、血の泡が塊となってあふれでた。力なく動いていた両腕がぎくしゃくと上下する。と、その動きが途中で止まった。

弾け飛ぶ。

白衣と肉片だ。不可視の剣が、エドリア婦長を襲った。目に映らぬ切っ先が、とつぜん、エドリア婦長の豊かな白い肉体をずたずたに切り裂いた。

同じだ。たったいま目撃した、正体不明の男の死にざまと、まったく同じだ。存在するはずのない凶器が、婦長のからだを傍若無人《ぼうじゃくぶじん》に切りさいなんでいく。

エドリア婦長は、全身に無数の深い裂傷を負った。

が、彼女は倒れない。想像を絶するほどの衝撃が彼女を見舞ったにもかかわらず、彼女の足は床から離れようとはしなかった。腰から下が得体の知れぬ力で固定され、エドリア婦長はそのまま立ちつづけている。多量の出血と激痛からくるショックで半ば気を失いながらも、彼女は倒れることを許されない。

不思議な光景だった。

その姿は、ある種の儀式に捧げられる生贄《いけにえ》のそれに酷似していた。

3

ふいに、エドリア婦長の口が大きくひらいた。

絶叫がほとばしった。と同時に、彼女の腹部から血が扇状《おうぎじょう》に噴出した。血のあとには、瀕死《ひんし》の蛇のようにのたうつ白い内臓が、どろりとつづく。したたる鮮血が、足もとに小さな池をつくった。

エドリア婦長の上半身が動いた。ずずっとうしろのほうへ、いざるように進んだ。下半身は静止している。そのままだ。へそのあたりから上だけがゆっくりと後方に滑っていく。

両断された。エドリア婦長の胴が。

どさりと音がした。見えない力が、完全にその呪縛《じゅばく》を解いたのだろう。血まみれの上体が床に落ち、耐えがたい苦痛におぞましく歪《ゆが》んだ顔が、うらめしげに天井を睨んだ。そして、床に直立していた下肢も、次第にバランスを失って倒れ、周囲に血しぶきを大きく撒《ま》き散らした。

「うわあっ！」

頭をかかえ、鮮血にまみれた髪の毛を振り乱し、ドクター・ヌレエフが狂気の叫び声をあげた。かろうじて理性を支えていた精神の細い糸が、あまりの凄惨さにとうとう切れた。

ヌレエフは頰を震わせ、目を固く閉じて、何かおぞましいものでも振り払うかのように、激しくかぶりを振る。

そのときだった。

ヌレエフの眉間《みけん》が割れた。

びくんと小さくのけぞり、ドクターの動きが止まった。血が一滴、鼻梁《びりよう》を伝ってしたたり落ちていく。ヌレエフの白衣の胸に、真紅の丸いしみができた。

傷口が広がった。眉間を縦に裂いた。かすかな破裂音が響いた。

ヌレエフの全身が痙攣《けいれん》する。だが、倒れることはない。根が生えたように、足が床に押さえつけられている。

傷は鼻を割った。あごを割った。喉《のど》を割り、胸を割る。ごぼごぼと血が傷口からあふれでた。その血の中に白い骨が覗《のぞ》く。その骨も、すぐにふたつに割れた。

閃光が燦《きらめ》くように、血と脳漿《のうしよう》と体液が四方に飛び散った。腹からは内臓が躍りでた。ぬめぬめと光る臓器が、宙に跳《は》ねた。

ヌレエフのからだが、左右に分かれた。分かれた肉体の間を埋めるものは膨大な量の血だ。血は滝となって床になだれ落ちた。

縦ふたつに裂けたヌレエフのからだが、見えぬ力のいましめから解放され、弓なりに反って血の海にくずおれていく。

そして、つぎは。

リッキーが、とつぜん右に跳んだ。理屈ではない。本能だ。飛ばなくてはいけない、とリッキーは思った。跳んだ勢いを殺さず、リッキーは鮮血で覆われた床の上にぴたりと身を伏せた。そこは、男が入ってきたときからあけ放しになっているドアに対して、死角になっている場所だった。

一方。アルフィンの反応も、リッキーのそれとほとんど変わらなかった。アルフィンは床に突っ伏し、血の気を失って蒼白になって震えていた。が、それでも、自分がそうと意識しないうちにからだを少しずつ後方に移動させていた。リッキーと同じく、敵からの死角を求めたのだ。なぜかはわからないが、この恐ろしい力の源はドアの外にひそんでいるように思われた。

ジョウは、ベッドから離れた。それもまた、得体の知れぬ脅威《きょうい》から逃れようとする、極めて反射的な行動だった。ベッドの上でシーツにくるまっていたジョウは、とれる行動が限定されていた。そこで、横に転がり、壁とベッドの間の隙間にするりともぐりこんだ。

その直後。

頑丈な合金製のベッドが、その中央からぐしゃりとつぶれた。

すさまじい音とともに、ベッドの枕もとにあった飾りスタンドの電球がはじけた。窓にかかっていたカーテンが、ずたずたに切り裂かれた。

ドアのはまっている壁が、みしりと鳴る。

壁一面に無数の細かいひびが走った。ひびは猛烈な勢いで蜘蛛《くも》の巣状に伸び、あっという間に樹脂製の壁全体を完全に覆い尽くした。

壁が崩れる。砂のように小さな粒となり、白い病室の壁はもろくも崩壊した。

ベッドもつぶれた。平たくひしゃげ、こなごなに砕けた。

死角が失《う》せた。壁が消え、廊下が剝《む》きだしになって、室内が丸見えになった。ジョウの病室は、廊下に対してそのすべてを完全にさらけだした。

ジョウ、アルフィン、リッキー。三人は見た。

廊下に立つ、ひとりの男の姿を。

背の低い中年男。丸く肥えた、どこにでもいそうな風体をしている。頭はその大部分が禿《は》げており、どちらかといえば人なつっこい顔だちだ。着ているものも、地味な茶のスーツである。

男は心もち首を前に傾け、目を閉じていた。両手をまっすぐ正面に突きだし、手首を直角に曲げて前方に向けている。

床に伏したジョウの頭上で、窓ガラスが砕けて散った。ジョウは腕で頭部を覆った。

「エスパーか」

呻《うめ》き声にも似た声で、ジョウはつぶやいた。入院中の身に武器はない。しかも、相手はエスパー。明らかに絶体絶命だ。

「てめえ、何してる?」

いきなり、野太い声が耳朶《じだ》を打った。近い声ではない。けたたましい足首が、それにつづいた。ぎゃっという叫び声も聞こえた。

ジョウはおもてをあげた。

黒い巨体が、中年男を跳ね飛ばす瞬間が目に映った。二メートルを優に超す身長、黒いクラッシュジャケット。

タロスだ。タロスが帰ってきた。

いかにエスパーといえども、不意を衝《つ》かれ、しかもタックルの相手が全身の八割をサイボーグ化したタロスとあってはかなわない。中年男は数メートル吹き飛ばされ、廊下の壁に激突した。

が、それとともに意外なことが起きた。突進していったタロスも、逆の方向に勢いよく弾き飛ばされた。タロスは仰向《あおむ》けに宙を舞い、背中から床に落ちた。

不可視障壁。サイコバリヤーだ。サイコバリヤーで、タロスは力をそっくりそのまま返された。

「くそったれ!」

タロスはうなり、自分のからだを見た。

胸が横真一文字に裂けている。

クラッシュジャケットはありふれた衣服ではない。強力な防弾能力を備えた戦闘用のスーツだ。それがすっぱりと断ち切られ、さらにその下の皮膚も長さ二十センチに渡って深くえぐられている。

タロスは立ちあがった。タロスの胸は強化ポリマーでできている。この裂傷も、タロスにとっては外観をそこねられた以上のダメージはまったくない。しかし、それによって生じる怒りは、ダメージとは完全に別物だった。

タロスの怒髪《どはつ》が天を衝《つ》いた。

瞬時に手首をはずし、タロスは左腕を正面に突きだした。

タロスの左腕はロボット義手だ。その中には作動用の油圧装置と、複数銃身の機銃が精巧に組みこまれている。

耳をつんざく発射音が轟き、中年男めがけてタロスの左手首が絶え間ない炎の舌を吐いた。弾丸がうなりをあげて男のからだへと叩きこまれる。

しかし、男はその攻撃を無力化した。男の全身を包むサイコバリヤーは、驚くほどに強力だった。機銃弾はすべて男のからだの直前ではじかれ、むなしく弧《こ》を描いて床に落ち、転がった。

アルフィンが、クラッシュジャケットのポケットからナイフを一本とりだした。

タロスのようにからだの一部になっているものは例外として、病院内ではクラッシャーといえども火器の携帯は許されていない。その状況で、武器らしい武器といえば、これだけだ。

同様に、リッキーもポケットから何かを引きずりだした。光子弾だ。光子弾は照明弾の一種だが、発光時間は照明弾より短く、発火の危険性がほとんどない。ただし、光量は照明弾よりもはるかに大きい。

アルフィンが目でリッキーに合図を送った。リッキーはその意味を悟った。

光子弾の安全装置を外し、リッキーはそれをタロスと中年男の真ん中に放り投げた。そして、同時に「タロス、目！」と叫んだ。それで、タロスには十分通じるはずだった。

タロスは顔をそむけ、右腕で両の目を覆った。

光子弾が高度一メートルで発光した。

爆発的な光が、廊下と病室を真っ白に満たした。

光は一、二秒で消えた。

「ぎゃあああああ」

その短い閃光が、中年男の両眼を完全に灼《や》いた。男は両手で目のまわりを掻《か》きむしり、のたうちまわった。それにつれて、壁といわず床といわず、あらたなひびがつぎつぎと走りだす。力の暴走だ。苦痛のあまり、男は無制御に念を放射している。

アルフィンが、ナイフを投げた。

ナイフは男の脇腹に突き刺さった。男は一瞬硬直し、つぎにぐんと背すじを伸ばした。すかさず、タロスが左腕の機銃を男に向けた。

銃撃音とともに、弾丸が中年男の胸部をえぐった。男は跳ね飛ばされ、廊下の壁に背中から激突した。

ずるずると腰が落ちる。からだは壁にもたれかかったままだ。顔を病室の中に向けている。両足が奇妙な形にねじ曲がった。

光子弾の光でつぶされた中年男の目が、ゆっくりとひらいた。

ジョウ、リッキー、アルフィンは、静かに上体を起こした。

異変が起きている。中年男の視線の先、顔から一メートルほど離れた位置だ。そこの空気がゆらゆらと揺れている。陽炎《かげろう》に似た不思議な揺らめきだ。

「なんだ？」

リッキーが怯《おび》えた声を発した。あとの三人は、その成り行きを無言で見守っている。

揺らめきが輪郭《りんかく》を持った。何か形が生じていく。立体テレビの映像に酷似《こくじ》している。

映像は小さい。

「あっ！」

ジョウとアルフィンが同時に叫び、息を呑《の》んだ。ともに血の気がさあっと引いた。

映像が顔になった。

それは、少年の顔だった。ジョウもタロスもアルフィンもリッキーもよく知っている顔だ。おぞましくも美しい、少年のかんばせ。思えば、はじめてこの少年の姿を目にしたときも、やはり立体映像であった。少年の顔は、そのときと少しも変わっていない。穏やかに微笑み、この世のものとも思えぬ美しさに、まばゆく輝いている。

「クリス」

ジョウは知らず、その少年の名をつぶやいた。まるで〝美〟に操られたかのような、うつろな反応だった。

クリス。天使の顔を持つ悪魔。

「久しぶりだな、ジョウ」

立体映像のクリスが、その顔に劣らず愛らしい声で言った。

ジョウの背すじが、ざわりと騒いだ。

室内には血の匂いが充満している。純白の床は死者たちのからだから流出した血に覆われ、あたかも真紅の絨緞《じゆうたん》を敷きつめたかのようだ。三人の命によって織られた、銀河系でもっとも高価な絨緞である。

その絨緞の上、五十センチほどのところに、クリスの顔のぼんやりとした映像が浮かんでいた。位置は、廊下と病室のほとんど境目だ。壁がなくなってしまったため、病室と廊下は完全に吹き抜けになっている。

ジョウはゆっくりと身を起こし、立ちあがった。アルフィンとリッキーもそれに倣《なら》った。三人とも血にまみれて全身がべとべとになっている。とくにパジャマ姿のジョウはひどい。布がたっぷりと血を吸って、見るからにみじめな姿と化している。

ジョウとクリスの視線が正面から激突し、目に見えない火花を強く散らした。クリスの表情には、人を嘲弄《ちょうろう》するような薄い笑みがある。ジョウはわけもなく、からだが熱くなった。怒鳴りつけてやりたい衝動が、裡《うち》からむらむらとこみあげてきた。

だが。

先に口をひらいたのは、クリスのほうだった。

「退院が決まったと聞いた。おめでとう」

クリスはそう言った。抑揚に乏しい、冷ややかな口調であった。

4

「…………」

ジョウの表情がこわばった。言葉は返さない。

「テュポーンとかいうちゃちな改造人間の仲間にやられたという噂だが、おまえにしては実に無駄な傷を負ったものだな」無言のジョウに対し、クリスは言を継いだ。

「〈クリムゾン・ナイツ〉なぞ、捨てておけばよかったのだ。テュポーンだなんだのとほざいたところで、しょせんは半端者《はんぱもの》。くず同然の手合いではないか。ささやかな権力を握られたからといって、いかほどのことがあろう。どうせわれらが復活すれば、よくて奴隷の運命だ。何も非力なおまえたちがしゃかりきにならなくとも、わたしの指のひとひねりで、この世から姿を消していた」

ぎりっと、ジョウの歯が鳴った。

「言うわね、あんた」アルフィンが言った。「なにが復活よ！　なにが指のひとひねりよ！　この前は、あたしたちに野望をつぶされてぴいぴい泣きながら逃げだしたくせに、よくも、そんな大言壮語が吐けるわね」

「アルフィンだったかな」視線の向きを変え、クリスは応じた。「美しい顔に似合わず、きついことを言う娘だ」

クリスの表情に、ぞっとするような笑いが浮かんだ。アルフィンは肌を粟立《あわだ》たせ、反射的に一歩、うしろに退った。この少年、見る限りでは美の化身のように優美で麗《うるわ》しい存在だが、その中にあるのは、妻の死をきっかけに醜く歪んでしまった中年男の精神である。アルフィンは、いまさらのようにそのことを思いだし、全身が嫌悪感で小刻みに震えるのをおぼえた。

「たしかにカインでは、おまえたちに後《おく》れをとった」すずやかなボーイ・ソプラノで、クリスはつづけた。

「それも、おまえたちがソニアをたぶらかし、彼女を味方につけたからだ。わたしは本意ではない闘いを、ソニアと繰り広げねばならなかった。わたしが敗れたのは、ソニアがおまえたちについたからだ。わたしの力が劣っていたわけではない。そして、ソニアは死んだ。おまえたちに、もうソニアはいない。おまえたちの中には、このわたしにも、わたしがあらたにつくりあげた神聖アスタロート王国にも対抗しうる強大な力を持った者は、もはやひとりとしていなくなった」

「神聖アスタロート王国？」

ジョウがつぶやくように言った。口の奥で発したくぐもった小声だったが、立体映像のクリスはそれを聞き逃さなかった。クリスは、碧《あお》みを帯びて燦然《さんぜん》と輝く瞳を、またジョウのほうへと向けた。

「そうだ」クリスは小さくうなずいた。

「神聖アスタロート王国だ」

「それが暗黒邪神教に代わる、おまえたちの新しいこけおどしの組織か」

ジョウは鋭く言った。挑発を意図しての物言いだ。ジョウは情報がほしかった。クリスの語る話を聞くまでもなく、かれがジョウの動向を完全に把握していることは間違いない。しかし、ジョウのほうは暗黒邪神教以後のクリスについては何も知らない。どこで何をし、どうやって当局の指名手配をくぐり抜けて生きてきたのか、ひとつとしてわかっていない。ここはなんとしてもクリスを挑発し、できる限り多くしゃべらせて、より詳しい情報を手に入れねばならぬ場面であった。

だが、エスパー相手に、そんな小細工が通じるはずもない。

「わたしを怒らせようとしているのか」クリスはせせら笑い、ジョウを見据《みす》えた。

「そんなことをする必要はない。すべてを教えてやる」

「…………」

「わたしは神聖アスタロート王国を建てた。もうわれわれの同志を大同団結させるために、宗教という方便は要《い》らない。われわれは、エスパーのための、エスパーによる、エスパーだけの王国をつくることにした。わたしには、あるひとつの信念があった。それは光と闇の輪廻《りんね》に関する信念だ。これまで、人類は光だった。栄光を一身に担《にな》い、人類は銀河系の覇者《はしゃ》となった。光にふさわしい華《はな》やかな道を誇らしげにたどってきた。人類の神は、その天地創造の際に〝光あれ〟とのたまわれたとか。けっこうだ。人類の神にまこと似合った言葉ではないか。人類は、まさしく光の中に生まれいでたのだ。しかし、光はやがてその輝きを失う。光と対《つい》をなすものは闇だ。光はいつか闇に戻っていく。人類が光の絶頂にあったとき、われわれ新人類は闇の中にいた。さげすまれ、忌《い》み嫌われて生きてきた闇の存在だった。だからこそわたしは、わたしのつくった組織に暗黒邪神教の名をつけた。光の神に対する暗黒の邪神は悪魔だ。悪魔こそが、われわれにふさわしい神だった。だが、その時代は、われわれの星カインとともに滅んだ。光は衰退し、神は死に瀕《ひん》した。われわれは再び集《つど》い、ここにわれわれだけの国をつくった。それは、八千に及ぶ太陽系国家、そして、それらを束ねる銀河連合にとってかわる、新しい銀河系の支配者だ。衰亡した光は闇となり、闇は輝けるわれらの力を得てあらたな光となる。いまや、神は神ではない。闇を統治していた悪魔こそが化身した真実の神だ。見ていたまえ、ジョウ。幻影惑星《ファンタズム・プラネット》が銀河を走るとき、旧《ふる》き神は死に、人類はその終焉《しゅうえん》を迎える。人類はなべて神聖アスタロート王国の前にひれふし、見苦しく泣き叫びながら死に絶えていく。誰もそれを止めることはできない。たとえジョウ、おまえであってもだ」

「…………」

「なぜ、わたしがここに姿を見せたのか、その理由がわかるか?」

「…………」

「第一は、ここへ飛びこんできた若い男を殺すためだ。これは果たした。第二が、ジョウ、おまえを殺すためだ。わたしに屈辱を味わわせ、わたしの同志を何千人と葬ってくれたおまえに、できる限り醜悪な死を与える。それが、いまのわたしの最大の望みだ。が、これは失敗した。つくづく運の強いやつだと思う。しかし。しかしだ! このつぎはおまえを倒す。覚えておきたまえ。いついかなるときでも、わたしはおまえを殺そうと狙っている」

「…………」

「残念ながら、そろそろ去らねばならぬときがきた。フィルポの命が尽きようとしている。よくぞ、ここまで力を振り絞ってくれたものだ。わかるかね。人類に対するわれわれの憎悪が、われわれにこれほどのパワーを与えているのだ。戦いの帰趨《きすう》は、もう知れていると言っていい。死はおまえたちの間近にある。忘れないでくれたまえ」

クリスの演説が終わった。

花の蕾《つぼみ》を思わせる紅《くれない》の唇が閉じられ、言葉が途切れて余韻《よいん》が生じた。

その直後である。

すうっと空間に溶けこむようにクリスの映像が消えた。そして、それとほとんど同時に、廊下の壁にからだを預け、うつろな目をひらいてすわりこんでいた中年男の首ががくりと落ちた。細々と燃えつづけていた命の炎が、いま最後の輝きを放って消えたのだ。男は絶命した。たしかめるまでもない。それは、はっきりとわかった。

そして。

その死は、嵐のように襲ってきたとつぜんの脅威が、この場からすでに失《う》せてしまったことも意味していた。

「…………」

しばらくは誰ひとり口をきかなかった。

四人は、凝固したかのごとく、その場に立ち尽くしていた。

やがて、タロスが大きなため息をほおとついた。それが、自然にきっかけとなった。

はじめにジョウ、つぎにリッキー、そして、アルフィンのからだがゆっくりと弛緩《しかん》した。

「この男、中継者《リレイヤー》だったのか」

タロスが言った。フランケンシュタインの怪物そのままの容貌をした巨漢のクラッシャーである。蒼白い顔が、いまはなお蒼い。

「リレイヤーって、なんだい？」

硬い声で、リッキーが訊いた。ひょうきんなリッキーにしては、珍しい口調だ。平然としているようにふるまおうとしているが、その実、まだショックから脱しきっていない。それが明白にあらわれていた。

「リレイヤーってのはな」タロスが説明した。

「念動力も精神感能力も自分では持っていないが、他人の能力を中継してそれを操ることはできるという超能力者だ。こいつが使ったテレキネシスやサイコイメージ投影能力は、みんな借り物だ。自分の能力じゃあない。イメージ投影でクリスがあらわれたとき、俺はそれを悟った。こいつは大もとのクリスが発したサイコエネルギーを受け、そいつをテレキネシスの形でただ放射していただけだ」

「ふうん」

　リッキーは鼻を鳴らして感心した。

「何をのんきなことを言っている」

　ジョウが怒ったように言った。べつに怒るつもりはなかったが、気がひどく昂《たかぶ》っていて、いつの間にかそんな口調になってしまった。

「この悲惨な有様を見てから、ものを言え」ジョウは血まみれの病室を指差した。

「あれこれ分析しているときではないはずだ。タロス、すぐに人を呼べ。リッキー、おまえは警察に通報だ。すぐにやれ。ぐずぐずするな」

「へっ、へい」

　ジョウの一喝《いっかつ》に、タロスとリッキーは背すじを伸ばした。そのとおりだ。いまは先にやることがある。ふたりはねばつく血糊《ちのり》を跳ね飛ばし、あたふたと駆けだした。廊下の向こうに姿を消した。

「あたしは、何をするの？」

　あえぐように声を振り絞り、アルフィンが訊いた。アルフィンは四人の中でいちばん消耗していた。生首を正面から見た後遺症がまだ色濃く残っている。本人が、それと気がつかないほど細かくからだが震え、顔色は完全に血の気を失って、紙のように白い。

無理もない。と、ジョウは思った。アルフィンは根っからのクラッシャーではない。リッキーもそうだが、密航してメンバーに加わった押しかけクラッシャーである。しかも、リッキーがローデスの浮浪児だったのに対し、アルフィンは太陽系国家ピザンの元王女だ。男性と女性の反応の差もさることながら、この差はなかんずく大きい。王女時代に、アルフィンは射撃や護身術に関する初歩的な戦闘訓練を、たしなみのひとつとして受けていた。また、人並みはずれて気も強かった。それがゆえに、弱みを見せたくない一心で、多少の惨劇にも平然と耐えてきた。しかし、浮浪者あがりや生まれついてのクラッシャーとは、神経の太さが根本的に違う。強気一辺倒のアルフィンであったが、精神力については、このあたりが限界のようであった。

「アルフィンは、何もしなくてもいい」ジョウは、可能な限り、やさしい声で言った。「そのまま壁にもたれて目を閉じるんだ。そうすれば、じきにナースがくる。アルフィンに必要なのは仕事じゃない。心を休ませることだ」

「うん」

アルフィンは小さくあごを引き、ジョウの言葉に従った。いつもなら「なに言ってんのよ。あたしは平気、ぴんぴんしてるわ」といった調子でジョウに言い返すアルフィンだったが、いまは違った。いまのアルフィンは、ほっと力を抜いて壁に身をもたせかけ、にじんでくる涙を固く閉じた目の長いまつげに丸くためている、ひとりの感じやすい少女でしかない。

ジョウの胸に、あらためて美しい悪魔、クリスに対するすさまじい憎悪が、ふつふつと音をたてて沸《わ》きあがってきた。

気がつくと、まわりが騒がしい。

人が、集まりだしている。異変を知り、ドクター、病院の事務長、ナース、ガードマン、ニュース・キャスター、警察関係者がぞくぞくとやってきた。

ジョウの病室のある二十七階は、またたく間に、何百人という人間がひしめく雑踏《ざっとう》と化した。

5

ジョウは二十四階の別室に移され、ベッドの中で事情聴取を受けた。そのとき、この事件の異様さが明らかになった。

タロスが左腕の機銃を連射し、かなりの発射音を響かせたにもかかわらず、誰の耳にもその音が届いていない。そのことがわかった。おそらくクリスが例のフィルポとかいう男を通じ、外部に対して音波をシールドしていたのだろう。それが傍証となり、警察はジョウの語る突拍子《とっぴょうし》もない話をひとまず信じた。そして、調書を地元中央警察のメインシステムだけでなく、星間警察機構と連合宇宙軍につながるコンピュータにも転送することにした。

「あまり、気はすすまんのだが」と、ジョウの担当になった初老の刑事は言った。「暗黒邪神教やその首謀者だったクリスの話は一応、聞いている。それに、その事件を解決したジョウというクラッシャーのことも知っている。しかし、言っちゃあ悪いが、俺はクラッシャー風情《ふぜい》の話なんぞ信じる気には、これっぽかしもならない。だが、事実は事実として処理しなくてはならない。それが、わしの任務だ。願わくば、きみの言うことが本当であることを祈りたいね」

その言葉を聞き、ジョウは顔をしかめた。腹を立てたわけではない。うんざりしたのだ。この手の石頭は、どこにでもいる。反論しても無駄だ。最善策は放置しておくことだ。話すことがなくなり、ジョウは疲労を理由に、刑事を追い返そうとした。

そこへ、またべつの刑事がやってきた。若い、大柄な刑事だった。

「親父さん」刑事は耳障《みみざわ》りな胴間声を病室に響かせた。「被害者《ガイシャ》が、こんなものを握っていました」

「見せろ」

若い刑事は、薄い金属板のようなものを初老の刑事に手渡した。初老の刑事は、しばらく、それをためつすがめつ見た。それから、ジョウのほうに向き直り、口をひらいた。

「こいつは、あんた宛《あて》のものだ」

「え？」

ジョウは怪訝《けげん》な表情をつくり、初老の刑事が差しだすその金属板を、親指と人差し指との間にはさんで受け取った。

金属板は、見た目よりも若干重かった。大きさは三センチ×四センチあまり。金色の合金製らしく、二ミリほどの厚みがあった。

「裏だよ、裏」

じれったそうに、初老の刑事が言った。

ジョウは金属板を、ひっくり返してみた。

そこに、文字がかなり深く刻みこんであった。文字は文章になっていた。

〝至急会いたし。タルボ大学　プロフェッサー・イトウ〟

「プロフェッサー・イトウ」

ジョウは、つぶやいた。

「知り合いか？」

初老の刑事が訊いた。

「いや」ジョウはかぶりを振った。

「はじめて見る名だ」

「なら、どうして？」

「さあて」


金属板を手にしたまま、ジョウはうつろなまなざしで、天井を見あげた。

タルボ大学か。どこにあったっけ？

そんなことを、ジョウはぼんやりと考えていた。


クリスはホールにいた。

広大なホールだった。ホールの大部分は、人でぎっしりと埋めつくされている。数千人の男女だ。七、八歳の子供から九十歳の老人まで、年齢も人種もさまざまな大集団である。

かれらはみな、一様に直立不動の姿勢をとり、整然と並んでホールの奥を見つめていた。まるで何かに憑《つ》かれたような表情だ。声ひとつ、しわぶきひとつ立てる者はいない。それどころか、まばたきすらほとんどしていない。

ホールの奥に、演壇があった。

ゆるやかな階段が十数段ほど盛りあがり、その頂上に小さなテーブルがしつらえられている。銀色に輝く金属でつくられた、なんの飾りもないシンプルな意匠《いしょう》のテーブルだ。

そのテーブルに向かって、白いゆったりとしたローブを着た少年が、ひとり立っていた。

それがクリスだ。

クリスは演説をしていた。

淡々とした演説だった。美しく澄んだ、透明な声を荒らげることもない。数千人の聴衆を前に、その言葉はあまりにも静かだった。

「——あらゆる種は、常にあらたな種によって支配者としての座を奪われ、従属、あるいは消滅の運命をたどる。これは、いかなる生命体といえども例外ではない。いつかは老化し、種としての勢いが衰え、去っていく日を迎える。いまの人類が、そうだ。人類は、すでにその役目を終えた。なぜか？ われらを生みだしたからだ。人類に与えられた役目は、銀河系の支配者ではなかった。われわれを生みだすことが、かれらの役目だった。知るがいい、われらが同志よ。われらこそが、選ばれた者なのだ。銀河はわれらのためにあり、世界はわれらのためだけにひらかれている。われらの智恵こそが、支配者の智恵だ。われらの力こそが、支配者の力だ」

そこで一瞬、クリスは間を置いた。おお、という声なき声が、ホールを埋め尽くす人びとの中からいっせいにあがった。クリスは満足げに小さくうなずき、演説をつづけた。

「われらは、まもなく〈ヴァルハラ〉を完成する。〈ヴァルハラ〉は、われらの栄光の象徴、われらの力の尊き結合だ。それは、まやかしの支配者に血と殺戮《さつりく》の災厄《さいやく》をもたらすファンタズム・プラネットである。〈ヴァルハラ〉は銀河を走り、空間を超え、愚かなる者たちすべてに、真の支配者が誰であるかを告げていく。〈ヴァルハラ〉を止められる者は、この世にはいない。〈ヴァルハラ〉を葬ることができる者も、この世にはいない。〈ヴァルハラ〉は暗黒神の館にして、われらが最大の武器だ。奉仕せよ、諸君。奉仕は力を生み、さらにはあらたな世界を生む。奉仕によって、われらはすでにシレイアを支配した。つぎは銀河を支配する。奉仕せよ、諸君。〈ヴァルハラ〉を完成させ、銀河を正しき支配者、つまり、われらがものとするのだ。われらは闇からいで、光となる。覚えておけ。われらこそが、選ばれし者なのだ」

クリスは言葉を切った。かれを讃える精神波が怒濤《どとう》となって押し寄せ、かれを包んだ。クリスは手を挙げて、かれらに応えた。何人かの念動力者が昂奮のあまり力を抑えきれず、パワーを放出した。ホールの天井に下がった巨大なシャンデリアが三基、割れて弾けた。クリスは苦笑し、その破片を落下する前につかまえ、城の外に捨てた。聴衆の中には、頭上に炎を噴出させている者もいる。

進行役をつとめるクリスの侍従《じじゅう》が、熱狂する人びとに解散の思考を送った。

陛下の演説は終わった。すみやかに散れ。

しかし、人びとはホールから立ち去ろうとしない。まだクリスを讃美する思考を、歌でも歌うかのように絶え間なく発している。

もう一度、手を挙げ、クリスはテーブルから離れた。

左に向きを変えた。

近侍《きんじ》がふたり、小走りにやってきて、クリスの前後についた。

演壇の脇に、大きな扉がある。その扉が音もなくひらいた。

クリスが歩きだした。ローブの丈が長い。十歳の少年のからだを大きく見せるためだろうか、裾《すそ》を一メートルあまり、マントのようにうしろに引きずっている。

クリスは扉をくぐった。

扉の外には通路が長くつづいていた。

そこに頭を低く垂れた五人の男が立っていた。くすんだ赤のスペースジャケットを身につけた屈強な男たちである。くすんだ赤のスペースジャケットは、クリスの親衛隊員であることを意味している。男たちは演説の間、ここに控えてクリスを待っていた。

クリスはかれらに目もくれず、前に進んだ。かれらはクリスの動きにタイミングを合わせ、そのうしろに従った。

通路の先にエレベータがあった。クリスがその前に立つと、エレベータの扉がゆっくりとひらいた。

クリスと七人の従者がエレベータに乗った。扉が閉まり、エレベータは上昇した。クリス専用のエレベータなので、コントロールパネルはどこにもない。

動きだしてすぐに、エレベータは停まった。扉がひらき、かれらはエレベータの外にでた。

でたところは通路ではなく、広めのロビーになっていた。毛足の長い絨緞が床一面に敷かれ、ソファが何脚か置かれている。

ロビーの突きあたりに、大きな両開きの扉があった。銘木《めいぼく》の一枚板でできており、表面に手彫りのレリーフが施してある。把手《とって》や、それに類するものは、いっさいついていない。この扉は、クリスの念によってのみあけることができる。

扉が重々しく手前にひらいた。

部屋に入った。広々とした部屋だ。が、調度は意外なほどに少ない。

中央の壁寄りに、クリスの背丈に合わせた低いデスクがある。床には、円筒形の椅子が十脚ばかりしつらえてある。デスクは制御卓を兼ねていて、壁は大部分がスクリーンとLEDの表示パネルになっている。窓はない。

いかにもクリスの前世……惑星国家カインの大統領にして科学者だったアスタロッチの趣味がうかがわれる部屋だ。室内カラーのトーンも、白と黒とで統一されている。

クリスがデスクに向かう大型のシートに着き、その背後に、五人の親衛隊員が一列に並んだ。ふたりの近侍は左右に分かれて壁を背にし、扉の脇に立った。

両肘をアームレストに置き、背もたれに上体を預けてクリスは軽く目を閉じた。

おもむろに口をひらいた。

「エルロンを呼べ」

――はっ。

ひとりの親衛隊員が思考で答えた。

親衛隊長エルロンを呼ぶ思考が、それにつづいた。

――エルロン、まいります。

返事があった。

五分足らずで、エルロンはきた。

――エルロンです。

扉の向こう側、ロビーのほうから思考が届いた。

クリスが扉をあけた。

色の白い、女性的な風貌の男が、早い足どりで室内へと入ってきた。二十四、五歳くらいか。小柄で痩《や》せている。親衛隊のくすんだ赤のスペースジャケットを着用し、軽くウェーブのかかった髪は、鮮やかな赤銅色《しゃくどういろ》をしている。

エルロンはデスクの一メートルほど手前で立ち止まった。やわらかい物腰で頭を下げ、クリスを見た。

「報告しろ」

目をひらき、クリスは言った。

――イトウの件でしょうか？

「ほかに何がある」

クリスの表情が険しくなった。

――申し訳ございません。

「だめなのか？」

――タルボ大学は壊滅しました。死者と避難者の確認もすんでおります。

「その中にイトウがいないのだな？」

――はい。

「クレアボワイヤンスは派遣したのか？」

――とりあえず三名。

「結果は？」

――タルボ大学は広うございますので完全に透視しえたわけではありませんが、地下に数か所、かれらの能力を妨げるエリアがあったそうです。

「数か所だと」

――かれらの能力にも個人差があります。可能な限り優秀な者を選別しましたが、ある種の金属など、能力が通じないものもございます。たぶん、それらも含めて数か所ということでしょう。

「どれがとは、特定できんというわけか」

――はっ。

「タルボ大学のどこかにいることは間違いないのだな？」

――ほぼ確実に。

「では」

――お恐れながら。

ふいに、クリスの言葉を遮るように、べつの思考が割りこんできた。思考はひどく怯《おび》え、恐縮していた。

先にエルロンへの思考を中継した親衛隊員のものであった。

6

「なにごとだ？」

クリスはわずかに首をめぐらし、冷ややかな目で、親衛隊員を見つめた。

――オーティス様からご連絡です。

「オーティスだと？」

——至急お目にかかりたいとのことです。

「あとに、できんのか？」

——かなり強いご要望です。

「ちっ」

クリスは舌打ちし、視線をエルロンに戻した。エルロンは、やむをえないでしょう、というように首を横に振った。

「仕方がない」クリスはあごをしゃくった。

「ここへこさせろ」

——はっ。

「オーティスか」クリスは唇を噛んだ。

「今度は何を言いにきたのだ」

——〈ヴァルハラ〉のことでしょう。

エルロンが思考で言った。

「何から何まで面倒なやつだ」

——不思議と人望があります。

「必要な人物なのだが」

あらたな思考がきた。

——オーティス様です。おあけください。

思考の声は、オーティスのものではない。かれの従者のひとりの声だ。

「一連隊、引き連れてきたか」

クリスは絶妙なラインを描く愛らしい鼻に小さなしわを寄せ、念を送った。

扉がひらき、八人の男女が列をなして入ってきた。女がふたり、男が六人である。前から三番目の男が、ふたりの女性にからだを支えられている。齢《よわい》九十をかぞえる老人だ。頭髪が一本もなく、顔の造作は深いしわと褐色のしみとでほぼ完全に埋まっている。背が高い。黒い地味なスペースジャケットを身につけている。

オーティス・ザ・グレイテスト。

クリスの支配する神聖アスタロート王国にあって、ただひとりクリスに苦言を呈《てい》することのできる人物。その名は闇に閉ざされたエスパーの歴史の中で燦然《さんぜん》と輝いている。かれこそ、生きる伝説そのものだ。

八人が、クリスのデスクの前に並んだ。

「すわりたまえ、オーティス」

クリスが言った。クリスが城内でテレパシーを用いないのは、この老人が存在しているからだ。他の能力はさておき、テレパシーに関してはオーティスとクリスは同格であった。クリスは他人の思考を読むことは好むが、自分の思考を読まれることは激しく嫌う。それがゆえに、かれはオーティスのいる場所では、完全に思考をシールドしなくてはならない。思考を送るということは、ごくわずかでもシールドを解くということだ。格下のテレパスならば、そんな小さなシールドの裂け目を利用することはできないが、同格のテレパスであれば、それが可能となる。

ふたりの女性に両腕をかかえられ、オーティスは床からせりあがってきた円筒形の椅子にゆっくりと腰をおろした。女性たちと五人の男はすわらない。オーティスを取り巻くように立ち、クリスに遠慮のない視線を鋭く浴びせかけている。それはクリスにしてみれば、ひどく挑戦的な態度のように思われた。

「さて」クリスは言った。

「至急と聞いたが、用はなんだ?」

クリスの目とオーティスの目が合った。オーティスの目は細いが、強い光をその裡《うち》に秘めている。

「わしには、ようわからんことがある」

オーティスは口をひらいた。この老人もまた、クリスのいる場所ではテレパシーを使おうとしない。

「わからぬことだと?」

「ジョウとかいうクラッシャーのことだ」

「…………」

「なぜ、クラッシャーなどに〈ヴァルハラ〉のことを教えた？」

「…………」

「〈ヴァルハラ〉は、まだ完成しておらぬ。あれは究極の力だ。が、それも完成しての話。このたいせつな時期に、あいまいな言いまわしとはいえ〈ヴァルハラ〉のことを敵に明かしたのはなぜか？　その真意をわしは知りたい」

「なるほど」クリスは小さくうなずき、薄く微笑を浮かべた。

「オーティスよ、おまえの懸念《けねん》はよくわかった。たしかに〈ヴァルハラ〉は、われらの切札であり、悲願の象徴だ。可能な限り神秘のベールの奥に留めておくべき存在であろう。わたしもそう思う」

「ならば」

「まあ、待て」クリスは手を挙げ、オーティスを制した。

「そう思うのだが、しかし、一方にクラッシャージョウという厄介なやつがいる。これを忘れてはならない。あやつこそ、まさにわれらが不倶戴天《ふぐたいてん》の敵だ」

「…………」

「いま、あやつはイトウと手を結ぼうとしている。タルボ大学のプロフェッサー・イトウだ。危険な事態だとは思わぬか？　不快な状況になりつつあるとは思わぬか？」

「…………」

「われわれは両者の結びつきを断ち、イトウもジョウも、ともに葬り去らねばならない。そこで、わたしはフィルポをグレーブのジョウのもとに派遣した。イトウがジョウに接触するのを阻止させるためだ。だが、フィルポはしくじった。イトウの助手は殺したが、ジョウの息の根を止めることはできなかった。だから、わたしはジョウに情報をやった」

「すると？」

「〈ヴァルハラ〉は餌《えさ》だ。いささかリスクの大きい餌だが、やむをえん。釣るべき相手も手強い巨鯨なのだ。イトウは地にひそみ、ジョウはメッセージを手中にした。おそらく、さほどの時を経ずしてジョウはイトウと手を組むことになる」

「…………」

「そのときだ！」クリスはあごを引き、燃える双眸でオーティスを見つめた。

「そのときこそ、餌として匂わせておいた〈ヴァルハラ〉が、やつらの行動を縛る。やつらは灯明に魅《ひ》かれる虫けらのように〈ヴァルハラ〉に誘われ、そして、われらが罠《わな》の中へと落ちる」

——陛下。ジョウへのこだわりは、陛下の私怨《しえん》ではないのですか？

とつぜん、思考が言った。若い思考だった。オーティスの従者のひとりが、それを発した。

「私怨だと？」

クリスは、その若い男を睨みつけた。

――そうです。

男は臆することなく思考をつづけた。

――陛下はかつてクラッシャージョウと戦い、暗黒邪神教と惑星カインとを同時に失われました。しかし、その敗北はジョウの力によるものではなく、ソニアという稀有《けう》のエスパーがジョウの側についたからだとうかがっています。もしも、それが事実ならば、ジョウを恐れる必要はありません。ソニアは死にました。ソニア亡きジョウに、われらを敵にすることは不可能です。にもかかわらず、陛下がジョウに復讐されると言われるのならば、それはただ単に陛下の私怨、そういうことになります。

――無礼だぞ、貴様！

鈍い怒りの思考が男に向かって飛んだ。クリスの背後に立つ親衛隊員の思考だった。

――それが陛下に対して言うことか。

――裏切者！

「よせ」

クリスが凛《りん》と響く声で言った。冷たく、有無を言わせぬ声だった。瞬時にして、親衛隊員の思考が静かになった。

「オーティスに問う」クリスは言葉を継いだ。

「おまえも、ジョウとわたしのことをバズレイのように思っているのか？」

「さよう、いささかは」

「ふむ」クリスは鼻を鳴らした。

「では、はっきりさせておこう。それは誤った考えだ」

「…………」

「おまえたちは知らぬだろうが、ジョウは並みの相手ではない。恐るべき敵だ。旧人類でありながら、ある意味ではエスパーを凌《しの》ぐ精神力を有している。それを理解せねばならない。たしかに敗北のキーとなったのはソニアだった。だが、敗北へとつづく状況の流れをもたらしたのはジョウの力そのものだった。ジョウこそがわれらにあの屈辱を味わわせた」

――ですが、ソニアは。

「ソニアはいる」言葉をかぶせるように、クリスは答えた。

「あらたなソニア。それはイトウだ。おそらくイトウは無力な存在であろう。だが、あやつはジョウと手を握る。これを脅威と呼ばずしてなんと呼ぼう。ジョウを恐れすぎているも笑うならば勝手に笑え。わたしはいっこうに気にしない。わたしは神聖アスタロート王国を率いる総統だ。王国を守るためには、あらゆる敵を恐れる。そして、ことジョウに関する限り、どれほど恐れようとも、恐れすぎるということはない」

「…………」

オーティスは無言でクリスを凝視《ぎょうし》していた。クリスもまた、視線をオーティスの目からそらそうとしなかった。

ふたりの間に、見えない火花が激しく散った。

「わしらの中に、忌むべきものが芽をだしはじめている」ややあって、ため息をつきながらオーティスが言った。

「それは不信だ。わしは、あなたの主張に賛意を示し、二千の同志をひきつれて神聖アスタロート王国に最高顧問として加わった。しかし、現実はどうだろう。最高顧問の役職は名ばかりの代物《しろもの》。すべての権力は、あなたとあなたの側近とに集中している。だから、たかだかクラッシャーひとりのことでさえ、わしには真意が伝わってこない。これはどういうことだろう。このままで、あなたはよいと思っているのか？」

「わたしは、おまえをないがしろにしてはいない」クリスは言った。

「ただ、おまえの高齢は心配している。求められれば、こうやって会うし、話し合いが必要ならば、話し合うこともする。だが、細かい決定にいちいちおまえを呼びだすことは意識して避けている。ご老体を些細《ささい》なことでわずらわせようと思っていないから」

「些細なことか」

――せめて決定事項を伝えるくらいのことはすべきです。

またバズレイが思考をさしはさんだ。

「それはしているはずだが？」

――ことが終わったあとです！

――失礼します。

べつの思考が、バズレイのそれに重なった。エルロンの思考だった。

――報告が入りました。ジョウが惑星ツアーンに向かったそうです。

「ツアーン。タルボ大学か」

――はっ。

「いよいよ動きだしたな」

――いかな手だてを打ちましょう？

「手だてか」クリスはオーティスの顔を覗きこむようにした。

「おまえに、何かよい手だてはあるか？」

「わしには、わからん」

オーティスはかぶりを振った。

「そうだろう」

クリスは満足げに笑った。そして、エルロンに向き直った。

「アマゾナスを送れ。全兵力だ。ジョウとイトウを徹底的に叩く。急げ。間を置くな。これはチャンスだ」

――はっ。

「オーティスよ」クリスは、再び視線をオーティスに戻した。

「われわれは、これから銀河連合と対エスパー同盟を敵にする。むろん〈ヴァルハラ〉が完成すれば、かれらは敵というほどのものではない。しかし、ジョウがイトウと組んで連合につけば、ことはわれらに不利に運ぶ。それを避けるためにも、われらは常に全力を尽くす。二重三重の陥穽《かんせい》を仕掛け、対処する。アマゾナスを投入するのも、そういった判断に基づいたものだ。おわかりかな？　わたしが打つ手の意味が」

「…………」

「今度は、希望どおり、事前に説明をした」

「…………」

「おかげで、わかっていただけたらしい」

口をつぐみ、無言で応じるオーティスとかれの従者を前に、クリスは乾いた笑い声をあげた。

やがてそれは、高らかな哄笑となった。

第二章　プロフェッサー・イトウ

1

着陸許可を受信した。

「降下しますぜ」

主操縦席のタロスが言った。いつもと口調が違う。うかがいをたてるような口調だ。言葉のはしばしに、そこはかとなく心配げな響きがある。

その理由は、タロスの左、副操縦席にすわるジョウにあった。

「ああ」

一拍間を置いて、ジョウが答えた。声というよりも、ため息に似た返事だった。

ジョウはあえいでいた。からだをベルトでシートに固定し、肩で呼吸をしていた。

激しい苦痛が、ジョウをさいなんでいる。

傷が完治していなかった。筋肉と内臓が炎症を起こし、内部からジョウのからだをじわじわと痛めつけている。

警察の取り調べが終わるのと同時に、ジョウはみずから退院を宣言した。残りの一週間という時間が、ジョウには耐えられなかった。一分一秒すらが惜しかった。こうしている間にもクリスが力を蓄《たくわ》え、人類にいわれのない戦いを挑んでくる。

クリスのことを考えると、ジョウはわけもなく全身が熱くなった。クリスの言ったファンタズム・プラネットという言葉が、しきりに気になった。暗黒邪神教のクリスはサイコ・フォース・デストロイヤーという恐るべき武器を用意した。そして、神聖アスタロト王国にはファンタズム・プラネットなるものが存在するという。

とても安閑《あんかん》と寝ていられる状況ではなかった。

医師の反対を無視し、ナースの忠告に耳をふさいで、ジョウは病院から飛びだした。警察からも、まだグレーブの星域から離れないようにという要請があったが、それも一《いっ》蹴《しゅう》した。

病院側はジョウを病室に留めておくことを諦《あきら》め、タロスを呼んで、かれに重さ三キロ近い薬の束をどさりと手渡した。クラッシャー生活四十年のタロスは、ジョウの父、クラッシャーダンからジョウの補佐をつとめるよう依頼されている。

「薬を毎日飲ませるのも、俺の仕事になるのかよ」

薬を受け取って、タロスはぼやいた。だが、ジョウはもう勝手に退院してしまってい
た。あとはチームの者がなんとかしてやるほかはない。

事件から四十三時間後、〈ミネルバ〉はグレーブのペトローネ宇宙港を発進した。そ
のまま衛星軌道に向かった。警察当局は、最後の最後までグレーブに引き返すよう、無
線で説得をつづけた。

衛星軌道を離脱し、〈ミネルバ〉は星域外にでて、ワープした。

中距離のワープを三度繰り返し、グレーブから五千八百光年離れた、おおくま座宙域
に属する太陽系国家ザルードの星域外縁にワープアウトした。

太陽系国家ザルードは、恒星ザルードの周囲をめぐる五つの惑星から成り立っていた。
五つの惑星はひとつの行政府によって統治されている。それゆえにこの国は太陽系国家
と呼ばれている。

二一一一年、ワープ機関が完成して恒星間飛行が可能となると同時に、人類は他恒星
系への移民を開始した。

はじめは、人類が居住可能な惑星だけを選んで移民がおこなわれた。移民した人びと
はその地に家を建て、都市を築き、かれらの故郷、地球に倣《なら》って惑星全体をひとつの政
府とした。そして、後に地球連邦の支配から離れ、独立国家となった。これが、惑星国
家の時代である。

だが、惑星国家の時代はすぐに終わりを告げた。惑星改造技術が驚異的な発達をみせ、これまで人類の居住に適さなかった惑星にも移民が可能となったからである。各太陽系内の惑星はその大半が改造され、国家は一惑星単位から、一太陽系単位へとスケールアップした。

惑星国家はつぎつぎと太陽系国家になり、人類の移民範囲は、銀河系の隅々にまで広がっていった。

五十年後のいま、銀河連合に加盟する八千の国家は、そのすべてが太陽系国家となっている。

ツアーンは、ザルードの第三惑星であった。赤道直径は一万一千二百キロ。陸海比が一対九の海洋型惑星である。大陸がひとつしかなく、あとの陸地のほとんどが群島であったため、ザルード政府はここに総合大学を設け、ツアーンを学園惑星とした。学生総数はおよそ八十万人。職員とその家族を含めても、総人口は百万人に満たないという銀河系にも稀《まれ》な人口密度の低い惑星となった。

〈ミネルバ〉はザルードの星域内を加速四十パーセントで航行し、ツアーンの衛星軌道にのってから、着陸許可を大学当局に申請した。学園惑星は、たとえ政府機関であっても、独立した自治権を持っている。入国許可と着陸許可は、まったく別物となっていた。

着陸許可はすぐにおりた。

〈ミネルバ〉はツアーンを周回する軌道を飛び、ゆったりとした螺旋《らせん》を描いて地上に向かい、降下した。

着陸地として、大陸の西海岸にあるトートミア宇宙港を指定された。

西海岸は、朝だった。

〈ミネルバ〉の銀色の船体が、陽光に照り映える。船体側面に青と黄色で描かれたクラッシャーのシンボルマークである流星が鮮やかに光り、二枚の垂直尾翼にはジョウの船を意味するデザイン文字の〝J〟マークが赤く輝いている。全長百メートル、全幅五十メートルの水平型万能タイプ宇宙船だ。

「ビーコンを捕捉しました」タロスが言った。

「着陸まであとわずか。もう少しの辛抱《しんぼう》でさあ」

「ああ」

蒼ざめた顔で、ジョウはうなずいた。

トートミア宇宙港の滑走路が見えてきた。

水平型の〈ミネルバ〉は、とくに必要のない限り垂直離着陸を避け、滑走路を使用する。そのためそのフォルムは航空機に酷似している。先端が先細りに尖《とが》り、翼を兼ねた船体は、後方へと大きく広がっている。

静かな、まるで模範飛行のときのような着陸をタロスはやってのけた。

「へえ」ジョウのうしろ、動力コントロールボックスのシートに納まってキーを叩いていたリッキーが、丸い目をさらに丸くした。

「驚いた。タロスって、こんな着陸もできるんだ。俺《おい》らはてっきり、ぐしゃっと落下させることしかできないんだと思っていた」

「ぬかせ」リッキーにからかわれ、タロスは咆《ほ》えた。

「いつもは、ドジなてめえが首の骨でも折らねえかと、それだけを楽しみにしてわざとやってるんだ。いままでたまたま運がよかったからといって、でけえ口を叩くんじゃねえ」

「けっ、よく言うぜ。たまたま運がよかったのはそっちだろ。くやしかったら、毎度毎度、こうやって静かに船を降ろしな」

「なんだと」

「あんたたち、いいかげんにしなさい！」アルフィンが怒った。彼女はタロスの真うしろにある空間表示立体スクリーンのシートに着き、目を吊りあげて顔色を変えていた。

「ジョウが苦しんで呻《うめ》いているのよ。それを忘れてぎゃあぎゃあ騒ぎ放題。いったい、どういうつもり？」

「し、しかし」

「お黙り！」

「はい」

一喝《いっかつ》され、タロスは首をすくめた。

「とにかく、きょうからおふざけはなしよ。ジョウがちゃんとしているときならいざ知らず、今度こんなマネさらしたら、あたしが捨てておかないからね」

「へへっ」

タロスとリッキーは一緒に頭を下げた。

べつにふたりは、遊びや冗談でいがみ合っているわけではない。十五歳、クラッシャー生活三年のリッキーと、五十代で大ベテランのタロスとは精神的にも行動的にも大きなギャップがある。喧嘩《けんか》は、そのギャップを埋めるための一種の儀式だ。本気でやり合えば、二メートルを超える長身の上、全身の八割をサイボーグ化しているタロスは、身長わずか百四十センチという小柄なリッキーの敵ではない。一瞬にして勝負がついてしまう。が、現実は、そんなことにはならない。多くは口喧嘩程度で終わってしまう。それは双方が、ともにこの喧嘩の意味をよく理解しているからだ。

通信機の呼びだし音が、けたたましく鳴った。

「おおっと」

これ幸いと、タロスがコンソールに飛びついた。アルフィンのヒステリーは嵐である。嵐に正面切って逆らう者はいない。嵐のときは頭を低くし、息を凝《こ》らしてその通過を待つ。あるいは、何かの作業に没頭して、嵐に気がつかないようにする。たとえば航空管制官とのやりとりとか。

「こちら〈ミネルバ〉」

タロスがデスクのスイッチのひとつを弾くと、小型の通信スクリーンに、ひとりの男のバストショットが映った。管制官の制服を着た、角張った顔の男である。いつもならタロスがもっとも嫌うタイプの人間だ。しかし、きょうは違った。にこにこと相好《そうごう》を崩して呼びだしに応じた。

「困りますねえ」画面にあらわれるなり、その管制官は言った。

「報告が遅れています。着陸完了と同時にすませて、すぐに所定の駐機スポットに移動してください」

「いやもう、すんません」タロスはうれしそうに謝った。

「もう大至急やります。勘弁してくだせい」

「俺ら、動力のほうを見てくる」

いきなり、リッキーが言った。すでにベルトを外して、シートから腰を浮かせている。着陸後の動力点検は、機関士の任務だ。どうやらかれも、嵐からの逃げ場を見つけたらしい。

「じゃ、あとよろしく」

　そう言うとリッキーは、かつて一度もしたことのない着陸後の動力点検をおこなうために、船尾へと走り去っていった。

「やれやれ」

　高熱と疲労で、シートの背にぐったりともたれかかっていたジョウが上体を起こし、大きなため息をひとつついた。

　ジョウ、リッキー、アルフィンは、宇宙港のロビーにいた。

　ジョウとリッキーは並んで椅子に腰を降ろし、やることもなく人の流れをぼんやりと眺めている。その一方で、アルフィンだけがかいがいしくジョウの世話を焼く。

「お水、要《い》らない？　熱はどう？　気分いい？」

　訊かれるたびに、ジョウはうなり声をあげた。リッキーはもちろん素知らぬふりをしている。

「まいりましたぜ！」

　あたふたとタロスが戻ってきた。

　遅すぎるというように、ジョウはタロスを見た。アルフィンは、早すぎると言いたげにタロスを睨む。

「タルボ大学がありません」

　腰をベンチに置くのももどかしげに、タロスは口をひらいた。

「なに？」

「正確にいうと、タルボ大学のトートトミア校なんですがね」タロスはつづけた。

「つまり、プロフェッサー・イトウが所長を務めているレイチェル生化学研究所のあるキャンパスなんですが」

「ないとは、どういうことだ？」

「文字どおり、ないんです」タロスは大きく両手を横に広げた。

「五日ほど前に、観測史上はじめてという巨大な竜巻《たつまき》が西海岸一帯を襲いまして」

「竜巻？」

「おまけにマグニチュード八・二の直下型地震が、そいつに重なったんだそうです」

「怪しいなあ」

リッキーが言った。

「トートトミア校はその災害で根こそぎばらばら。死者、行方不明は三千三百余人。めちゃくちゃですよ」

「着陸許可申請のときには、そんなことは言わなかったぞ。プロフェッサー・イトウに会いにきたと告げたのに」

「機械的に指示したんでしょう。官僚にはありがちなことです」

「それで、プロフェッサー・イトウはどこにいるんだい？　まさか、その地震と竜巻とで死んじまったんじゃないだろうね」

リッキーが訊いた。

「問題はそれだ」タロスは肩をすくめ、言った。

「イトウがいない。行方不明だ」

2

「地震のときには、研究所にいたらしい」タロスはつづけた。

「とはいえ、それもはっきりしていない。研究所は瓦礫《がれき》の山に変わっていて、片づけてはみたものの、イトウとかれの研究チームの者は、誰ひとりとしてそこにいなかった。そういう話だ」

「それ、おかしいわ」アルフィンが口をはさんだ。

「だって、病院にやってきたイトウの使いの人は、地震と竜巻のあとにここを発《た》ったんでしょ。それなら、イトウはどっかに生きてるはずよ」

「イトウは隠れているんだ」ジョウが言った。

「クリスに狙われているのを知っているのだろう。リッキーが言ったように、地震と竜巻のダブルパンチというのは、どうにも不自然だ。そこはかとなくＥＳＰの匂いがする」

「しかし、いくらなんでも、そんなすごいマネが」

「暗黒邪神教をみろ」ジョウはタロスに視線を向けた。

「やつらは惑星ひとつをサイコ・フォースで動かしたんだぞ」

「そりゃ、そうですが」

タロスは、しきりにかぶりを振った。

「プロフェッサー・イトウって何ものかしら」アルフィンがぽつりと言った。

「クリスがこんなにむきになるなんて」

「そいつを知りたいから、俺たちはここへきたんだぜ」

タロスに肩を借り、ジョウは立ちあがった。あわててアルフィンも、手を差しのべた。

「とにかく、その研究所のあったところに行ってみよう」ジョウはあごをしゃくった。

「こんなところで、うだうだしていてもはじまらない。動いてこそ、道もひらかれるってものだ」

「そいつは、たしかです」

四人はロビーを横切り、宇宙港の正面玄関へと向かった。

レンタルのエアカーを借りて、ハイウェイを飛ばした。

時速三百キロで二十分ほど走ると、だしぬけにハイウェイがなくなった。仮設のバイパスが地上に伸びており、エアカーの高度制限が一メートルに変更されている。どうやら、ここから先は未舗装路《みほそうろ》になるらしい。市内とハイウェイでは、エアカーの高度は十五センチと定められている。しかし、非舗装路ではその規制を守ることはできない。従えば事故を起こす。

エアカーに臨時の回路がつけられ、コンピュータによる高度制限が解除できるようになっていた。

タロスはそのスイッチをオンにし、エアカーをバイパスにのせた。高度一メートルは、オートではなくマニュアルで操作しなければならない。

「ひでえ景色」

助手席にすわるリッキーが、あきれたように言った。常ならば助手席にはジョウが着くのだが、きょうのジョウは、後部シートでアルフィンと一緒である。

「森が全滅だ」タロスが相槌《あいづち》を打った。

「へし折られたり、根こそぎ抜かれたり」

「ブルドーザやVTOLがでて、復旧作業をやってるぜ」

リッキーが窓の外を指差した。

「ひと月ふた月じゃどうにもならねえな。こいつは」

それは、たしかに惨憺《さんたん》たる眺めだった。ゆるやかな起伏を描いて森がつづいている。

その森が、地震と竜巻に痛めつけられ、ずたずたに引き裂かれていた。根を支えていた大地が激しく脈動し、さらには幾筋にも大きく割れた。そして、それでもまだ倒れまいとふんばっていた木々に、竜巻がとどめを刺した。身の丈数百メートルもの巨人が好き放題に暴れまわれば、このような光景が現出するのであろうか。折り重なる屍体《したい》にも似た巨木が数万本と倒れ、凄惨な姿をあたりにさらしている。ときおり、木々の間に見える灰白色の塊は、崩れ落ちたハイウェイの残骸らしい。何十機ものVTOLが倒れた木を搬出し、そのあとを何百台という大型ブルドーザが整地しているのが見える。だが、それはまるで広大な庭の一角でちょこちょこと蠢《うごめ》いているおもちゃの工作機械のようだ。

「クラッシャーを雇ったほうがいいんじゃない」

アルフィンが言った。

「ああ。惑星改造のつもりでやれば、早いかもしれん」

タロスが同意した。

「高くつきそうだなあ」

リッキーがまぜっかえした。

クラッシャーとは、こわし屋のことである。いまでこそクラッシャーといえば、宇宙船の護衛、救助、惑星探査、危険物の輸送と廃棄処理、捜索など、金さえだせばどんな仕事でも請け負《うお》う宇宙生活者のことを指すが、もともとはけっしてそんな存在ではない。

クラッシャーはその名のとおり、こわし屋、惑星の改造屋であった。

人類が進出した宇宙は、楽園とはほど遠い世界だった。そこは天国よりも地獄に近く、移民した人びとは、未知の猛獣や伝染病に苦しめられ、宇宙船乗りは宇宙塵流やブラックホールなどにおびやかされつづけていた。

そんなときにあらわれたのが、クラッシャーである。クラッシャーは浮遊宇宙塵塊や放浪惑星の破壊、惑星の改造など、困難な仕事をつぎつぎと請け負い、それらの問題を鮮やかに解決していった。

人びとはクラッシャーを歓迎し、争ってかれらを雇った。

クラッシャーの仕事は多様化し、やがて、クラッシャーは専用に改造された宇宙船を有する通信、戦闘、探索、捜査のプロとなっていった。

クラッシャーは金のためなら、犯罪以外のあらゆる仕事を請け負う。その仕事は、正確で早い。クラッシャーはなんのてらいもなく、そのことを誇りとする宇宙のエリートだ。

「クラッシャーを雇わないのは、金のせいじゃないだろう」ジョウが話に加わった。

「大学の連中は、ほとんどがクラッシャーをならず者だと思っている。この星を改造したのが誰だったかを忘れてしまって」

「ですが、その偏見は少しずつですが薄れてきてますぜ」

タロスが言った。タロスは、クラッシャーがもっともひどい扱いを受けた時代をよく知っている。

「そうだよね」笑いながらリッキーが言った。

「いまや、現職の大学教授が俺らたちに会いたがるんだもん」

「プロフェッサー・イトウか」ジョウも、かすかな笑みを口もとに浮かべた。

「まったく、どんなやつなんだろうな」

いつの間にかバイパスが終わり、エアカーはひどく荒れ果てた急造のラフロードを高速で走っていた。左右には倒木が山をなしていて、高度一メートルでは、風景らしい風景は何ひとつ見えない。ハイウェイが倒壊してしまったため、ここにとりあえず、最低限度のレベルの道を拓《ひら》いたのだろう。要するに、救助隊と被害調査団が使う専用道路である。

「〈ファイター1〉でくればよかったなあ」

リッキーが言った。〈ファイター1〉は、〈ミネルバ〉の搭載艇《とうさいてい》だ。小型のVTOLで、航続距離も十分に長い。まさしく、リッキーの言うとおりだった。

「ハイウェイじゃないから、正確じゃありませんが」コンソールのモニターを見ながら、タロスが言った。

「もうまもなく着くはずです」

道はゆるやかな上り坂にさしかかっていた。小さな丘である。つい先日までは深い緑に覆われた美しい丘だったのだろうが、いまは見る影もない。

丘の頂上にさしかかった。

だしぬけに眺望がひらけた。

「あれだ！」

リッキーが声をあげた。

「ふむ」

タロスが鼻を鳴らした。

「まるで、廃墟だな」

ジョウが言った。アルフィンにからだを支えてもらい、リッキーの肩ごしにフロントウィンドウを覗きこんでいる。声に張りがない。

「ここには、レイチェル生化学研究所を中心にして四つの研究所と七つの校舎があったそうです」タロスが説明した。エアカーを操縦しているので、視線が前方と後部シートとを行ったりきたりしている。

「いまじゃ、瓦礫《がれき》とねじくれた鉄骨の山しかありませんがね」

タルボ大学のトートトミア校は、四方を小高い丘に囲まれた浅い盆地に建てられていた。敷地は相当に広い。大部分が公園のように整備された緑地であり、その中にぽつぽつと研究所や校舎がある。

しかし、それは五日前までの話であった。

トートミア校を最初に襲ったのは、地震だった。そのときはまだ被害は軽微《けいび》だった。耐震構造の建物は、外壁にひびが入りこそすれ、倒壊は免れた。唯一の例外は研究所のひとつから出火したことだが、それも自動消火装置が効果的に働き、大事には至らなかった。樹木のほとんどが倒れた森林の打撃に比べれば、何もなかったも同然であった。

が、地震につづいて大竜巻がきた。

これが致命傷になった。

竜巻だけなら、何も問題はなかったろう。木造家屋ではないのだ。簡単にばらばらになったりしない。

悲劇の源は、地震にあった。直下型地震の激しい縦揺れは、大地を裂き、建物の強度をいちじるしく劣化させた。

強風でキャンパスの緑が剝《は》ぎとられ、研究所と校舎が、まるで砂の塔のように他愛なく崩れた。地震で手ひどいダメージを蒙《こうむ》っていた森は、さらに深い痛手を負った。

あとに残ったのは、剝きだしになった赤い地肌と、大地に山をなす瓦礫の群れだけであった。

ジョウたちは、キャンパスの手前でエアカーから降りた。

キャンパスといっても、内外で差があるわけではない。かつてはあったかもしれないが、いまはどちらも同じ赤土の原野である。荒れ果て、大小の石がそこらじゅうにごろごろと転がっている。

その区別が、金属棚でついた。

現場検証にでも使われていたのだろう。高さ二十センチくらいの安っぽい金属棚が、キャンパスの敷地をなぞって長く打ちこまれている。

四人は、しばらく金属棚に沿って歩いてみた。

人影がない。

「救助と捜索はきのうで一段落ついたらしいですな」タロスが言った。

「だから、俺たちの立ち入りも一応オッケイになったんです」

「でも、残骸のほうはぜんぜん片づいてないじゃないか」

リッキーが言った。

「復旧作業は、もうすこしあとになる。道がだめだし、段取りも決めねばならん」

「だけど、まだプロフェッサー・イトウのように行方不明者がたくさんいるんだろ？」

「いるにはいるが、当局は屍体が竜巻に持っていかれたと考えているらしい。すくなくともキャンパス内は捜索し終えたと言っていた」

「ほんとかなあ」

リッキーは懐疑的だった。

「暑いな」

ジョウがぽつりとつぶやいた。空は蒼く澄みわたり、陽射しが思ったよりも強い。まだ朝も早い時間だが、気温はかなり上昇しているようだ。

「休みましょうか？」

タロスが訊いた。

「いや、いい」ジョウはかぶりを振った。

「気分はまあまあだ」

「そうですか」

また、しばらく歩いた。

何かの名残りとおぼしきコンクリートの塊が行手に見えてきた。

「なんだい、あれ？」

リッキーが頓狂《とんきょう》な声をあげた。

「位置から見て正門のあとだな」

タロスが言った。

「やっとのことで地面にへばりついていたという感じだね」

リッキーの表現は当を得ていた。ひとかたまりのコンクリートは、ひどくねじ曲がった数本の鉄棒で、ようやく大地とつながっている。

「ちょうどいい。ここからキャンパスの中に入ろう」

ジョウが提案した。

「礼儀にかなってますな」

タロスが重々しくうなずいた。

四人は左に折れ、キャンパス内に最初の一歩を踏み入れた。

3

「外も内も、ぜんぜん変わらない」

アルフィンが、がっかりしたように言った。赤土に大小の石ころ。どこをどう歩いてもこれしか見当たらない。

「まっすぐレイチェル生化学研究所のあった場所をめざそう」ジョウが言った。

「寄り道は必要ない。とにかくイトウのいたところに行ってみるんだ」

「わかりやした」

それから二時間あまり。

四人は黙々と歩いた。

うんざりするほどにだだっ広いキャンパスを、とぼとぼと進んだ。

「エアカーで乗りこむんだったなあ」リッキーがぼやいた。

「これじゃ、ハイキングだよ」

「仕方ねえだろ」タロスが応じた。

「キャンパス内にエアカーを持ちこむなって言われたんだから」

「誰も見てやしないよ」

「そりゃそうだが」

「タロス！」

アルフィンが声をかけた。

「なんだ？」

「何か見えるわ」

アルフィンは、左前方を指し示している。

タロス、ジョウ、リッキーが、その先を目で追った。

白い瓦礫の山が、陽光を反射してきらきらと輝いていた。

「あれだ」タロスが言った。

「あの瓦礫が、レイチェル生化学研究所だ」

さらに十数分、歩いた。

赤土が消え、細かく砕かれたコンクリートとプラスチックと樹脂の広がる大地になった。

「ブルドーザで派手にひっくり返した形跡がある」

タロスが周囲をざっと調べてきて、言った。

「救助隊は真面目にやってるみたいだね」リッキーも感想を述べた。

「捜索が一段落ついたってのは、本当だったんだ」

「すると、無駄足だったってわけか」

ジョウは唇を噛んだ。

「ほかにプロフェッサー・イトウが立ちまわりそうなところはなかったのかい？」

なじるような口調で、リッキーがタロスに訊いた。

「イトウという教授は変わり者で通っていて、研究所から外にはほとんどでなかったそうだ」

「研究の虫ってやつか」

リッキーは腕を組んだ。

「学会のときだけ外出していたという話ですが、あいにくと、この数か月は生化学の学会はひとつもなかったとかで」

「研究所にこもりきりだった」

「そういうことです」

ジョウの言に、タロスは大きくうなずいた。

「手懸かりは、皆無」

ジョウはぼそりとつぶやきながら、クラッシュジャケットの胸ポケットに指を入れた。

中から金色の金属板を引きずりだした。

「至急会いたし。タルボ大学　プロフェッサー・イトウ」

表面に刻まれた文字を、声をだして読んでみる。病院で殺された男が持っていた、メッセージ・プレートだ。

「これだけでは何もわからない」

首を左右に振った。

「見せてもらえますか」

タロスが言った。

「ああ」

ジョウは金属板をタロスに手渡そうとした。

そのときだった。

音が聞こえた。

伸ばしかけたジョウの右腕が止まった。

音は甲高い電子音だった。

「この音は？」

タロスの眉間《みけん》に、しわが寄った。

「プレートからだ」

ジョウは金属板を耳もとに近づけた。

音が変わった。トーンが低くなった。

「あっ！」ジョウが叫んだ。

「こいつは言葉だ」

「えっ？」

タロス、リッキー、アルフィンが、ジョウのもとに急いで駆け寄った。

「なんて言ってます？」

「静かに！」

タロスの大声を、ジョウは制した。プレートから聞こえる声は、囁《ささや》きよりもまだ小さかった。

「そこから北に二十二メートル、移動せよ」

「そこから北に二十二メートル」

「そう繰り返している」

「移動しましょう」

四人はプレートの声のとおりに歩いた。

プレートのせりふが変わった。

「西に四十一メートル」

また、せっせと四人は移動した。距離は歩幅ではかったおおよそのものだったが、正確な位置はプレートのせりふがとつぜん変わることでわかった。

「そこを、地表から三十センチ、掘れ」

「地表から三十センチですな」

すぐにタロスが腰をかがめた。

地表は厚く堆積した瓦礫によって完全に覆われていた。タロスはそれをひょいひょいと引きはがし、まわりに放り投げた。

赤土の地面があらわになった。

タロスは左手で赤土の大地をざくざくと掘りはじめた。タロスの左腕はロボット義手である。多少、乱暴に扱っても壊れないいし、痛みも感じない。

たちまち三十センチを掘り抜いた。

「こいつだ」

タロスは掘るのをやめた。

穴の底に、直径五センチくらいの黒いつまみがあった。

「右にまわせ」

プレートの声が言った。

タロスがまわした。

低い、モーター音に似たうなりが大地の下から響いてきた。

だしぬけに、三メートルほど離れた一角が小さな破裂音とともに跳《は》ねあがった。

「わっ！」

リッキーがびっくりしてうしろに飛びすさった。跳ねた拍子に、瓦礫が勢いよく飛んだ。瓦礫はリッキーをかすめて地上に落ち、鈍い音を立てた。

「惜しい」

タロスが指を鳴らした。

「入口らしいな」

ジョウが言った。直径二メートルといったところか。ぶ厚い蓋《ふた》がぱっくりとひらき、そこに深い穴が生じている。

「宇宙船の非常ハッチみたい」

アルフィンが言った。言われてみれば、たしかに似ている。

「深い穴だぜ」

ジョウが蓋の脇に立ち、穴を覗きこんだ。

「中に入れ。中に入れ」

プレートが囁いている。

「どうします？」

タロスが訊いた。

「入るしかないだろう」

ジョウは穴のふちに手をかけた。そのまま体重を移動させ、穴の中に足を落としこむ。するりと飛びこんだ。

急激な落下感覚が、ジョウの全身を包んだ。周囲が真っ暗になった。

闇の中をジョウは滑り落ちた。背中が彎曲《わんきょく》した壁に触れている。少し押されている感じがする。垂直降下ではない。間違いなくななめに落ちている。この穴は、円筒状のすべり台だ。しかも、その落下角度がどんどん浅くなっている。速度が少しずつ遅くなってきていることで、それがわかる。

やがて、穴が水平になった。

落下が止まった。ジョウは静止し、仰向けに寝ている。両手でまわりを探ってみた。

先ほどまで弧を描いていた背中の下の壁はいまは平らな床となっている。

ふいに軽いショックがジョウを突きあげた。

床だ。床が動きだした。右横にスライドしていく。

「いたれり尽くせりだな」

ジョウは肩をそびやかした。

床の感触が微妙に変化している。どうやら直角にねじれているらしい。ジョウはからだを持ちあげられる感覚をおぼえた。

床が停止した。ジョウの両足の裏が床についた。どうやら、二本の足で立っているらしい。

そこへ、タロス、アルフィン、リッキーがひとりずつ順番に運ばれてきた。三人は、ジョウの横に並んだ。

と。いきなり、周囲が明るくなった。闇に慣れた目が光に驚き、鋭く痛んだ。

目が視力を取り戻した。

ジョウたちは狭い部屋にいた。正面を除いて、壁がすべて発光パネルになっている。やけに明るいのは、そのためだ。

音もなく、正面の壁が上方にスライドした。

壁の向こう側に、ひとりの男が立っていた。

グレイのマオカラースーツを着た、大柄な男だった。腹が丸くつきでている。年齢は

四十二、三歳だろうか。短い口ひげをはやしており、端の吊りあがった目が異様に細い。長めにカットされた豊かな金髪が、その風貌に対して、ひどくアンバランスな印象を与えている。

「よくきてくれました」低い声で、男は言った。「わたしが、プロフェッサー・イトウです」

小さな部屋に通された。

「どうぞ、かけてください」

イトウが、ソファを勧《すす》めた。

部屋は、突貫工事でつくられたとは思えないほど、機能的に設計されていた。壁が発光パネル。床には明るい色のカーペット。ふたり掛けのソファが二脚に、テーブルがひとつ。テーブルは各種装置の制御卓を兼ねた直方体のプラスチック製で、小型ながらもスクリーンまでがついている。

「業者が持ちこんだ学生用のユニット研究室というのをひとつ買って、そのまま地中に埋めたのです。おもしろいでしょう」ジョウが興味深げに室内を眺めているので、イトウは笑いながら部屋の説明をした。

「プラスチックの一体成型で、ソファはオプション。カーペットとテーブルはユニットの付属品です」

「なるほど」ジョウは小さくうなずき、イトウに向き直った。

「たしかにおもしろい話だが、いまはやめておこう。聞きたい話は、ほかにたくさんある」

「そうでしょうな」

　イトウはジョウの言葉を認めた。

「どこから話してもらえる？」

「どこからと言われても」

　イトウは遠い目をした。

「グレーブの病院で何があったのかは知っているんだろ？」

「ええ」イトウは上着の内ポケットからたばこをとりだし、口にくわえた。

「ニュースパックで見ました。やるせない話です。グレーブには、わたしが行くと言ったのですが、レックスはむきになって反対しました。万が一のことがあったら、すべてが終わりになると言って。わたしには、返す言葉がなかった」

「万が一とはクリスのことか？」

「そうです。ここがやられた直後で、万が一というのは、むしろ控え目で楽天的な表現でした」

「いったい何があったんだ？」

ジョウはじれったそうにソファから腰を浮かせた。

「何があったか、ですか」イトウは、口からゆっくりと煙を吐きだした。視線が移動し、ジョウと目が合う。

「あなた、超能力の原理についてどう思います？」

イトウはジョウに向かい、ふいにそう訊き返した。

「え？」

予想だにしなかった問いに、ジョウはとまどい、一瞬、絶句した。

「あなたが『暗黒邪神教事件』のあとにクラッシャー評議会を通じて銀河連合に提出したレポートをわたしは丹念に読みました」ジョウの困惑にかまわず、イトウはつづけた。「あなたは、わたしの知る限り、ひじょうに強力な超能力の影響を長時間にわたって蒙《こうむ》った唯一の人物です」

「………」

「その経験からお聞きしたいのです。超能力のメカニズムとはなんだと思いますか？」

「ちょっと待ったあ！」

荒い声で、タロスが割って入った。

イトウは驚いたように顔をめぐらし、タロスを見た。

「質問をしているのは、ジョウのほうだ」タロスは言った。「わけのわからんことを訊いて煙に巻くのは、やめてもらいたい」

「はあ」

イトウはきょとんとなった。

それから苦笑し、ゆっくりと頭を掻《か》いた。

4

「いや、これは失礼」イトウは頭を下げ、謝罪した。

「つい、いつもの講義のくせがでました。べつに、こんな話し方をするつもりはなかったのですが」

「…………」

ジョウは何も言わない。

「もっと、てきぱきとお話ししましょう」イトウは、あらためて言った。

「三週間ほど前のことです。わたしたちは、かねてから研究中のある種の装置を完成させました。それは、一年前からターゲットをその装置に絞り、研究員すべてが全力を尽くして開発にあたってきた装置でした」

「なんて装置なの？」

　リッキーが訊いた。

「商品ではないので、名前はついていません。わたしたちはただ単に、〝遮断器《ブレーカー》〟と呼んでいました」

「ブレーカー？」

「そいつは、何を遮断するんだ？」

　今度は、タロスが訊いた。

「ＥＳＰ波です」

　イトウは低い声で言った。

「なんだって？」

「ＥＳＰ波です」繰り返した。

「あらゆる超能力は、超能力者の大脳前頭葉から発せられるＥＳＰ波によって惹《ひ》き起こされます。ブレーカーは、そのＥＳＰ波のもたらす影響を完全に遮断します」

「ちょっと待ってくれ！」ジョウが手を挙げ、あわてて言った。

「そりゃ、本当か？」

「事実です」

「しかし、ＥＳＰ波なんて俺も初耳だぞ。一度も聞いたことがない」

タロスが言った。

「ESP波自体は、そんなに驚くようなものではありません。すでに二十世紀の末からその存在が明らかになっていて、現在に至るまでさまざまな研究がつづけられてきています」

「二百年に及ぶ研究か」

ジョウはソファにもたれ、腕を組んだ。

「すごいわね」アルフィンが言った。

「それなのに、誰もがESPって聞くとおたおたしてしまう」

「ワープ機関も、理論が生まれてから実際に装置として完成するまでに百年以上の歳月を要しました。時間をかけても熟成しない研究というのは、少なからずあるものです」

「すると」

「超能力については、根本的なところは、やはりまだ何もわかっていません」

「しかし、ESP波はどうなんだ?」

ジョウが組んでいた腕をほどき、身を乗りだした。

「先ほども言ったように、ESP波は超能力者が念を凝らしたときに大脳前頭葉の一部から発信されます。そう、ちょうどこのあたりですね」イトウは指で、自分の左前頭部を示してみせた。

「発信されるESP波の周波数は、実にまちまちです。わたしのとったデータだけでも一八・三メガヘルツから一一二・六メガヘルツまであって、その幅は一〇〇メガヘルツ近い有様です」

「何人分のサンプルだ?」

「二十一人。二十一人で二十一種類のサンプルです」

「思ったよりも多いな」

「ほとんどが、ここの研究員か教授ですよ」

「え?」

「偶然の産物なんです、この研究は。わたしたちは、べつにエスパーの研究をしていたわけではありません」

「じゃあ、いったい何を?」

「わたしたちの研究テーマは、インスピレーションです」

「インスピレーション」

「ひらめきですね。重大な発明や理論の発見は、そのすべてが天才的な学者のひらめきによって生まれてきています。ぴん、とくるというやつですね。研究に研究を重ね、果てしない思考をえんえんと繰り返し、ある日とつぜん、ぴん、とくる。これだ。これしかない! できた」

「なるほど」

ジョウは小さくあごを引いた。

「わたしたちは、インスピレーションの原理を解明しようと、五年前からその研究に着手しました。最初は雲をつかむようなテーマだったので研究は遅々としてはかどらず、他の研究室の笑いものになっていました。しかし……」

「ある日、ぴん、ときた」

「そうです」イトウは声をあげて笑った。

「わたしたちは、天才的な学者のひらめきは、ある種の超能力ではないか、と考えたのです」

「………」

「そこで、わたしたちは超能力について調べました。実に興味深い分野でした。そして、ESP波に注目したのです。わたしたちは、まず大道で芸を売っている超能力者とおぼしき人物を雇い、実験してみました。二、三十人にひとりでしょうか、たしかにESP波が検知されました。おもしろいことに、ESP波を発しない芸人の芸は、すぐにインチキだとわかるのです。実験は限定された環境でシビアにおこなわれますから、インチキは通じません。が、その中でも何人かはたしかに、透視能力者なら透視が、念動力者なら念動ができて、なおかつESP波を発していました」

「ふむ」

タロスが鼻を鳴らした。

「つぎにわたしたちは、学者のインスピレーションを同様にして測定してみました。これはと思う有望な学者に依頼し、小型の測定器を身につけてもらったのです。幸いにも、ここは学園惑星でしたから、サンプルには事欠きません。芸人を集めるよりもずっと簡単に実験は完了しました」

「その結果は？」

「大成功です。人間、そうそう大発明や大発見をするわけではありませんから、けっして多くはなかったのですが、三年がかりで十数例が集まりました」

「気の長い話だ」

「第一段階の結果に満足したわたしたちは、さっそく第二段階にとりかかりました。すなわち、インスピレーションを発現させる方法です。わたしたちの研究の狙いはこうでした。行き詰まった研究がある。データもそろい、理論も半ば完成している。しかし、いまひとつ完全ではない。そういった研究にたずさわっている研究者にインスピレーションを起こさせようと考えたのです」

「やけに親切なテーマだな」

「本当は、いちばんインスピレーションがほしかったのは、わたしたちだったんですよ」

「皮肉だね」

リッキーがまぜっかえし、五人はいっせいに笑った。

「もっと皮肉なことがありますよ」笑いを鎮《しず》め、イトウは言葉をつづけた。

「わたしたちの研究の成果です。なんと、ESP波を発信させるのではなく、ESP波を封じこめる方法を見つけてしまったのです」

「それがブレーカーか」

「そうです」イトウは深くうなずいた。

「ESP波は対象物に、なんらかの反応を起こさせます。念動ESP波は、物質の分子の運動方向を制御します。これにより、物質は動きまわったり、破壊されたりするわけです」

「テレパシーは電波そのものだから、ふつうの通信と同じか」

「よくわからないのは、予知能力と千里眼です。ESP波が時空間に働きかけているものと思われますが、証明のしようがありません」

「テレポーテーションは？」

「それこそ、お手あげです」イトウは本当に両手を頭上に挙げた。

「調べようにも、その能力を持った者がいないので」

「そういえば」ジョウが言った。

「暗黒邪神教にもいなかった」

「クリスとソニアが対決したときに、いろいろと場所が変わったでしょ。あれは？」

アルフィンが訊いた。

「あれは逆だ。空間を移動したのではなく、空間がかれらのもとにやってきたんだ」

「似たようなものじゃないの？」

「乱暴だなあ」

「想像で言うと、たぶん生体ワープの一種なんでしょう」

ジョウとアルフィンの間に、イトウが割って入った。

「超能力としては、きわめて稀《まれ》なものと思えばいいか」

「そういうことです」

「まったく人間のからだというのは不思議なもんだな」タロスが言った。

「何もせっせと発明しなくたって、自分でちゃんとそういった能力を持ってやがる」

「一部の人の話ですよ」

「そりゃ、そうだが」

「ところで、クリスとの関わりなんだけど」リッキーが言った。

「そっちのほうは、どうなっているんだい？」

「二、三か月前のことです」イトウの表情が、それとはっきりわかるほどに硬くなった。「実験用に学園内のあちこちに取りつけておいたESP波感知器が、異常な反応を見せはじめました」

「へえ」

「はじめは故障かと思いました。とにかく、桁外《けたはず》れの値を示したのです。これまでの最大値の数百倍というすさまじさでした」

「しかし、故障ではなかった」

ジョウが言った。

「ええ。装置は正常でした。となると、考えられる原因はただひとつ」

「強力なエスパーの来訪か」

「ひとりやふたりじゃありません」

「団体だな」

「クリスとのつながりは、いつわかったの？」

アルフィンが訊いた。

「はっきりしたのは、グレーブの事件のあとで、そのニュースパックを見てからです」

「それまでは？」

「漠然とした不安ですね。暗黒邪神教のレポートを読んでましたから、ひょっとしたらという気はありました」

「その不安が、ここをつくらせたんだな」

あらためて、タロスが室内を見まわした。

「突貫工事です」イトウは小さくあごを引いた。

「急いで大型のブレーカーを一基つくり、ここに穴を掘りました。大型といっても、地上の建物を丸ごとはカバーできないので、その有効範囲に合わせて地下研究所を設計したのです」

「インスピレーションが働いたんだ」

「そういうことになります」

「具体的な妨害は？」

「妨害というよりもスパイ行為のようなことがあったようです。何人かの研究員が、頭の中をいじくられている感覚があると訴えてきました。むろん、ＥＳＰ波感知器が異常値を示していたときです」

「地震と竜巻は、やはりクリスの？」

「間違いないでしょう。どうやったかは知りませんが、ＥＳＰ波はこれまでの最大でした。荒れ狂うとでもいいますか。心底、恐ろしいと思いました」

「そりゃ、怖いよ」

リッキーが同意した。

「俺たちに頼った理由は？」

ジョウが訊いた。

「と、言いますと？」

「銀河連合や連合宇宙軍に訴えなかったわけさ」

「切羽詰《せっぱつ》まっていたからです」

イトウはきっぱりと言った。

「どういうことだ？」

「連合や宇宙軍、それにツアーンの警察に保護や護衛を願いでても、すぐに話は通りません。時間がかかります。しかし、クラッシャーなら即断即決です。それに……」

「それに？」

「もしも敵がクリスの手の者だったとしたら、かつて一度、かれと戦ったことのある人物でなければと思ったのです」

「あとの理由はべつとしても、時間がかかるというのは納得できるな」

「お役所仕事ですからね」

タロスが言った。

「だけど、そんなすごい発明なんだから、やっぱり連合の付属研究所にでも持ってったほうがよかったんじゃない？」

リッキーが、言った。

「おっしゃるとおりです。が、この装置に限っては大きな問題があります」

「問題？」

「理論がわかっていません」

「え？」

「ＥＳＰ波はたしかに電波ですが、その性質はいちじるしく電波とは異なっています。たとえば減衰ひとつとってみても、かなりの差がみられます。ＥＳＰ波は、コンクリートや金属などに遮蔽《しゃへい》されていても、まったくといっていいほど影響を受けないのです」

「言われてみれば」

「ブレーカーは、特殊な重力場でＥＳＰ波を遮断しています」イトウは、ゆっくりと四人の顔を眺めまわした。

「とくに理由があって重力場を用いたわけではありません。ＥＳＰ波を強めようと思って、いろいろ試していたら、どういうわけか重力場がＥＳＰ波を遮断していたのです」

5

「冗談みたいだなあ」

リッキーが笑った。

「まったくです」

「しかし、それではたしかに連合の石頭は納得しねえ」

「どうしてよ？」アルフィンがタロスに訊いた。

「ちゃんと動くんなら、それでいいじゃない」

「そうはいかん」タロスは言った。

「学者は理論が第一。頭で理解できないものは認めない。それがふつうだ」

「ひどいわ」

「ひどくても、しようがない」

「プロフェッサー」ジョウが言った。

「それで、俺たちにどうしろと言うんだ？」

「できれば、わたしの護衛を頼みたいのですが」

恐縮の色を見せて、イトウは言った。

「護衛？」

「ブレーカーを持って、直接、連合主席に会いにいこうと思っています。ですから、わたしを護衛してソルまで連れていってほしいのです」

「そして、ブレーカーを量産し、クリスの脅威に備えるというわけか」

「そうです」

「断りようのない依頼だ」

「申し訳ない」

「ブレーカーはいくつありますか？」

タロスが訊いた。

「宇宙船に搭載する大型が一基、個人用のが二、三十個。そんなところですか。大部分は、研究員に持たせてあります」

「大型を〈ミネルバ〉に？」

「そのつもりです」

「現物を見せてもらえますか？」

「喜んで。どうぞ、こちらへ」

イトウにうながされ、五人は立ちあがった。

部屋の突きあたりにある細長いドアがひらいた。ドアの外には、白いプラスチックの通路が、まっすぐに伸びている。

「開発室は、もともとあった地下室を利用したので、ちょっと離れています」

イトウが先頭に立ち、通路を進んだ。

「レックスという人は、ブレーカーを持ってなかったの?」

リッキーが歩きながら訊いた。

「持たせてありました」

うしろを振り返り、イトウは答えた。

「じゃ、どうして、あんなことに?」

「わかりません」イトウはかぶりを振った。

「故障したのか、物理的な打撃で壊されたのか。不安感を抱かれるかもしれませんが、ブレーカーは完成したばかりで、まだ完璧ではないのです。不測の事態が起きることは否定できません」

「ものごとは何でもそうだろ」ジョウが言った。

「完璧ばかりじゃ、おもしろくない」

「そうですね」

タロスも相槌《あいづち》を打った。

そのときだった。だしぬけに、けたたましいサイレンが鳴り響いた。

五人はびくっとして足を止めた。

数メートル先の壁が大きくひらき、白衣の男が飛びだしてきた。

「ブリスコくん、何があった?」

イトウが白衣の男に大声で訊いた。

「VTOLです。先生」ブリスコは早口で言った。

「おかしなVTOLが数十機、この近辺に着陸しました」

「おかしなVTOL？」

「明らかに戦闘機です！」

「スクリーンに映っているのか？」

「はい」

「見よう」

五人は、ブリスコが飛びだしてきた部屋に駆けこんだ。壁のすべてが大型のスクリーンに覆われている部屋だ。

「モニタールームです」

イトウが簡潔に説明した。ジョウたちを地下研究室に誘導できたのも、この部屋があったからだ。

「これです」

ブリスコがスクリーンのひとつを指差した。

「グラバース重工業のF‐40A〈ガイーア〉だ」

ジョウが機体の名称を特定した。

「戦闘員が降りている」リッキーが、べつのスクリーンを覗きこんだ。

「女だ！」

「なに？」

五人はリッキーの示すスクリーンに、いっせいに目をやった。

「第一種戦闘服を着ている」ジョウが言った。

「ゲリラ戦の迷彩服だ」

「なんてえこった」

タロスが大声を発した。

「どうした？」

「ジョウ」タロスはあえぐようにつづけた。

「こいつらはシレイアのアマゾナスです」

「なんだと！」

ジョウの顔色が変わった。

シレイアのアマゾナス。

連合宇宙軍はもちろん、あらゆる太陽系国家の宇宙軍にも例をみない、女性だけの特殊部隊だ。勇猛にして迅速《じんそく》、わずか二百人あまりの小部隊だが、その比類なき戦闘能力は宇宙海賊相手の熾烈《しれつ》なゲリラ戦などにより、銀河系にあまねく知れ渡っている。

「シレイアは、みずへび座宙域の太陽系国家だ」タロスが言った。

「惑星の数が三個と少なく、そのうえに最外惑星が改造不能のガス状だったために人類が居住しているのは第一と第二惑星だけという小国だが、商工農業の経済のバランスがうまくとれていて、生産性は大国にも劣らず、ひじょうに高い」

「豊かな国というわけか？」

　ジョウが訊いた。

「そうです」タロスはうなずいた。

「豊かな小国だからこそ、海賊の被害も大きい。そこで設置されたのが、女性だけの特殊部隊であるアマゾナスです」

「女性だけってのに、何か意味があるのかい？」

　リッキーが横から訊いた。

「とくに意味はねえ。男の部隊と女の部隊をためしにつくって様子をみたら、女のほうが成績がよかった。それだけだ」

「へえ」リッキーは目を丸くした。

「女のほうがねえ」

「なんなら、おまえ、アルフィンと腕比べしてみるか？」

「アルフィンと……あ、いや、やめとく。わかったよ。アマゾナスができたわけ」

「だろ」

「何がわかったっていうの？」

スクリーンのひとつに見入っていたアルフィンが、素早く身をひるがえして、リッキーの前に戻ってきた。

「さあて」タロスはとぼけた。

「リッキーが何か言ってたようなんだが」

「リッキー！」アルフィンの声が、いきなり甲高くなった。

「あんた、何がわかったって言ってるの？」

「え、それは、あの、タロス、ずるい」

リッキーは、ひとりでうろたえた。

「どうせ、あたしの悪口でしょ」

アルフィンの右手が一閃《いっせん》した。

「あうっ！」

リッキーが悲鳴をあげた。左の頬に十センチ近い三条の爪跡が残った。傷は真っ赤に腫れ、血がにじんだ。

「ア、アマゾナス、怖い」

リッキーは部屋の隅に行き、膝をかかえてうずくまった。

「どうします？」

　イトウがジョウたちに向き直り、問うた。

「どうしようにも、わけがわからない」ジョウは眉をひそめた。

「なぜ、ここにシレイアのアマゾナスがやってきたんだ。独立国家がからんでいるというのか？　クリスの裏には」

「案外、そうかもしれません」

　タロスの目が強く炯《ひか》った。

「だとしたら、厄介だぞ」

「わたしには、何がなんだか」イトウは、しきりに首をひねっている。

「彼女たちにはＥＳＰ波の反応がありません」

「アマゾナスは、エスパーじゃない」ジョウは言った。

「だから、ここに派遣された」

「なんですと？」

「要するに、ブレーカーが効いてるってことです」タロスが言葉を添えた。

「そのため、エスパーでは手がだせない。そこで、戦闘のプロを投入した」

「アマゾナスはエスパーの命令で動いていると言うんですか？」

「ヒュプノってやつでしょう」タロスは言った。

「意志を支配されているんです。他人の精神の中にむりやり意志を割りこませて、相手の思考をがんじがらめにする。やられたほうにしてみれば、何もわかっていない状態のまま、ただの操り人形と化してしまう」

タロスの口調は、まるで他人事のようであった。困難に直面したとき、タロスはよくこういう物言いになる。

「ジョウ！」

アルフィンがジョウを呼んだ。

「なんだ？」

「アマゾナスが展開を完了したわ」

「なるほど」ジョウはアルフィンの指差すスクリーンを凝視した。

「ここを中心に、きっちり包囲配置についている」

「こっちの居場所を知ってますな」

タロスがうなるように言った。

「透視できない場所が目標になる。エスパーであれば、発見するのは、そうむずかしいことではない」

ジョウは、イトウのほうに首をめぐらした。

「プロフェッサー」

「はい」

「ここの防備はどうなっている？」

「何もしていません」イトウは肩をすくめた。

「しかも、地下室を利用してつくった開発室が浅いので、二メートルも掘られたら、壁が剝きだしになってしまいます」

「素粒子爆弾でも使われたら、事ですぜ」

タロスが言った。

「座して死を待つことになるな」

ジョウはうなずいた。

「応戦しましょう」いきなり、イトウが叫ぶように言った。

「宇宙港で所持する武器を制限されたことを気にしているのでしたら、心配は要《い》りません。武器はあります」

「武器はある？」

ジョウとタロスは互いに顔を見合わせた。

「こんなこともあろうかと、学生たちにつくらせておいたのだ」

イトウはジョウたちを押しのけ、ドアに向かった。

ドアをあけ、振り返る。

「ついてきて。早く!」

通路に飛びだした。

ついてこい、と言われてはしようがない。ジョウ、タロス、アルフィンはイトウのあとを追った。リッキーひとりが膝をかかえて落ちこんでいる。

「リッキー、こい!」

ジョウに怒鳴られ、ようやくリッキーはもそもそと立ちあがった。

イトウは、ひどく昂奮《こうふん》していた。

声高に宇宙軍マーチか何かを歌いながら、通路を駆けていく。

「ジョウ」タロスが言った。

「あの教授《せんせい》、コンバット・マニアです」

「どうも、いやな予感がしてきた」

数メートル行くと、通路が右に折れていた。その突きあたりの壁に、ドアがある。イトウは右に曲がらず、ドアをあけて中に入った。

ドアの向こうは、武器庫だった。

壁、床を問わず、部屋のすべてが、さまざまな武器に埋め尽くされている。

レイガン、ライフル、バズーカ、ハンドブラスター、音波地雷、光子弾、手榴弾、戦闘服。数だけでなく、バリエーションも尋常《じんじょう》ではない。

「すげえ」

ジョウ、タロス、リッキー、アルフィンは啞然《あぜん》となった。

「みんな手造りだ」目を輝かせ、イトウが言う。

「市販品はひとつもない。ライフルのストックすらハンドメイドのＦＲＰでつくられている。これは、課外活動のすばらしい成果だ」

「大学が信じられなくなった」

低い声で、タロスがつぶやいた。

6

「なんでもいい。好きなだけ持ってってくれ」火器に向かい、イトウは両腕を広げた。

「弾丸もエネルギーパックも十分にある。性能はわたしが保証する。宇宙軍の制式兵器には、絶対負けていない。安心して使ってくれ」

「安心しろと言ったって」ジョウが反論した。

「兵隊は俺たち四人だけだぜ」

「四人？　いや、五人だ」

すかさず、イトウが言った。イトウは壁のフックにかかったアーミーグリーンの第一種戦闘服をはがしにかかっている。

「ちょっと待て、あんたもやる気か?」

「素人《しろうと》扱いはやめてもらいたい」戦闘服を手早く着こみながら、イトウは凜《りん》として言った。

「こうみえても、わたしはコンバット・シューティングのマスターだ。宇宙軍の体験入隊も三回やった。先生は一流といわれるタークとトビーについた。なんの不服がある?」

「あたた」

ジョウは頭をかかえた。

「仕方がねえ」先に肚《はら》を決めたのは、タロスだった。

「どっちにしろ、一戦やらなきゃ、おさまらないんだ」

武器を運びにかかった。

「まいったぜ」

肩をそびやかし、ジョウも諦めた。

「わたしだ。すぐC型ブレーカーを五個、Aルームに持ってきてくれ」

イトウは壁の一角にはめこまれたコンソールのインターフォンに向かい、大声でわめいている。どうやら、小型のブレーカーを学生に用意させているらしい。

武器選びが完了した。

ジョウは無反動ライフルとブラスターを持ち、手榴弾を十個ばかり、腰のフックにひっかけた。

タロスは、大型のレーザーライフルを選択した。手榴弾はジョウと同じく、腰に吊した。

リッキーは小型バズーカを背負った。バズーカは全長四十センチあまり。七連発で、ほかに予備弾倉もある。腰にはブラスターと光子弾をずらりと提《さ》げている。

アルフィンはレイガンを二挺《ちょう》、把《と》った。レイガンは軽くて扱いやすい。ホルスターがあったので、それを腰に巻き、その中に押しこんだ。エネルギーパックは十本ほど用意した。

「先生！」

白衣を着た男が、箱をかかえて部屋の中に入ってきた。ブリスコではない。べつの研究員だ。

「ブレーカーをかれらに」

イトウはジョウたちを指差した。

ブレーカーが配られた。

小さな装置だ。直径は十センチ前後で、厚みが約三センチ。平たい円盤型をしている。

筐体は合金製だ。ベルトにつけるためのフックがついている。スイッチやLEDのたぐいは、どこにもない。

イトウの指示で、ジョウたちはそれを腰に装着した。

「内蔵のバッテリーは一年以上保《も》つ」イトウは言った。口調がいつの間にか、ざっくばらんになっている。

「耐ショック性能はまあまあだ。しかし、パイロット・ランプがないので壊れてもわからない」

「了解。注意する」

「では、地上にでよう」

「包囲の外側にでられるか？」

ジョウが訊いた。

「封鎖してあるが、となりの研究所とつながっている長い通路が一本ある。これを利用すれば、でられないことはない。しかし、問題は瓦礫だ。これが出口をふさいでいたら、包囲の外にでるのは無理ということになる」

「瓦礫はたいしたことたあねえ」タロスが言った。

「あっても、俺が跳ね飛ばす」

「だったら、大丈夫だ」

「よし、行こう！」

先頭は、やはりイトウが受け持った。四十代に似合わぬ、潑剌《はつらつ》とした動きだ。まさしくコンバット・マニアである。サブマシンガンを肩にひっかけ、手には小型のレーザーライフルを持っている。上半身は、手榴弾が鈴なりだ。ヘルメットは通信機付きのジェットタイプをかぶっている。

薄暗くて狭い通路を、五人は三百メートル近く走った。

硬い靴音が、カンカンと反響《こだま》する。

イトウが止まった。

「ここだ」

壁を示し、囁《ささや》くようにタロスに言った。

「まかせろ」

壁に金属製の梯子《はしご》が埋めこまれていた。タロスは、それを登った。

出口は丸い蓋《ふた》で覆われていた。金属製で、銀色に光っている。点検用のものらしい。正式な出入口ではない。油圧作動でひらくようになっていたが、スイッチを入れても開閉装置は作動しなかった。

「負荷が大きすぎるので、セイフティがかかっている」

イトウが説明した。

「なんとかするさ」

タロスが左腕で蓋を押した。

うなるような低い音が、装置の奥から聞こえてきた。

「動きだした」

イトウは目を丸くした。瓦礫の重量分をタロスが支えたので、油圧装置のスイッチがオンになった。

蓋がひらいた。

瓦礫の落ちるけたたましい音がした。

「ちっ」

そのあとのタロスの対応は、奇跡のように素早かった。

するりと出口を抜け、外にでた。そのときにはもう、レーザーライフルを腰だめに構えている。

案の定《じょう》、瓦礫の音に、アマゾナスが振り返っていた。

レーザーライフルの銃口から白い光条がほとばしった。

一瞬にして、三人のアマゾナスが薙《な》ぎ倒された。

「女は殺《や》りたくねえ」

タロスはつぶやき、手近なコンクリート塊の蔭に入った。

イトウ、ジョウ、アルフィン、リッキーの順で、四人がタロスの横にやってくる。

「敵は？」

イトウが訊いた。声が弾んでいる。

「三人殺《や》った。いまは、包囲態勢を再構築しているところだろう。数の不利を埋めるなら、多少危険でも、すぐに展開して攪乱《かくらん》するのが最善策だ」

「そうしよう」

「タロスはこの場に留まれ」ジョウが言った。

「プロフェッサーは南。アルフィンとリッキーは北。俺は西へ行く」

「西は敵の正面だぞ」イトウが言った。

「まずいんじゃないか？」

「そんなことはない」ジョウはかぶりを振った。

「やつらは俺たちが、どこにでたかを知った。むしろたいへんなのは、ここに残るタロスだ。それを守るのが北と南の三人だ。俺は正面を突破してから背後を衝《つ》く」

「わかった」

「派手にやれよ。とにかくやつらを浮き足立たせるんだ」

「オッケイ！」

四人は、それぞれの方角に散った。

戦闘がはじまった。

やはり、劣勢は否《いな》めなかった。上陸したアマゾナスは、約百人。しかも、そのうちの二十人が、ハンドジェットを背中にかついでいる。掃討部隊だ。二、三十メートルの上空に舞いあがり、レーザーライフルで物陰にひそむ敵を狙い撃ちする。犠牲も大きいが、効果も大きい。いわば決死隊である。

三十メートルほど前進したところで、ジョウはその場に釘づけになった。敵の火線が集中する。一歩も動けない。まわりは崩れ落ちた建物の残骸に囲まれており、ジョウにとってもアマゾナスにとっても、遮蔽物《しゃへいぶつ》はいくらでもある。だからこそ、上空を舞う掃討部隊がいっそう邪魔になった。

引きつけてやるか。

ジョウは思った。このままでは、時間がいたずらに過ぎてゆくばかりだ。体力に自信のないいま、時間はあまりにも貴重だ。

クラッシュジャケットの胸ポケットから光子弾をひとつとりだした。クラッシュジャケットは、クラッシャーの制服のようなものだ。すべてのクラッシャーは、常にクラッシュジャケットを着用している。防弾耐熱で、ヘルメットを装着すれば簡易宇宙服にもなり、ポケットには、光子弾などの特殊エネルギー弾や電磁メス等が納められている。一種の戦闘服といっていい。ズボンは銀色でブーツと一体になっている。上着は色違いで、ジョウの場合はブルー。ちなみにジョウのチームでは、リッキーが淡いグリーン、タロスが黒、アルフィンが赤の上着を着用している。上着の左袖口には通信機がついており、数多いボタンは飾りではなく、アートフラッシュになっていた。

ジョウは光子弾の安全装置を外し、コンクリート塊の蔭から、大きく上体を覗かせた。と同時に、前方と上空が激しく光った。十数条のエネルギービームが、ジョウを襲った。

ジョウは腰を落とし、地面に仰向けに転がった。転がれば、ジョウのからだは低い瓦礫の蔭に入り、前方に対して死角となる。しかし、上空の相手に対しては、撃ってくれといわんばかりの体勢だ。

ハンドジェットを背負った六人のアマゾナスが、ぐうんと高度を下げ、ジョウに迫ってきた。

ジョウはライフルの連射で、それに応戦した。

アマゾナスは旋回しながら、レーザーライフルでジョウを狙う。

光線がコンクリート塊を灼いた。

ジョウは右にからだを回転させ、逃げるそぶりをみせた。

必中を期して、アマゾナスがさらに高度を下げる。

それこそが、ジョウの待っていたときだった。

からだを左に戻し、その勢いでジョウは光子弾を上空に投げあげた。そのまま動きを止めず、俯《うつぶ》せになる。顔を両腕で覆った。

六人のアマゾナスの眼前で、光が爆発した。

廃墟の上空が、真っ白になった。

光は一瞬のうちに膨れあがり、巨大な丸いボールとなってアマゾナスを呑みこんだ。

やがて、ゆっくりとおさまっていく。

視力を失った六人のアマゾナスが、光の中から姿をあらわした。

アマゾナスは落下していた。ハンドジェットは噴射していたが、そのコントロールがまったくなされていない。

大地に激突した。

コンクリート塊の蔭からジョウは首を突きだし、正面の様子をうかがった。

敵が近づいていた。彼我《ひが》の距離は、わずかに数十メートル。おそらく、ジョウが仰向けになって掃討部隊との戦いをはじめたその瞬間から、移動を開始していたのだろう。

パパパッとビームが疾《はし》った。ジョウの周囲でコンクリートが灼け、薄い煙が立ちのぼった。

ジョウは首をひっこめた。どこか遠くから、手榴弾の爆発音が聞こえてくる。甲高いライフルの連射音も何度か響いた。

アマゾナスは、扇形に展開していた。背後を衝《つ》かれたと悟ったとき、アマゾナスは左右に兵を散らした。再包囲を目論《もくろ》めば、自然とそうなる。

展開の隙を狙って、ジョウは敵の懐深く進んだ。いや、進むつもりだった。

掃討部隊の存在は予想外だった。ジョウは前進を阻まれ、扇形の中央を突破することができなかった。

じりじりとアマゾナスが接近してくる。

機銃音、爆発音が、断続的につづく。

移動しなければだめだ。

ジョウは、そう思った。

第三章　アマゾナス

1

プロフェッサー・イトウは浮き浮きとしていた。

実戦は生まれてはじめてだったが、不安はなかった。一対二十という大きな戦力差も、ほとんど気にならなかった。苦労して習得したコンバット・シューティングの技術が実戦に生かせるという喜びだけが頭にあった。

サブマシンガンを右脇に構え、コンクリートの残骸《ざんがい》を身軽に飛び越えて、イトウは進む。移動につれて、ヘルメットに付属しているレシーバーが、ガリガリと派手なノイズを撒《ま》き散らした。イトウは研究員にモニターで知り得た敵の情報を逐一《ちくいち》無線で報告するよう命じていた。ところが、耳にとびこんでくるのは、けたたましい雑音ばかりである。

ＥＣＭだ。

イトウは舌打ちした。考えられることだった。警察に応援を求められてはアマゾナスが困る。無線を殺しておけば、自分たちも不便だが、ダメージは相手のほうがはるかに大きい。

イトウはレシーバーのスイッチを切った。戦闘は自分の目だけが頼りだ。機械はあてにしない。

息を詰め、感覚を研《と》ぎ澄ませて、イトウは歩を運んだ。

しばらく行くと、大きなコンクリートの壁があった。イトウには、それが研究所のどのあたりの壁か、すぐにわかった。イトウは小さくうなずき、その蔭に身を置いた。この先には、からだを隠せるほどの残骸がほとんどない。待ち伏せて、攻撃をかけるには絶好の場所だ。

腰を落とし、リラックスして敵を待った。サブマシンガンを肩に戻し、レーザーライフルを胸もとに置いた。

かすかな、石と石とがすれ合うほとんど音にもなっていない音が、イトウの耳に届いた。ぴくり、とイトウのからだが動いた。

目が前方を探った。

黒い影が、地を這うように低く接近してくるのが見えた。

レーザーライフルのストックが肩の位置にあがり、銃口が正面に向けられた。

敵は、七、八人だ。偵察を兼ねた連中らしい。

レーザーライフルのトリガーボタンに、イトウの太い指がかかった。

アマゾナスは、まだイトウの存在に気がついていない。

トリガーボタンを押した。

白い光条が大気を切り裂き、先頭のアマゾナスが額を撃ち抜かれてもんどりうった。

ぱっとアマゾナスが四方に散った。

さらに、それを光条が追った。トリガーボタンを押すイトウの指の動きがめまぐるしい。

オフ、オン、オフ、オン。エネルギーパックがからになるので、光線兵器を連続して使用することはほとんどない。パルス撃ちだ。

逃げ遅れた三人が光線に射抜かれた。

その直後。反撃がはじまった。

しゅんしゅんと音をたててコンクリートの壁の一部が蒸発した。ビームがまとめて撃ちこまれてくる。

イトウは素早く位置を変えた。アマゾナスの姿ははっきりと捉えている。いまの彼女たちは、逃げも隠れもできない。

さらに、ふたりを撃ち倒した。

いいぞ！

イトウは夢中だった。何も考えずに、レーザーライフルを操った。マニアの常である。戦闘とか、相手のこととか、恐怖とかはいっさい忘れていた。

敵の数が増えた。

アマゾナスの後続が追いついた。十人ほどが、あらたに加わった。

さすがに反撃が激しくなった。壁を貫通する光条もでてきた。ビームを一点に集中させているらしい。

しゃらくさい！

エネルギーパックを交換しながら、イトウは毒づいた。彼我《ひが》の位置だけならば、まだイトウが有利だ。

しかし、その有利な状況は一瞬にしてくつがえった。

掃討部隊がきた。

はじめは影だけだった。

頭上がときおり暗くなった。雲かと思ったが、それにしては明暗の間隔が短く、翳《かげ》るのも瞬間的だった。

トリガーボタンを押す合間に首をめぐらし、空を振り仰いでみた。

背筋の毛が逆立った。

ハンドジェットを背負った五人のアマゾナスが、上空にいる。距離はおよそ三十メートル。

イトウは反射的に身を投げ、瓦礫の蔭に飛びこんだ。

間髪を容《い》れずに、エネルギービームが地上を覆うコンクリートの砕片《さいへん》を灼《や》いた。

イトウもレーザーライフルを撃ち返した。が、これはまったく当たらない。

動くに動けなくなった。


リッキーとアルフィンは、精いっぱい慎重に移動していた。このふたりが組んで本格的な戦闘をおこなうのは、これがはじめてだ。ともにクラッシャー歴が浅く、ベテランのようにはふるまえない。

トップはレイガンを構えたアルフィンがとった。そのうしろに、バズーカをかついだリッキーがつづく。

わずか五十メートルを進むのに、かなりの時間を費やした。

「もうちょっと大胆でもいいぜ」

たまりかねてリッキーが言った。リッキーはタロスと組むことが多い。サイボーグのタロスは、生身の人間よりも行動が無造作だ。

「そうは、いかないわ」アルフィンが硬い声で応じた。

「一対二十よ。気を抜いてたら、先手を打たれる」

「でも、遭遇するのは、もっと先だろ」

「どうしてって、それがわかるの？」

「状況は、あたしも見てる」アルフィンがぴしゃりと言った。目は正面に向けられ、リッキーのほうを振り返ろうともしない。

「状況を見た上で、このペースを保っているの。雑にやってたら、やられちゃうわ」

「そりゃ、そうだけど」

リッキーは口ごもった。

「相手が徒歩だと思ってたら大間違いよ」アルフィンはつづけた。

「どんな機動力を持ってるかもしれない。VTOLだってあるんだし」

アルフィンの主張は、ある意味では正しかった。アマゾナスの装備がまったくわかっていないのだ。無謀なマネはできない。

しかし、それでもアルフィンの行動は、慎重にすぎた。

なんといっても、ふたりはまだ攻撃場所を確保していない。戦力が不利であればあるほど、戦いの場は重要な意味を持つ。戦闘を有利に運ぶためには、やはりもう少し迅速《じんそく》な移動を心がけるべきであった。

そして、そのツケはすぐにまわってきた。

「リッキー！」アルフィンが叫んだ。

「前方百メートルにアマゾナス」

同時に、ふたりは地上へと身を伏せた。建物の残骸がまったくない場所だ。わずかに砕片となったコンクリートが、そこかしこで小さな山になっている。

「向こうは？」

囁くようにリッキーが訊いた。

「まだ気がついていない」

「やばいよ、ここ」リッキーは言った。

「遮蔽物が何もない」

「わかってるわ」

アルフィンは匍匐《ほふく》前進をはじめていた。十メートルほど先、やや左寄りのところに崩れた壁の一部が残っている。そこが彼女の目標になった。

三メートルばかり進んだ。

ふっと陽が翳った。

とつぜん肩に激痛を感じた。

悲鳴をあげ、アルフィンはのたうった。灼けるような痛みが腕を包む。

「アルフィン！」

リッキーが跳ね起きた。

「リッキー、上！」

苦痛に身をよじりながらも、アルフィンは頭上を指差した。

リッキーの上体が動いた。バズーカの砲口が天を向いた。リッキーの太ももにも激痛が走った。

エネルギービームの擦過《さっか》だ。クラッシュジャケットは防弾耐熱だが、その能力にも限度がある。エネルギービームの直撃まではカバーしきれない。

バズーカが轟然《ごうぜん》と火を噴いた。リッキーがトリガーボタンを絞った。リッキーはバズーカを三連射した。敵を確認したわけではない。勘だけで撃ちまくった。

それから、リッキーは足をかかえて呻いた。

バズーカのロケット弾は、一発がハンドジェットでホバリングしていたアマゾナスのひとりに命中した。あとの二発は空振りに終わった。

しかし、三連射しただけの効果はあった。

素早い反撃に驚き、ひとりを失った掃討部隊は、いったん四方に散って距離を置いた。

その間に、リッキーとアルフィンは態勢を立て直した。

水平にエネルギービームが走ってきた。

体を大きくひねり、アルフィンは二挺のレイガンを乱射した。肩の痛みにかまっている余裕はない。ふたりは、地上のアマゾナスにも位置を捕捉《ほそく》された。

「ちくしょう」

左足をひきずって、リッキーが立ちあがった。上空では、また掃討部隊がレーザーライフルの狙いをつけようとしている。

「やらせねえ」

リッキーがバズーカを構えた。

アマゾナスのひとりの手から、黒い小さな塊が飛びだした。

塊はリッキーめざして落ちてくる。

それが何かは、すぐにわかった。

手榴弾だ。

バズーカを一発撃ち、リッキーはアルフィンに飛びついた。

リッキーに押され、アルフィンが倒れる。リッキーはその上に覆いかぶさった。

手榴弾が爆発した。

ふたりから五メートルと離れていない。

ばらばらと土砂が降ってきた。

「リッキー？」

アルフィンは起きあがった。耳がじいんと痺《しび》れている。怪我はない。

アルフィンのからだの上から、ずるずるとリッキーが滑り落ちた。

「リッキー！」

滑り落ちるリッキーをアルフィンは支えようとした。その手が生温かいもので濡れた。

血だ。

「リッキー！」

肩を揺すった。反応がない。アルフィンの膝を、リッキーの血がみるみる赤く染めていく。出血は頭部からだ。

「リッキー！」

アルフィンは、半狂乱になった。

掃討部隊が降下を開始していた。地上のアマゾナスも、じりじりと迫ってきている。

アルフィンには、なすすべがなかった。


ジョウも苦しい戦いをつづけていた。

強引に前進をはかったが、それは果たせなかった。正面のアマゾナスは完全に展開を終えている。コンクリート塊の障壁の前に一歩でもでれば、ジョウは丸焼けになる。焦《こ》げ穴だけではすまされない。

ひとまず、ジョウは横に動いた。さほどの意味があることではない。同じ場所に長くとどまるのを避けただけだ。

しかし、それは正解だった。

うなりをあげて、手榴弾が飛んできた。

グレネード・ランチャーによるものだ。

ついいましがたまでジョウのいた位置に手榴弾は落下し、爆発した。

ジョウは頭をかかえて丸くなった。コンクリートの破片がジョウの背中を打ち、ジョウはひどく息を詰まらせた。

甲高いジェット噴射の排気音が聞こえた。

ジョウはおもてをあげ、舌打ちした。

北東の上空に、四人のアマゾナスが舞っている。新手の掃討部隊だ。

どうりで突っこんでこないはずだぜ。

ジョウは思った。正面の部隊は動きを止め、あとの始末を掃討部隊にまかせた。

ジョウはライフルを天に向け、乱射した。

殺気を感じた。

今度は左に動いた。先ほどまでの位置、いまは大きくえぐれたくぼみの中に戻った。

また手榴弾が飛んできた。

爆発し、かなりの量の土砂がくぼみに流れこんでジョウの足もとを埋めた。

「くそったれ」

呪《のろ》いの言葉を吐き、ジョウは瓦礫の底から急ぎ這《は》いだした。

2

ジョウの目に、猛烈な勢いで降下してくる四人のアマゾナスの姿が映った。

見事な連係プレーだ。ジョウは感心した。掃討部隊が地上部隊にジョウの位置を知らせ、地上部隊はその情報に基づいてジョウを牽制《けんせい》する。そしてとどめは掃討部隊が刺す。

ジョウがライフルを構え直すのと、掃討部隊のレーザーライフルの銃口が光ったのが、ほとんど同時だった。

光線がジョウの右足をかすめた。

悲鳴をあげ、ジョウは転倒した。ジョウのライフル弾は、一発も命中していない。

だめか。

そう思ったときだった。

降下をつづける四人のアマゾナスが、いきなり、のたうつようにからだをひねった。

バランスが崩れる。

あっと思う間もない。

四人が逆さまになった。そして、そのまま落下する。墜落だ。

「ジョウ！」

太い声が、ジョウを呼んだ。

「タロス」

ジョウはライフルの銃身で上体を支え、おもてをあげた。

タロスがレーザーライフルを手にして、すごい形相でこちらへと駆けてくるのが見えた。

地上部隊のエネルギービームが、タロスを狙った。

「うるせえ！」

ジョウは片足立ちになり、ライフルの連射でタロスを支援した。わずかではあるが、ジョウが掃討部隊に気をとられている間に、地上部隊は距離を詰めてきている。

タロスがやってきて、ジョウに並んだ。

「どうして、こっちにきた？」

ライフルを撃ちまくりながら、ジョウは訊いた。

「地上部隊でなく、掃討部隊がきたからです。こいつは、ジョウがやばくなると思いまして」

「当たっているだけに、むかつくぜ」

「ふつうのからだじゃないんですよ。病みあがりで、いつものペースを保とうってのがどだい無理なんです」

「両翼の連中は？」

「はっきりしません」タロスはかぶりを振った。

「しかし、両翼から突っこんでくるアマゾナスは皆無です」

「ということは、なんとか敵を食い止めているということか」

「よいほうにとれば、そうです」

「そう願いたい」

「ジョウ！」

いきなりタロスの声が大きくなった。

「なんだ？」

「空気が震えています」

「なに？」

「飛行物体がきます。それも、かなりでかいやつだ」

「本当か？」

「二百メートル級の船です。えらく低い高度で、こっちへ接近中」

タロスはつづけて言った。目は迫りくる地上部隊に向けられ、指はひっきりなしにレーザーライフルのトリガーボタンを押している。

ジョウは外気と接している皮膚に神経を集中してみた。しかし、タロスが言うような空気の振動は、まったく感じられない。

「どうやら、波動が自分の固有振動数に合っちまったみたいです」不快そうにタロスは言った。

「気持ちが悪いったらないぜ」

「〈ガイーア〉じゃないのか？」

「大きさが違います。質量までが、はっきりとわかる。間違いなく、もっと大きい」

「くるのは、どっちからだ」

「南西」

「向こうか」

前方左手だ。ジョウはライフル射撃を一時中断し、視線をそちらの上空に向けた。空は快晴だ。依然として、どこまでも青く澄みわたっている。

「あれだ」

ジョウは頭上を指差した。南西のかなり西寄り、地平線ぎりぎりのところに黒い、小さな点がぽつりと浮かんでいる。目を必死に凝《こ》らさなければ空の濃い群青《ぐんじょう》にまぎれてしまうほど、それはささやかな黒点だ。

「なんだろう？」ジョウはつぶやいた。

「災害救助隊とか、政府の視察団とか」

「まさか」タロスが言った。

「ありゃ、間違いなく宇宙船です」

「しかし、こっちには宇宙港なんてないぞ」

「アマゾナスの母船では」

「ちっ」ジョウは舌打ちした。

「だとしたら、最悪だ」

黒点は、すさまじい勢いで大きくなりつつあった。高度は五千メートルくらいだろうか。ひょっとしたら、もっと低いかもしれない。まっすぐにこちらへと向かってくる。

「おかしい」タロスが言った。

「アマゾナスがうろたえだした」

タロスはトリガーボタンから指を外した。アマゾナスは腹這いになって、後方へと退却しはじめている。

「タロス」ジョウが言った。

「あいつは、連合宇宙軍の船だ」

「なんですって？」

タロスはあわてて、空を仰ぎ見た。黒点はいまや点ではなく、はっきりとした輪郭を得た。黒塗りの宇宙船である。高度はやはり、三千よりも低い。その宇宙船の翼状に張りだした下腹に、白く丸いマークが描かれている。連合宇宙軍の略式マークだ。非公式に使われているもので、特殊任務の船は、ほとんどが正式マークのかわりにこれを船体に描いている。

「下部ハッチがひらいた！」ジョウが叫んだ。

「搭載艇《とうさいてい》をだす気だ」

水平型の宇宙船である。構造的には、〈ミネルバ〉とさほど変わらない。

ハッチの蔭から、するりと一機のＶＴＯＬがあらわれた。小型の単座戦闘機である。本船同様に黒塗りで、大気圏内航行専用の機体だった。

ＶＴＯＬが降下を開始した。

ＶＴＯＬに乗っているのは、連合宇宙軍の中佐であった。情報部二課に所属している。年齢は四十八歳。角張った顔と小さな目の、いかにも実直そうな風貌の男だった。

名をバードという。

バードはただならぬものを感じていた。

異常な気配だ。アマゾナスからくるものではない。それは、漠然とした不安に似ていた。精神の基底にひそむ恐怖そのものに働きかけてくる何か。それがバードの感じている異常だった。

バードは知りたかった。ここで何が起きているのかを。何かが起きている。それはたしかだ。が、かれにわかっているのは、そのことにシレイアのアマゾナスが介入しているということだけだ。

バードがVTOLで〈ドラクーンⅢ〉から離れたのは、現場により接近するためであった。戦闘に加わる気は毫《ごう》もない。アマゾナスが誰と交戦中なのかも知らないのだ。連合宇宙軍の士官が動けるわけがない。

しかし、アマゾナスはその状況をそう受け止めなかった。

あるいは、単に目撃者ということだけで攻撃対象に入れたのかもしれない。

地上から、武装したアマゾナスがVTOLめがけ、ハンドジェットで上昇してきた。

高度四百メートルあたりで、バードのVTOLは八人のアマゾナスに包囲された。

バードは降下を中止した。

アマゾナスの構えるレーザーライフルから、光条がほとばしった。

VTOLが弾かれるように高度をあげた。

エネルギービームがVTOLを追った。

バードは逃げながら、戦ったものかどうか迷った。攻撃は蒙っている。それも、いわれのない攻撃だ。だが、ここは独立国家の主権内である。いかに連合宇宙軍の情報部二課とはいえ、当該政府の許可なく戦闘行動は起こせない。それに、攻撃はささやかなものである。機関部への直撃はまずいが、擦過《さっか》ぐらいならば被害はないも同然だ。第一、不安定な状態でのレーザーライフル射撃である。戦闘機とは攻撃力でそもそも互角になりえない。

バードは適当にあしらって時間を稼ぎ、相手のハンドジェットの燃料切れを待つことにした。

が、それはあまりにも敵を侮《あなど》った考えであった。

だしぬけに、バードの後方で光が広がった。

コンソールを色濃い影が暗く覆う。その中で、後方視界スクリーンだけが真っ白になった。

バードは機体をUターンさせた。

強い衝撃と耳をつんざく爆発音が、ＶＴＯＬのキャノピーを激しく打った。

〈ドラクーンⅢ〉だ。

バードの眼前に、爆発し、砕け散る〈ドラクーンⅢ〉の姿がある。

〈ドラクーンⅢ〉の周囲には、アマゾナスはひとりとしていなかった。レーダーにもミサイルや戦闘機のたぐいはいっさい映っていない。エネルギービームによる攻撃もコンソールのメーターで察知可能だが、その反応もやはり皆無だった。

バードは混乱した。

何かがあった。事故か、得体の知れぬ攻撃か。正体は不明だが、とにかく二百メートル級の宇宙船を一瞬にして破壊する何かがあった。

混乱が、周囲に対する注意をバードから奪った。

キャノピーを数条のエネルギービームが擦過した。一条はキャノピーを突き抜け、Gシートを貫通した。

バードははっとなり、我に返った。

アマゾナスが、距離わずか十数メートルのところにいる。

あわてて、バードはVTOLを反転させた。

メーターの数字が、いっせいにゼロになった。

二回目のショックが、バードを襲った。

何がなんだかわからない。

上向きの強烈なGがきた。

落下している。

首をひねって、バードは背後を見た。血の気がすうっと引いた。

エンジンだ。破壊されている。外鈑《がいはん》がズタズタに裂かれ、エンジン本体にも大きな亀《き》裂《れつ》が入っている。

白煙が噴きだした。

それが、すぐに炎へと変わった。

バードは正面に向き直った。

そこに、ひとりのアマゾナスがいた。アマゾナスはハンドジェットでホバリングしながら、バードに向けてレーザーライフルを構えている。

ためらわず、バードはビーム砲のトリガーボタンを押した。

その光条が、正面のアマゾナスのハンドジェットノズルに命中した。

落下するＶＴＯＬの正面から、アマゾナスがふっと消えた。

失速し、高度を下げるＶＴＯＬを、バードはねじふせるように力で操った。

不時着に持っていこうとしている。

幸い、高度が低かった。

機首を思いきり持ちあげると、もう地上は目と鼻の先だった。

研究所の外側だ。いまはひどく荒れ果てているが、もとはよく手入れされた草地である。

テールから着地した。

すさまじい衝撃がバードを揺すぶった。バードは歯を食いしばり、レバーを握りしめた。

機体が何度か、大きくバウンドする。

滑走距離が長い。

研究所の瓦礫に、スピンしながら突っこんだ。

機体がねじれ、つぶれた。

滑走が止まった。

キャノピーを手動であけた。炎は消えていない。爆発は必至《ひっし》だ。

あたふたとコクピットから飛びだした。

足場の悪い瓦礫の上を全力で走った。

五十メートルほど離れたとき、VTOLの炎が燃料タンクに達した。

VTOLが爆発した。爆風がバードの足をすくった。からだがコンクリート塊のひとつに、いやというほど叩きつけられた。

自分の骨が砕ける音を、バードははっきりと耳にした。

意識が薄れた。

闇が、バードを包んだ。

3

「何をする？」

タロスが言った。地上部隊の撤退を確認した直後のことだった。

「いまだ」

ジョウは訊いた。

「こっちから打ってでるんです」早口で、タロスは言った。

「〈ガイーア〉の着陸地点を狙います。うまくいけば、形勢逆転でさあ」

「クラッシャー流の派手な一戦だな」

「そういうこと」

「おもしろくなってきた」

ジョウとタロスは立ちあがった。

〈ガイーア〉が着陸したのは、北のほうだった。

ふたりは走りだした。

タロスはジョウを先にした。ジョウの動きは思っていた以上に鈍い。タロスが先に立つと、ジョウはついてこられなくなる。

しばらく進むと、銃撃音が聞こえた。

前方ではなく、右手からだった。

タロスとジョウは、反射的に身を伏せた。

数人のアマゾナスがレーザーライフルを撃ちながら後退していくのが見えた。かなりの距離だ。姿が小さい。

また銃撃音が響いた。サブマシンガンの連射音だ。アマゾナスを追っている。

瓦礫の間から、プロフェッサー・イトウが、ひょいとでてきた。

腰を落としたいい姿勢でサブマシンガンを構えている。挙措《きょそ》に隙《すき》がない。なかなかのものだ。

「教授！」

タロスが怒鳴った。からだを起こし、手を振った。

イトウが、タロスとジョウに気がついた。

こっちへこいというふうに、手で招いた。

「呼んでいる」

「行きやしょう」

ふたりは駆け寄った。

「たいへんだ！」

イトウは、なにやら大声で叫んでいた。

近づくと、今度はアマゾナスが逃げ去った方角を指し示した。

「アルフィンとリッキーが連れていかれた」

イトウは、そう叫んでいた。

ジョウの顔色が変わった。

「リッキーもアルフィンも意識がなかった」イトウは昂奮した口調で言った。

「撤退する連中のあとを追ったら見つけたんだ。赤とライト・グリーンのクラッシュジャケットだ。間違いない」

「ふざけやがって」

ジョウの髪が怒りで逆立った。

再び走りだした。

タロスは、イトウが右足を引きずっているのに気がついた。

「大丈夫か？」

「囲まれて、やられた」イトウは照れくさそうに言った。

「もうだめかと思ったら、宇宙船があらわれて、アマゾナスが撤退を開始した。傷はたいしたことない」

「そうか」

〈ガイーア〉の群れは、研究所の敷地の外側に着陸していた。

総数は、三十機近い。

「ＥＳＰ波の反応がある」

イトウが言った。イトウはＥＳＰ波の探知器も持っていた。

「反応は弱くない。——あっ！」

イトウが叫び声をあげた。いきなりＥＳＰ波の数値が測定限界をオーバーした。

そのとき、とつぜん頭上が光にあふれた。真っ白に輝いた。

思わず振り仰いだかれらの目に、爆発し、炎上する宇宙船の巨体が映った。

「やりやがった」

呻《うめ》くように、タロスが言った。連合宇宙軍の艦船を、アマゾナスが破壊した。

「頭にきた」ジョウが拳を固く握った。

「本気になったクラッシャーを見せてやる」

ライフルを構え、前方に向かってダッシュした。

「教授、行くぜ」

タロスが言った。

「やけくそだな」

うれしそうに、イトウはつぶやいた。

　バードは、かろうじて意識を保っていた。失神したのは、ほんの一瞬だった。ヘルメットをかぶっていて頭部への強打を免れたことと、激しすぎる痛みが、かれを闇の底から引き戻した。

　そろそろと立ちあがってみた。左半身に感覚がない。腕がだらりと下がり、肩から胸にかけて、奇妙な形にからだが歪んでいる。

　こいつは改造もんだな。

　そう思った。
　一、二歩、歩いた。
　心臓が跳ねあがった。

　行手に人影がある。ほんの数メートル先だ。そこに人がいる。

　壊れたハンドジェットを背負ったアマゾナスだった。彼女も立ちあがったばかりらしい。割れたヘルメットが、地上に転がっている。栗色の髪がふわりと長い。

　目と目が合った。

　ふたりとも、武器を失っている。

　アマゾナスが身構えた。

　重傷を負ったバードが、明らかに不利だ。女性とはいえ、相手は特殊部隊の兵士である。しかも、階級章は中尉のものをつけている。健康体で戦っても、せいぜい五分と五分だろう。

アマゾナスが、間合いを詰めてきた。

すかさずバードの右足が動いた。

足もとに落ちていた握り拳大のコンクリート塊を足の甲で拾った。そのまま、前に向かって蹴りだした。

コンクリート塊は、アマゾナスのみぞおちにヒットした。

うっと呻き、アマゾナスがからだをふたつに折った。

バードは前に進み、左足で彼女の側頭部に回し蹴りを入れた。

アマゾナスがくずおれた。

バードは、ふうと息を吐いた。アンフェアなやり方だったが、やむを得ない。

気を失って動かないアマゾナスの顔を見た。

思わず目を疑うほどの美人だった。

ジョウとイトウが銃撃を受け持ち、タロスが手あたり次第に手榴弾を投げている。

アマゾナスは油断していなかった。

むしろ、待ち構えている風情《ふぜい》があった。

いったん退いたのは、引き揚げるためではなく、宇宙船との一戦に備えてのことだったらしい。エスパーの支援は、予定にはなかったのだろう。ＥＣＭで通信が不可能になっているため、全員がセオリーどおりに動いた。それが現実であった。

しかし、いかに戦いにたけたアマゾナスとはいえ、攻守ところを変えたクラッシャーの恐ろしさまでは、知識になかった。

それはまさに、こわし屋《クラッシャー》だった。

特筆すべきは、タロスの遠投である。

へたなグレネード・ランチャーよりも、手榴弾が遠くへ飛んだ。

手榴弾には、目標があった。

〈ガイーア〉である。

目につく限りの〈ガイーア〉を狙い、タロスは手榴弾を投げつけた。

前にでてくる相手は、ジョウとイトウが片はしから薙《な》ぎ倒す。

サブマシンガンとライフルの弾丸が尽きた。

イトウは武器をレーザーライフルに切り換えた。

ジョウはハンドブラスターしかない。タロスが、自分のレーザーライフルを放ってよこした。

壮烈な撃ち合いになった。

流れがはっきりと変わったのは、タロスが十四機目の〈ガイーア〉をスクラップにしたときだった。

アマゾナスが、また後退しはじめた。

タロスが、左へまわるという合図をジョウに送ってきた。左手には、まだ〈ガイーア〉が十数機残っている。アマゾナスは、どうやら本当に今度は退却するつもりらしい。

ジョウとイトウはななめに走った。

〈ガイーア〉の群れのいちばん奥、アマゾナスが何十人とひしめいている中に、グリーンと赤の鮮やかな色彩があった。

アマゾナスの迷彩服の中にあって、それは見まがうはずがない。

アルフィンとリッキーだ。

「野郎！」

ジョウの血がたぎった。

イトウに援護を頼み、足を止めて、手榴弾を投げた。

とにかく、相手の防衛陣を崩す。秩序ある行動をとらせなければ、わずか三人でもつけこむ隙ができる。

しかし、アマゾナスは崩れなかった。

整然と奥の者を〈ガイーア〉に乗りこませ、前衛の者が戦闘にあたる。ジョウは反撃を浴びて、思うように前進できない。

グリーンと赤の色彩がじょじょに移動していく。

ジョウは危険を承知で、アルフィンとリッキーの周囲を狙い撃ちした。

ふっとグリーンの行方がわからなくなった。アマゾナスの間にまぎれたのだ。アルフィンの赤はまだ見える。〈ガイーア〉のハッチのすぐそばだ。

「ちくしょう！」

ジョウはむきになった。たしかに何人かにエネルギービームは命中している。だが、アルフィンの動きは止まらない。

赤いクラッシュジャケットが、〈ガイーア〉の中に入った。

一機、二機と〈ガイーア〉が離陸しはじめる。糸の切れた風船のように、ふわりと浮きあがっていく感じだ。むきになったジョウを嘲笑っているかのような離陸である。

アルフィンを乗せた〈ガイーア〉が発進した。ジョウは〈ガイーア〉の機体を狙ってレーザーライフルを撃った。

〈ガイーア〉は速度を増し、高度をあげる。

レーザーライフルのエネルギーパックが切れた。

アマゾナスの反撃は、すでにない。

最後の一機が飛び立った。

大地には、累々《るいるい》と屍体《したい》が横たわっている。

その中にグリーンのジャケットを着た少年が倒れていた。

リッキーだ。

タロスが駆け寄った。

イトウとジョウもそれにつづく。

「生きてるぞ」

鼓動をたしかめ、タロスが怒鳴った。

「〈ミネルバ〉を呼べ」ジョウが言った。

「すぐにやつらを追う。アルフィンを取り戻す」

「落ち着きなさい。ジョウ」

タロスがたしなめた。

「落ち着けない」

ジョウの目は完全に吊りあがっている。

「呼び戻しても、ブレーカーを積まなければ、さっきの宇宙船の二の舞いになるぞ」

イトウが言った。

「急いで積め！」

「それは無理だ」

「さっきの宇宙船が、なんだって？」

だしぬけに、イトウの背後で声がした。

三人は殺気をみなぎらせ、うしろを振り返った。

ジョウとタロスの表情が変わった。

ひとり、イトウだけがレーザーライフルを構えている。

ジョウは声がでない。

「お、おまえ……」

タロスがなんとか、それだけ言った。

「ひでえ目にあった」

バードが言った。肩を押さえ、力のない笑みを浮かべて、ゆっくりと歩いてくる。

「知り合いか？」

イトウがレーザーライフルの銃口を下にさげ、ジョウに訊いた。

「ああ」

唖然《あぜん》としたまま、ジョウはうなずいた。

「派手に殺《や》っちまったらしいが、あっちに生き残りがひとり寝ている」バードはあごをしゃくった。

「手懸りがほしいんなら、回収してきたほうがいいと思うぜ」

「本当か？」

イトウが身を乗りだした。いま、まともに反応できるのはイトウのみである。

「まっすぐ、二、三百メートルだ。いかれたハンドジェットを背負っているから、すぐにわかる。えらくきれいなねえちゃんだよ」

「わかった」

イトウが走っていった。

「やれやれ」

バードは地べたに腰を降ろした。

「おまえ、どうしてここにいる」

ようやく声がでるようになったらしく、タロスが訊いた。

「どうしてって、おまえ」バードは憮然《ぶぜん》となった。

「そいつを聞きたいのは、こっちだぜ」

4

「と、まあ、そういうわけだ」

タロスが話を終えた。

「なるほど」

　バードがため息をついた。

「黒幕はクリスってことか」

「グレーブの件は知らなかったのか？」

「面目ねえが、知らなかった」バードは頭を掻いた。

「ちょいと、こっちの任務が忙しすぎた」

「いったい何をしてたんだ？」

　ジョウが訊いた。三人は、地下研究所の応接室にいた。ユニットルームをそのまま埋めこんだ部屋である。リッキーとアマゾナスの中尉は、別室でイトウが治療にあたっている。バードはとりあえず応急処置がなされ、左上体が腕まで丸ごと、プラスチック・ギプスで固められていた。

「何をというほどのことは、ねえんです」バードはぼそぼそと答えた。

「シレイアの周辺でおかしなことがつづきましてね。それで、ちょいとばかし探りを入れてたんです」

「おかしなこと？」

「船が消えるんですよ」

「船？　海賊か？」

「最初はそう思ったんですが、どうもよく調べてみると、海賊らしくない。やられるのは商船ばかりで、おまけに海賊相手の一戦じゃ、銀河系にその名も高いジレイアの宇宙軍がぴくりとも動いていない」

「そりゃ、たしかにおかしいな」

タロスが言った。宇宙海賊は、多くの場合、客船のみを襲う。商船を襲っても積荷を売りさばくのは容易ではないし、当たり外れも多い。その点、客船ならば、足のつきにくい現金と貴金属だけを強奪できる。そのため、豪華客船に限っては、連合宇宙軍の艦船が護衛として航海に同行するほどである。

「いわゆる襲撃じゃないですね、この件は」

「襲撃じゃない？」

おうむ返しにジョウが訊いた。

「船が消えると言ったでしょ。文字どおり消えてしまうんです」

「爆発か？」

「いや、失踪《しっそう》と表現したほうが、より近い」

「SOSは？」

「発信されたためしがありません」

「いままでに何隻、消えた？」

　タロスが身を乗りだした。

「わかっているだけで十一隻。すべてここ二か月の出来事だ」

「シレイアの周辺だけなんだな？」

　ジョウが言った。

「そう。数光年ってところですね。シレイアを中心にして」

「魔の宙域か。ぜんぜん知らなかった」

「魔、どころじゃない例がふたつあるぞ。タロス」

「なに？」

「ワープ空間で消えたのが二隻いる」

「本当か？」

「一応、事故ということで処理されたが、あれは、どうみても事故じゃねえ」

「というと」

「事故なら、もうすこし航路の通常空間に影響がでる。重力波の乱れとか、そんなやつだ」

「ないのか？」

「まったくない」

「ふむ」

タロスは鼻を鳴らした。

「業界は大騒ぎだ」

「そうだろう」

「みんな海賊のしわざだと思っているから、シレイアを通らない航路を使うか、さもなくば護衛にクラッシャーを雇いはじめた」

「クラッシャーを？」

「おまえのほうに話はなかったか？」

「そういやあ」と、タロスは記憶を掘り起こした。

「ドルロイで〈ミネルバ〉の修理待ちをしていたときに一度、アラミス経由でそんな打診があった。そのときは船がないので仕事はできないと答えておいた」

「タロスらしい返事だぜ」

「俺は正直なんだ」

「調査に入って二週間くらいだったかな。シレイア宇宙軍、それもアマゾナスがいきなり出撃した」バードは話をもとに戻した。

「発表された名目は星域周辺のパトロールだったが、俺には、それがどうも不自然に思われた」

「それで、あとをつけたのか？」

「何百光年もワープして、星域周辺とはよく言ったものだぜ。ワープトレーサーがフル回転だ」

ワープトレーサーは、ワープ直後に残った重力波のかすかな痕跡をキャッチして、その行先を追跡する装置である。

「結局、着いたのが、ここってことなんだな」

「そういうこと」

「裏が気になる」

「まったくだ」

「教授は、あのアマゾナスから、ヒュプノの影響を取り除くと言っていた」ジョウが口をひらいた。

「かなり自信ありげだったが、本当にうまくいくのだろうか？」

「うまくいってもらわんと困ります」タロスが言った。

「クリスとシレイアの関わり次第で、つぎに俺たちがどう動くか決まるんですぜ」

「証拠が固まれば、俺がじきじきに主席のもとへレポートを送る」バードが言った。

「一国相手に連合が介入するのだ。いろいろと時間がかかるだろう。しかし、クリスがらみがはっきりしていれば、主席も対応を急がざるを得ない」

「だが、もう三時間が過ぎた」時計をちらと見て、ジョウが言った。

「俺としては、少しでも早くブレーカーを〈ミネルバ〉に取りつけ、アマゾナスのあとを追いたい」

「アルフィンのことが心配なんですな」

「仲間の安否を気遣わないクラッシャーがいるか？」

ジョウの顔がわずかに赤くなった。

「何もかも、あのアマゾナスがしゃべってくれますよ」バードが言った。

「アルフィンの行先もね」

「はかない期待だ」

ジョウはいらだたしげに唇を噛み、床に視線を落とした。

ドアのひらく、硬い音が響いた。

弾かれるように、ジョウはおもてをあげた。

白衣白帽というでたちのプロフェッサー・イトウがドアの前に立っていた。

「やれやれ」白帽を脱ぎながら、イトウは言った。

「うまくいったよ。ヒュプノは解けた」

「じゃあ」

「いまは薬で眠っている。三時間もすれば目が覚めるだろう」

「遅すぎる」ジョウが立ちあがった。

「これ以上は待てない。いますぐ起こしてくれ」

「そういうむちゃを言ってはいかん」

苦笑し、イトウは迫ってくるジョウを両手で押しとどめた。

「いま起こしたところで、彼女は混乱している。結局は、何も聞けはしない。それよりも落ち着いて飯でも食いながら三時間だけ待つほうが利口だ。あのアルフィンって娘《こ》の行方を早く知りたいんだったら」

「俺の知りたいのは、クリスとシレイアの関係だ」

ジョウは頬を染めたまま早口でそう言い、もう一度ソファに腰を降ろした。

「とにかく食事にしよう」イトウはジョウの肩を叩いた。

「たいしたものはないが、といって何もないわけでもない。ここへ運ばせるようにしたから、クリスの話や超能力の話などをしよう。話したいことや聞きたいことは、まだまだいっぱいある」

「そいつは、いいや」

タロスが言った。

食事が運ばれてきた。

合成食品がほとんどだったが、イトウの言葉とは裏腹に、メニューは豪華だった。

意見を交わし、おびただしい数の皿をからにした。三時間はまたたく間に過ぎた。

インターフォンの呼びだし音が鳴った。

ほおばったばかりのフライドチキンをあわてて嚥下《えんげ》し、イトウがその呼びだしに応じた。

「なんだ?」

「患者の脳波が変わりました。目覚める兆候です」

「わかった。すぐに行く」

イトウはフォークとナイフをテーブルに置いた。

「そういうことだ」立ちあがった。

「話を聞きにいこう」

「ああ」

硬い声で、ジョウが答えた。


メディカルルームには、ふたりの研究員が詰めていた。

コンソールデスクが一列に並び、その向こう側は一枚の大きなガラスで仕切られている。こちら側が、コントロール・ユニットで、向こう側がメディカル・ユニットだ。メディカル・ユニットには五基のベッドが並んでいる。

「どうだ?」

部屋に入るなり、イトウが研究員のひとりに訊いた。

「異常ありません。五分以内に覚醒します」

研究員は若い男だった。院生や講師には見えない。まだ学生のようだ。

「うむ」

イトウは軽くうなずき、コンソールのスイッチをひとつ、指先で弾いた。

仕切りの一部がゆっくりとひらいた。

イトウ、ジョウ、タロス、バードの順で、メディカル・ユニットへ入った。

メディカル・ユニットに並ぶベッドは、特殊な治療用のものだった。手前の列の左端のベッドに、シーツで覆われたアマゾナスの中尉が横たわっている。奥の列の右端のベッドで眠っているのは、包帯でぐるぐる巻きになったリッキーだ。

「リッキーの手術も成功した」思いだしたようにイトウが言った。

「かれもあと一、二時間すれば麻酔から醒《さ》める。さほど重傷ではなかったから、このあとどういう経過になろうとも行動にはさしつかえないだろう」

「そいつは、めでたい」

タロスが言った。

「先生」若い研究員が声をかけた。

「患者が覚醒します」

四人は視線をアマゾナスに戻した。

アマゾナスのまぶたが、ぴくぴくと動いていた。長いまつげがかすかに揺れ、さきほどまで閉じていた紅い唇が半開きになっている。

「べっぴんだぜ」

タロスがつぶやいた。

「アマゾナスというより、ファッションモデルだ」

バードも同意した。

「う……ん」

小さな呻き声が唇から漏《も》れた。

ほんの少し、からだが伸びあがった。

目がひらいた。

しばらくは、ぼんやりとしていた。目の焦点が完全に合っていない。

やがて瞳がきょろきょろと左右に動いた。

ベッドのかたわらに立つ四人の姿を見た。

はっと息を呑《の》み、表情がこわばった。

わずかにあがき、上体を起こそうとする。

「驚くことはない」イトウが低い、静かな声で言った。

「わたしたちは、きみを癒《なお》した。危害を加える気はない。落ち着きたまえ。わたしはタルボ大学の教授だ」

「タルボ大学の教授。プロフェッサー……プロフェッサー・イトウ」

「そうだ。わたしはプロフェッサー・イトウだ」

「プロフェッサー・イトウ！」

とつぜんアマゾナスが大声をあげ、跳ね起きた。シーツが、はらりと下に落ちた。白い豊かな胸があらわになった。アマゾナスは全裸だった。

アマゾナスは真っ赤になり、シーツを掻きあげて胸もとを覆った。

「寝ていたまえ」

まったく動ぜずに、イトウが言った。

アマゾナスは、またベッドの上に横になった。

「わたしの名を覚えていたということは、シレイアでどんな命令を受けたかも覚えているということかな？」

やさしく訊いた。

「…………」

アマゾナスは無言で、こくりとうなずいた。

「その命令は、わたしを殺し、地下研究所を破壊しろというものだった。そうだね？」

「はい」

今度はうなずくのと同時に、小声で返事をした。

「きみの官姓名を教えてもらいたい」

イトウの目が、アマゾナスの顔をまっすぐに見据えた。

5

「マージ」アマゾナスは言った。

「シレイア宇宙軍第二四特殊戦闘大隊〈アマゾナス〉所属。階級は中尉です」

「マージか。いい名だ」

イトウはにこりと笑って、首をめぐらした。

「紹介しておこう。クラッシャーのジョウにタロス。そして、連合宇宙軍のバード中佐だ」

「………」

マージはまた口をつぐみ、四人の顔をかわるがわる見た。

「かれらは、シレイアのことを知りたがっている」イトウはつづけた。

「シレイアでは異常なことが起きているはずだ。わたしたちにも、うすうす察しがついている。しかし、その具体的なことはまだ何もわかっていない。だから、知りたいのだ。わたしたちは何かをなさねばならないと思う。そのためにきみから情報をもらいたい。きみが優秀な軍人であることはよく承知している。軍人には機密保持の義務があることも承知している。だが、今度の事態に関しては、きみがいちばんよく知っているはずだ。事がシレイアの防衛や、国家機密とはなんの関係もないことを。シレイアの一国民として何をしなければいけないかを、いまきちんと考えてほしい」

「…………」

「教えてくれ。シレイアで何があった？」

「…………」

「クリスという名を耳にしていないか？」

ふいに、ジョウが口をさしはさんだ。

マージの肩が、すくむように跳ねた。

「クリスは悪魔だ。人類にとって」

「そうです」マージが口をひらいた。圧《お》し殺したような声だった。

「クリスは悪魔でした」

「何があった？」

ジョウは一歩、前にでた。それを、さりげなくイトウが押し戻した。

「いつのころからかは知りません」マージは言った。

「たぶん六か月ほど前からだと思います。あたしたちは自分の意志を喪失しました」

「意志を」

「気がつくと、思いもよらぬ行動をとっているのです。しかし、気がついても、その行動を修正することができません。いえ、修正しようなどとも思いません。なぜだろうかと考えて、あとは曖昧《あいまい》です。まるで誰かがあたしたちの思考をコントロールし、あたしたちの考える能力を封じこめたかのように、あたしたちはみずからの意志を失っていきました」

「やはり、ヒュプノか」

タロスがつぶやいた。

「あたしたちの心の奥には判断能力が残っていました。あたしたちには、自分が何をしているのかがわかっていたのです。しかし、わかっていても、どうしようもありません。命令には逆らえず、抵抗しようと試みても、からだが勝手に動いてしまっています。あたしたちは操り人形でした。心を持ちながら、それを表現できないみじめな操り人形」

マージの目に涙があふれた。涙はゆっくりとこぼれ、頬を伝ってシーツに落ちた。声が細くなり、やがて途絶えた。

しばし沈黙がつづいた。

「シレイアの全国民がヒュプノの影響を受けているのかな？」

マージの気が鎮まるのを待って、イトウが訊いた。

「わかりません」指先で涙を押さえながら、マージはかぶりを振った。

「でも、大多数の国民は、ヒュプノに縛られてはいないと思います。政治家や軍人だけが、重点的に支配されているようです」

「そうだろうな」

「クリスの名は、いつ、どこで？」

ジョウが訊いた。

「二か月前です。閲兵《えっぺい》の名目でアマゾナスの全員が大統領官邸に呼集されました。そのときに、大統領ではなくクリスがあらわれて」

「会ったのか？」

「はい」

マージはうなずいた。いつの間にか、声が強いものになっている。精神的ショックから回復し、じょじょにアマゾナスの精鋭に戻りつつあるようだ。

「クリスは、自分がいまシレイアを支配していると宣言し、アマゾナスはこれより選ばれし者たちを護衛する任務につくという内容の短い演説をおこないました」

「十歳そこそこのガキの演説か」

　タロスが言った。

「クリスは子供とは思えませんでした。話し方も身振りも。かれはシンイアの大統領よりもはるかに堂々としており、自信に満ちあふれていました」

「あいつも、もとはカインの大統領だからな」

「知っているかどうかわからないが、もうひとつ重要なことを訊きたい」ジョウが言った。

「クリスは、ファンタズム・プラネットが銀河を走るとき、人類はその終焉《しゅうえん》を迎えると俺に言った。ファンタズム・プラネットとはなんだ？　やつの新しい兵器か？　知っているなら教えてくれ」

「ファンタズム・プラネット」

　マージは遠い目をした。それは、深く埋もれた記憶を一枚一枚、ベールを剝ぐように探っていく者のひたむきな姿だった。

「〈ヴァルハラ〉！」

　マージの表情が変化した。

　蒼ざめ、全身が硬直した。

「〈ヴァルハラ〉のことだわ」

「〈ヴァルハラ〉？」

「恐ろしいことがはじまろうとしています」ジョウのほうに振り向き、マージは早口で言った。

「〈ヴァルハラ〉が動きだします」

「〈ヴァルハラ〉ってなんだ？」

「ファンタズム・プラネットは、死の星です」

マージは、ジョウの問いかけを無視して言った。ひどくおののいていて、声がかすれるほどに震えた。

「だから、なんなのだ？」

「時間がありません！」マージは叫んだ。

「〈ヴァルハラ〉を止めてください！」

「〈ヴァルハラ〉が動く」

クリスが言った。

——ほどなく完成でございます。

エルロンの思考が、それにつづいた。

「ようやく移動が可能になったか」

クリスはデスクに向かい、両肘を天板に置いて指を軽く組み合わせ、目を閉じていた。

——直径も三倍以上に拡大されました。

「シレイアの星域外に出せ。テストポイントはラムダ6だ」

——ご命令を伝えました。

クリスの意識に、宇宙が広がった。

漆黒の闇に無数の星々が浮かぶ。

ラムダ6のリアルタイム・イメージである。星の海にあって、ただひとつ円盤状に見えている星は、シレイアの第三惑星モウグだ。

——〈ヴァルハラ〉が亜空間領域を越えます。

イメージの中の星々が揺らいだ。

星間ガスが、強大な力に引かれ、宇宙気流となった。音もない。はっきりと視認できる動きもまったくない。しかし、そこには想像を絶する規模の嵐が、ごうごうと吹き荒れている。

「けっこうだ」

クリスは目をあけ、楽しげに言った。

「まだ不安定だが、レベルは予定どおりだ。もう成功といっても、問題はあるまい」

——陛下。

「なんだ?」

——アマゾナスが帰還いたしました。

「誰を残してきた？」

——隊長のマージでございます。

「マージか」クリスは、かすかに笑った。

「失敗は不快だが、マージを残してきたのならば、ひとまず帳消しにしておいてやろう。イトウに、わたしのヒュプノを破れるとは、とても思えない」

——あやつらは、ここにくるでしょうか？

「くるにきまっている」クリスは甲高い声をあげた。

「わたしがそうしむけた。マージが、かれらをここに導く」

——アマゾナスの手柄は、マージを残してきたことだけではございませぬ。

「なに？」

クリスは笑うのをやめ、眼前に立つエルロンのほっそりとした女性的な顔をいぶかしげに見つめた。

——アルフィンを連行いたしました。

「アルフィンだと！」

クリスは立ちあがった。

「クラッシャーのアルフィンか？」

――さようでございます。

「これには驚いた」

クリスの相好がゆっくりと崩れた。美しくあどけない顔に、意外なほど年老いた表情が宿った。

――陛下が以前、お噂《うわさ》されていたのを覚えておりまして。

「アマゾナスに捕獲《ほかく》を命じておいたのか？」

――餌《えさ》は多いほどよろしかろうかと。

「聡《さと》いやつ」

――いかがいたしましょう。

「すぐに、ここへ連れてこい」クリスは言った。「ピザンの元王女とは、一度、じきじきに話をしてみたかった」

――承知いたしました。

エルロンは一礼し、きびすを返した。

もうすでに近くの部屋まで運ばせてあったのだろう。エルロンはアルフィンを連れて、すぐに戻ってきた。

アルフィンは空中に浮いていた。

意識はない。

高度は約一メートル。クラッシュジャケットのまま仰向けに横たわっている。腕を胸にのせて十字に組み、背中の下には支えになるものが何もない。長い豊かな金髪は渦を巻いて肩からからだの脇へと漂っている。

エルロンの歩みにつれて、アルフィンのからだは空中をなめらかに移動した。

クリスのデスクの手前、二メートルほどのところで、エルロンは足を止めた。

アルフィンだけが、前に進んだ。

足が下がり、床についた。

意識は依然として不明のままだが、一応、直立したというわけである。

からだが九十度まわって、アルフィンはクリスと正対する形になった。

——わたくしめはこれで。

エルロンの思考が言った。

くるりと向きを変え、エルロンはクリスの執務室からでていった。

これで、クリスとアルフィンはふたりきりである。

クリスのからだが浮いた。

クリスの目とアルフィンの目が同じ位置になった。アルフィンは、まぶたを固く閉じている。

クリスの双眸《そうぼう》が強い光を帯びた。

激しい衝動が、アルフィンの精神を直撃した。

アルフィンは、夢の世界にいた。

それは悪夢だった。アルフィンをさいなむ、残虐な世界だった。

闇がアルフィンを包んでいた。上下も左右もない。足は何ものにも触れてはいなかったが、といって落下の感覚もなかった。何かこう、水中を漂っているような感じだ。しかし、恐怖にかられて両手を振りまわしても水などはなく、かわりにねっとりとからみついてくる深い闇が、そこにはあるだけだった。

闇がアルフィンの四肢を捉えた。

アルフィンはすべての自由を失った。

悲鳴をあげた。絶叫だった。胸が張り裂けそうに痛んだ。が、声はでなかった。

アルフィンは口をつぐんだ。動かせるのは、口と目だけだ。手足だけでなく、首も動かない。

必死の思いで視野を移動させた。

自分のからだが見えた。闇が胴といわず腕といわず、まるでいばらの蔓《つる》のように巻きつき、深く食いこんでいる。

痺れに似た痛みを感じた。

痛みは次第につのり、やがて激痛となった。

のたうつことも悲鳴をあげることも、アルフィンには許されていない。
金縛りによる拷問《ごうもん》だ。
神経がずたずたに裂けた。
痛みが爆発した。
眼前が閃光に覆われた。
悲鳴がでた。周囲が真っ白だ。金縛りは解けていない。闇だけが消えた。
純白に影が生じた。
影が輪郭を得た。
人の顔になった。

6

顔は、少年のそれだった。
見覚えがある。ぞっとするほどに美しい。
色彩が戻ってきた。
アルフィンは、少年の名を思いだした。
クリスだ。

「気がついたか」

　クリスは言った。

　アルフィンは、はっとなった。あわてて、左右を見まわした。首が動いた。

デスクと壁と椅子が見えた。そして、真正面にクリスがいた。

「クリス」

　アルフィンはつぶやいた。もう夢の世界ではない。これは現実だ。広くて豪華な一室。

白いローブを身にまとって宙に浮くクリス。首から下の自由を奪われたアルフィン。す
べてが現実の世界に戻っている。

「挨拶《あいさつ》は、ちゃんとしなければならない」

　クリスのからだが、デスクの上を越えた。

床に降り、アルフィンの脇に立った。

「動いてみろ」

　明るい笑顔で、クリスは言った。

　アルフィンは右腕を持ちあげてみた。

動いた。腕だけでなく、腰も足も動いた。

金縛りが完全に解けた。

　クリスが握手を求めて、アルフィンに右手を差しだした。

「神聖アスタロート王国総統、クリスだ。プリンセス・アルフィン」

優雅な身のこなしだった。愛らしく清らかな外見にふさわしい、洗練された口調としぐさである。

アルフィンはクリスを睨みつけた。両の眉が、きりきりと跳ねあがった。

「お黙り！」

クリスの手を払いのけた。

「昂奮は佳人《かじん》に似合わない」クリスは平然としていた。

「しかし、怒った顔もまた美しい」

「ガキがしゃれた口きくわね」アルフィンは吐き捨てるように言った。

「あたしがおしとやかなプリンセスと思ったら大間違いよ」

「がさつなクラッシャーか」

「なんとでもお言い」

「わたしには背伸びしているようにしか見えない」

「うるさい！」

アルフィンの手が飛んだ。目標はクリスの左頬だった。が、アルフィンの腕はそこまで伸びなかった。

途中で硬直した。

またもや金縛りである。

「いけないな。お転婆《てんば》は」

クリスは大きくかぶりを振った。

アルフィンのからだが、十センチほど宙に浮いた。

そのままの姿勢で、水平に運ばれた。

円筒形の椅子の前で止まった。

見えない力が、アルフィンのからだをむりやりふたつに折った。膝も曲げられた。手荒ではないが、相当に強引なやり方である。

金縛りの状態で椅子にすわらされた。

「これでいい」

クリスが言った。

クリスも床の上を滑ってやってきた。

アルフィンの向かいの椅子に腰を降ろした。

「とにかく落ち着いて話をしよう」

「あんたと話すことなんて、ない」

「まあ、そう言うな」クリスは苦笑した。

「こうやって歓迎しているのだし、もう少し心をひらいたらどうだ？」

「あんたがカインでジョウに何をしたか、ちゃんと覚えている？」

「悪魔の爪のことか。あれはマルパが勝手に背負わせたのだ。わたしの命令ではない」

「鬼。人非人！」

「かわいいやつ」

含み笑いを漏らし、クリスはアルフィンのあごへと腕を伸ばした。

小さな手が、アルフィンの首すじに触れた。

「さわるな。けがらわしい」

アルフィンは、クリスを罵《ののし》った。

「一生を、わたしのもとで過ごす気はないか。アルフィン」かまわずアルフィンの肌をてのひらで撫でながら、クリスは言った。

「わたしはまもなく銀河系の支配者――ただひとりの帝王となる。わたしに仕えようとは思わぬか？」

「思うか、ボケ」アルフィンは声を限りにわめいた。

「あんたなんか帝王じゃない。悪魔だわ。死神よ。顔はきれいだけど、中身は心底、邪悪な存在」

「イトウのブレーカーに期待しているのか？」クリスは、アルフィンの思考を読んだ。

「甘いぞ。ブレーカーなぞ威力は知れたものだ。むろんジョウもわたしの敵ではない。

おまえには、もはやすがるものなどない」

「ふん、ペッ」

「〈ヴァルハラ〉を見せてやろう」

「え？」

「〈ヴァルハラ〉だ。おまえたちが知りたがっていたファンタズム・プラネットの正体だ」

とつぜん、アルフィンの周囲が変化した。

闇がきた。

色彩が消え、アルフィンは闇の中に放りだされた。

また、あの悪夢の世界に戻ったのかと思い、アルフィンは震えた。

だが、そうではない。闇の中に無数の光がある。

光は星だ。すると、ここは宇宙空間。

アルフィンは、漆黒の宇宙空間に浮いていた。

「驚いたかね？」

クリスが言った。クリスはアルフィンの正面にいた。椅子に腰を降ろしたままの姿だ。

しかし、椅子はどこにもない。あるのは光り輝く星々と黒い闇ばかりだ。

「〈ヴァルハラ〉は、あそこにいる」

クリスが頭上を指差した。アルフィンは首をめぐらし、その先に目をやった。

星々が揺らいでいた。ガスが渦巻き、嵐となっている。それがはっきりと見てとれた。

「ファンタズム・プラネットは、亜空間に生まれた純粋エネルギー体の星だ」クリスは言った。

「エスパーたちの念によってつくりだされ、まもなく確固たる存在として、亜空間と通常空間の狭間《はざま》に定着する」

「………………」

「定着したファンタズム・プラネットは、自在に空間を移動し、われらの意志によって、通常空間のいかなる場所にも、その姿をあらわすことができる」

「………………」

「姿をあらわした結果があれだ。プラズマの嵐が吹き荒れ、その中に巻きこまれた物質は、いかなるものであろうとも、破壊されて原子に還元されていく」

「ファンタズム・プラネット」

「われわれは、あの惑星を〈ヴァルハラ〉と名付けた。〈ヴァルハラ〉を止められる者は銀河系広しといえども、どこにもいない。〈ヴァルハラ〉を得たわれわれは、必ずや勝利者となる。そして、わたしは帝王の座につく」

――陛下！

思考が割りこんできた。エルロンのものだった。

「なんだ、エルロン？」

演説を中断されて、不快げにクリスは応じた。

――申し訳ございません。さしでたマネとは思いましたが、とりあえずご報告申し上げようと思いまして。

「何があった？」

――船団が、接近しております。

「商船か？」

――さようで。二百ないし三百メートル級の船が五隻。それに護衛としてクラッシャーの船が一隻。

「クラッシャーだと？」

クリスの目が妖しく炯《ひか》った。

――商船を装ってはおりますが、たしかにクラッシャーの船でございます。

「なんというクラッシャーのチームだ？」

――若いクラッシャーです。クラッシャータイラーとか。

「アルフィン」

宙空をさまよっていたクリスの視線が、アルフィンに戻った。

「クラッシャータイラーという男を知っているか？」

「タイラー！」アルフィンが息を呑んだ。口もとがこわばり、目がわずかに見ひらかれた。なぜその名を、といぶかしむ表情になった。

「タイラーがどうかしたの？」

「ほお。ジョウと同期のクラッシャーなのか」クリスの表情に残忍な笑みが浮かんだ。

「やつの船を、おまえに見せてやろう」

クリスは言った。言い終わるのと同時に、微妙に闇の感じが変化した。〈ヴァルハラ〉が消え、かわりに六隻の宇宙船が闇の中に出現した。

「商船とその護衛にあたるクラッシャータイラーのチームだ。いまはワープとワープの間にあって、通常空間を航行している」

「タイラーに何する気？」

「たいしたことではない。ちょっとした遊びだ。実力のほどを見るというか。ま、古代の剣闘士の戦いを再現するようなものだな」

「やめて！　タイラーに手をださないで」

「わたしは、エスパーでない戦闘のプロがほしい。戦いの捨て駒としてな。クラッシャーは、その条件にうってつけだ」

「やめて！」

アルフィンは絶叫した。クリスはそれに冷笑で応《こた》えた。

「見るがいい。われらが力を」

冷笑はすぐに甲高《かんだか》い哄笑《こうしょう》となった。それは長く尾を引き、聞く者の心を千々《ちぢ》に掻き乱す不快な笑い声であった。


タイラーは、くつろいでいた。

シートを大きくリクライニングさせて長い足を投げだし、メインスクリーンをぼんやりと見つめていた。

メインスクリーンには、かれが命を賭《と》しても護衛しなければならないオーディナル海運のカーゴ・シップが五隻、映っている。五面マルチに切られた画面に各一隻ずつだ。三百メートル級の水平型カーゴ・シップ。商船としては中型である。

「ティム」タイラーは右横に首をめぐらし、となりのシートにすわる男に声をかけた。

「予定どおりワープインできそうか？」

「大丈夫です」若い声が、即座に返ってきた。

「空間は安定しています。この調子なら、千七百二十秒後のワープインは動きません」

「けっこうだ」

タイラーはシートのバックレストを起こし、コンソールのスイッチをふたつばかり、右手の爪先で軽く弾いた。

　小型の表示スクリーンに、びっしりと細かい数字が並んだ。

「ディック」

　マイクのスイッチをオンにして、タイラーは機関士を呼んだ。機関士は、タイラーの背後に、うしろ向きにすわっている。タイラーの船〈ハンニバル〉は垂直型なので、ブリッジの床は中央のエレベータを囲むドーナツ型をしており、乗員のシートは、壁に向かってぐるりと輪を描くように配置されている。だから背後のクルーを呼ぶときはインターフォンを使用する。

「なんでしょう。チーフ」

　シートのヘッドレストに組みこまれたスピーカーを通して、返事があった。

「E－4の圧力が少し低い」タイラーは言った。

「すぐに調整しろ」

「了解」

　ディックの対応は早かった。

　圧力は、数秒で正常値に戻った。

　これで、許容範囲外を示す計器はひとつもない。

「ワープインまで、あと千六百秒です」

ティムが言った。

タイラーは軽くうなずいた。そろそろ、商船のキャプテンたちと確認のための極めて儀礼的な通信を交わす時間だ。

タイラーは通信機のスイッチをオンにした。

そのときである。

突きあげるようなショックが、〈ハンニバル〉を襲った。

タイラーのからだが、シートの上で大きく跳ねた。

第四章　〈ハンニバル〉

1

強いショックで、シートベルトが腹部に深く食いこんだ。タイラーは苦悶し、呻《うめ》き声をあげた。

コンソールのスクリーンが、いっせいに赤く染まった。けたたましい非常警報も、ブリッジ内に響き渡った。かなりの負荷がかかったのだろう。数か所のパネルから華々しく火花が散る。

「どうした、ディック？」

最初の衝撃がおさまるのと同時に、タイラーは叫んだ。

「機関停止です」

ディックのうわずった声が即座に返ってきた。

タイラーはコンソールの計器を素早く読んだ。しかし、読む必要もなかった。計器はすべてゼロを示している。船のシステムが機能していない。かろうじて発電装置と生命維持機構だけが生きている。あとはエンジンも通信機も全滅状態だ。

スクリーンが、ブラックアウトした。

「ちくしょう」

タイラーの指が、あわただしくコンソールの上を走りまわった。しかし、どのスイッチをいじってみても、作動不能の表示に変化はない。

「チーフ」

主操縦席のティムが首をめぐらし、タイラーを見た。困惑しきった表情だ。タイラーのチームは、他のクラッシャーのチームに比べてクルーが若い。みな生え抜きのクラッシャーだが、経験が浅いのだ。それゆえ、こういった非常時になると、その浅さがとまどいとなってそれぞれの行動にあらわれる。

「うろたえるな！」タイラーは一喝した。

「ちょいと異様だが、事故は事故だ。落ち着いて原因を調べろ」

「はっ」

三人分の返事がひとつに重なった。

タイラーは、ベルトを外し、シートから立ちあがった。

「機関部を見てくる」タイラーは言う。

「ディックは、俺と一緒にこい」

「メインからですか？」

「そうだ」

タイラーは中央の円筒の前に立ち、そこにはめこまれたパネルのボタンを押した。円筒は銀色に光る金属製で、その中を円盤が上下してエレベータの役目を果たす。

パネルにLEDが点《つ》き、円筒の一部がひらいた。

タイラーの全身がこわばった。

血の気が失せ、髪の毛が逆立った。

ディックが、あっと叫んだ。

エレベータの中に、ひとりの男が立っている。

「なんだ？　てめえは」

かすれた声で、タイラーは訊いた。

黒塗りの宇宙服を着た男だった。ヘルメットはない。四十歳前後で、どこにでもいるような平凡な顔だちをしている。宇宙服を着ているのは、外部から非常ハッチをあけて侵入したからだろう。機関を停止して慣性航行している宇宙船に侵入するのは、さほど困難なことではない。

「ふざけた野郎だ」

タイラーは男をエレベータから引きずりだそうとし、荒々しく中に一歩踏みこんだ。

その動きが、硬直するように止まった。

しばらくは何が起きたのか、タイラーにはわからなかった。

ややあって、からだが動かないことに気がついた。声をあげようとしたが、それもかなわない。

金縛りだ。

男が無表情に立ち、両の手を前に突きだしている。

その指先が、ひらひらと優雅に動いた。

タイラーのまわりに、のっそりと他のクルーたちが集まってきた。

まるで、誰かに操られているかのようなぎくしゃくとした動きだ。

四人が身を寄せ合って、男の前に立ち、そのまま固まった。

「眠れ」

男の口から、かすかな言葉が漏れた。

つぎの瞬間。タイラーの意識がこなごなに砕けた。

肉体ではなく、意識そのものに衝撃が加えられた。

そして、暗黒が訪れた。

ようやくザルードの星域外縁に達した。

ジョウたちが行動を開始してから、四十時間近くが過ぎていた。貴重な時間を浪費したくはなかったが、マージの静養、大型のブレーカーの運びだし、〈ミネルバ〉への搭載などの作業には、どうしても少なからざる時間が必要とされた。

「二千五百秒後にワープに入る」ジョウが言った。

「リッキーはカウントをはじめろ」

「了解」

「わたしはどうしよう？」

プロフェッサー・イトウが訊いた。イトウはリッキーのすわる動力コントロールボックスのシートとドンゴの立つ空間表示立体スクリーンの中間にしつらえられた小さな補助シートに腰を降ろしていた。

「どちらかといえば、バード同様、船室にお引き取り願ったほうがいいでしょうな」

タロスが答えた。

「冷たいね」

イトウは、憮然《ぶぜん》となった。

「俺もそのほうがいいと思う」ジョウが口をはさんだ。

「いまはどうってことないが、ワープアウトすれば、そこはもうシレイアの星域外縁だ。ESP波はシャットアウトできても、シレイア宇宙軍の大艦隊はブレーカーじゃどうにもならない。万が一を考えたら、ここにいるよりも船室にいたほうが安全だ」

「わたしが戦闘を怖がるとでも思っているのかね？」

「いや」ジョウはかぶりを振った。

「そんな補助シートにすわっていたんでは、危険すぎるという話さ。教授がドンパチを恐れないことはよく承知している」

「それなら、けっこう」

イトウは重々しくうなずいた。

「どうせ第二惑星のディランに接近したら、教授にもマージにも助言してもらう必要がでてくる」ジョウはつづけた。

「それまでは船室でのんびりとくつろいでいるのがいちばんじゃないかな」

「チームリーダーは、なかなか口がうまい」

「こっちは必死だよ」ジョウはぼやいた。

「孤立無援なんだ。全部、本音だぜ」

「外部との接触を絶たれることは予測しておくべきだった」

イトウは口惜しそうな表情をした。

「無線もだめ、電話もだめ、ありとあらゆる通信手段を封じられた。これでは連合宇宙軍に出動要請などできやしない」

さらにジョウはぼやく。

「といって、当初わたしが依頼したように、直接、連合主席に会いにいっていたのでは手遅れになる」

「思えば無謀なやり方だ」

「頼りになるのは、マージが教えてくれたクリスの城への潜入方法だけか」

イトウは腕を組んだ。

「必死になるしかないのさ」

「たしかに」

「納得したら、急いで船室に入ってくれ」

「四百二十秒」

リッキーがワープイン七分前を知らせた。

「あまり時間がないんだ」

「しょうがない」イトウはしぶしぶシートから立ちあがった。

「客は客らしくふるまおう」

「助かるぜ」

ジョウは手を振り、コンソールに向き直った。

ドアが開閉し、イトウが操縦室から姿を消した。

「二百五十秒」

操縦室がいきなり静かになった。リッキーのカウントだけが、単調に響く。このカウントは、主として船室で寝ているバードとマージのためのものだ。ワープはときとして激しいワープ酔いを招く。異次元空間への転位の際に、からだが変調をきたすのだ。しかし、ワープ酔いは慣れと事前の心構えで、ある程度までは軽減することができる。そこで、ジョウはリッキーに、ふだんは適当に省いている形式ばったカウントをおこなうよう命じた。

「六十秒」

一分前になった。

四十秒……二十秒……十秒……ゼロ。

ワープした。

同時に、漆黒の闇に覆われていたフロントウィンドウが、虹色に染まった。

ワープボウである。

肉眼で見たワープ空間だ。フロントウィンドウの上部にあるメインスクリーンには、すさまじい勢いで後方へと流れる無数の星々が映っている。こちらは、ワープ空間から見た通常空間である。

「ワープアウト三百秒前」

再びリッキーのカウントがはじまった。

ジョウとタロスの手が、忙しくコンソールの上を行き来する。シレイアの星域外縁には何が待ちうけているかわからない。クリスは〈ミネルバ〉がシレイアに向かっていることを知っている。当然、なんらかの防御手段が講じられているはずである。そのためにも、ワープアウトまでに〈ミネルバ〉は戦闘準備を完了していなければならなかった。

コンソールに、レーザーとミサイル発射のトリガーが起きあがった。

「五秒前」

ジョウが身構えた。

ワープアウトした。

虹の色が褪《あ》せ、フロントウィンドウに闇が戻ってきた。メインスクリーンの星の流れも止まった。

「加速八十パーセント」

ジョウの指示が、タロスに飛んだ。予想された最悪の事態――ワープアウトするやいなや、息もつかせぬ大戦争という状況ではない。

肩の力を抜き、軽く息を吐いて、ジョウは背後を振り返った。

「ドンゴ、レーダーの反応はどうだ？」

空間表示立体スクリーンを操作するロボットに訊いた。

「れんじ内ニ、飛行物体ハ存在シマセン。キャハハ」

ドンゴが答えた。

「拍子抜けするなあ」

リッキーが言った。

「安心するのは、まだ早い」それをジョウが、いましめた。

「敵はクリスだ。油断はできない」

チャイムが鳴った。インターコムの呼びだし音だった。

ジョウの指がスイッチを弾いた。

「ジョウ」プロフェッサー・イトウのうわずった声が、スピーカーから飛びだした。

「ESP波の感知器をチェックしろ。こっちのメーターがすごい数値を示している。危険だぞ、こいつは。すぐに調べてくれ」

「！」

ジョウの反応は速かった。イトウがすべてを言い終える前に、からだが動いていた。

メインスクリーンに、感知器のデータが映しだされた。

「こいつは」

タロスが呻いた。イトウの言うとおりだ。〈ミネルバ〉の周囲には、メーターが振りきれそうになるほどに強力なESP波が渦を巻いている。

「近接質量に異常はないか？」

ジョウがドンゴに訊いた。

「アリマセン」

「重力波は？」

「変化ナシ」

「ちくしょう」ジョウはコンソールパネルを平手で殴《なぐ》りつけた。

「やつら、何をする気だ」

「ジョウ」タロスが言った。

「空間《そと》の様子がおかしい」

「宇宙空間？」

ジョウはおもてをあげ、フロントウィンドウの向こう側に瞳を凝《こ》らした。

しばらくは何ごともなかった。

タロスだけが額に深いしわを寄せ、かすかに頬をひきつらせている。

ジョウの神経を何かがちりちりと刺激した。喉《のど》の奥がひりついた。

「星が」かすれた声で、ジョウはつぶやいた。

「星が揺らめいている」

2

「れーだーニ光点」

ドンゴが言った。

「揺らめきは錯覚だ！」いきなりタロスが叫んだ。

「まやかしですぜ。ジョウ」

首をめぐらし、言った。

「ＥＳＰ波はめくらましに使われている。攻撃じゃない。やつらはＥＳＰ波に包まれて、そこにいる」

「キャハ、光点八十一。イズレモ三百めーとる級ノ艦船ト思ワレル。キャハハハ」

「やってくれたな」

ジョウの髪が怒りに逆立った。

メインスクリーンの映像が、レーダーのそれに切り換わった。

映像の中心に〈ミネルバ〉を示す赤い光点があり、それを十一の青い光点がぐるりと取り囲んでいる。

「鮮やかなものだ」

タロスが他人事のように言った。

「鮮やかすぎる」ジョウは吐き捨てるように言った。「通信妨害といい、このカモフラージュといい、姑息《こそく》なからめ手ばかりだ」

「クラッシャーの性格をしっかり見抜いていますな」

「ふざけやがって」

ジョウは奥歯をぎりっと噛み鳴らした。

「光点、急速接近中」ドンゴが言った。「ステニ当船ハ射程内ニアリ」

「どうします？」

タロスが訊いた。

「むろん、蹴散らす」ジョウの答えは決まっていた。「やつらは俺たちを歓迎するために集まったわけじゃない」

「となると」

「転針だ。8B992。加速百二十パーセント」

ジョウは包囲のもっとも手薄と思われる座標を選んだ。

〈ミネルバ〉のメインノズルが、轟然と咆《ほ》えた。

　船体が激しく振動する。急加速でGが慣性中和機構の限度を超えた。ジョウたちのからだが、強い力でシートの背もたれに圧《お》しつけられる。

　ジョウの指が、ミサイルのトリガーボタンを押した。

　二十二基のミサイルが、〈ミネルバ〉から輻《や》のように放たれた。標的は、迫りくる十一隻の艦船だ。

　とつぜん、ミサイルが爆発した。

　発射直後である。まだ弾頭が分離すらしていない。完全な暴発だ。

「ちっ」タロスが舌を打った。

「ブレーカーの有効範囲からでたら、すぐにこれだ」

　スクリーンの中の敵船が、ちかっと光った。

　タロスの両手が、コンソールの上をめまぐるしく動く。

〈ミネルバ〉を数条のビームが襲った。光条が船体を擦過する。〈ミネルバ〉はビームとビームの間を、うねるようにすりぬけていく。クラッシャーきっての名パイロットにしてはじめて可能な離れ技だ。

　彼我《ひが》の距離が、ぐんと詰まった。

　ジョウがビーム砲のトリガーボタンを絞った。

　スクリーンに映る宇宙船のエンジンが一基、爆発した。

　コントロールを失い、その一隻は戦列を離脱していく。

〈ミネルバ〉の針路を妨げるものが、一時的になくなった。前方が、がら空きになった。

「加速百四十！」

　ジョウの指示が飛んだ。ここで一気に敵艦隊を振りきる。そう決断した。

「3C184ニ、光点」

　ドンゴが言った。

　ジョウがすかさず、メインスクリーンの映像を切り換えた。スクリーンに小さく、赤を基調に塗装された派手な色の宇宙船が映った。やはり、三百メートル級の戦闘艦だ。しかし、他の艦船とは動きがまるで違う。

「操船がうまい」その船の航跡を見て、タロスが言った。

「包囲することにこだわらず、こっちの動きを読んで、その先へとまわりこんできやがった」

「艦隊指揮をとる司令官がいない」ジョウが応じた。

「みんな勝手に〈ミネルバ〉を追っている。あいつさえかわせば、逃げきるのは意外に楽だぞ」

「ですな」

　にやりと笑い、操縦レバーを握り直して、タロスは身構えた。

そのとき。

またインターコムのチャイムが鳴った。

マージの船室からだった。

「あれはアマゾナスの宇宙船よ」マージは言った。メインスクリーンの映像は各船室のスクリーンにも流されている。

「ほかの宇宙船はクリスの配下が操船しているけど、あの船はべつ。クルーはすべてアマゾナスになっている」

「なるほど」タロスがうなずいた。

「いい腕しているわけだ」

「マージのヒュプノは、あきれるほど念入りだった」イトウの声が割って入った。

「おそらくアマゾナスを重要な戦力とみて、そうしたのだろう」

「そこまで完璧に支配するには、手間がかかる。だから、ほかの船は、素人でもエスパーにまかせるしかない。そういうことか」

「浅いヒュプノは、何がきっかけで破れるかわからん」イトウはつづけた。

「予期せぬ叛逆を恐れたということだ」

「俺にはへたくそな操船のほうが恐ろしいぜ」

タロスは笑った。

「当面の敵はアマゾナスだけだ」ジョウが言った。

「厄介な相手だが、打つ手はある。しかし」

「ためらうことはありません」マージが言った。

「攻撃してください」

「操られてはいるが、もとはあんたの仲間だぜ」

「仕方がありません。いまは最大の敵です」

マージの声には切実な響きがこもっていた。

「タロス」ジョウは操縦席を振り返った。

「さっき敵船のエンジンを一基だけ吹きとばしたな」

「へえ」

「あれをもう一度やる」

「待って、ジョウ！」マージが叫んだ。

「アマゾナスを甘くみないで」

「黙ってな、お客さん。これは俺の船だ。判断は俺が下す」

「でも」

ジョウはインターコムのスイッチをオフにした。マージの声が切れた。

「キャハ、距離三千」

ドンゴのカウントが入った。

先に仕掛けたのは、アマゾナスのほうだった。

十基のミサイルが射出され、それが五十の弾頭に分かれて〈ミネルバ〉を襲った。〈ミネルバ〉はアンチミサイル・ミサイルを発射し、その直後に回避行動へと移った。

そこへ、アマゾナスのエネルギービームがきた。

光条が〈ミネルバ〉の船体をかすめ、火花が激しく散る。しかし、致命傷ではない。〈ミネルバ〉は、降りそそぐ光条をかわし、確実に彼我《ひが》の距離を詰めていく。

ジョウは知っていた。一撃しか許されていないことを。背後には、先ほど突破した十隻の敵艦隊がいる。もしも、アマゾナス相手に手間どれば、かれらが〈ミネルバ〉に追いつく。〈ミネルバ〉の操縦室は、しんと静まり返っていた。誰も一言も口をきかない。

リッキーはメーターに視線を走らせ、タロスとジョウは、それぞれのコンソールのスクリーンに目を凝らしている。ジョウの両手は、ミサイルとビーム砲のトリガーグリップを固く握ったままだ。ときおり慣性中和機構の限界を超えた強いGがかれらのからだをシートに深くめりこませるが、それでもかれらの基本的な姿勢は変わらない。

強いショックが〈ミネルバ〉を揺すぶった。コンソールの数か所に赤いLEDがつぎつぎと灯った。

「ちくしょう」

タロスが悪態をついた。

これまでか。

トリガーグリップを握るジョウの指に力がこもった。ついにタロスの卓越した技倆《ぎりょう》をもってしてもビームをかわしきれないところまできた。ここで反撃しなければ、〈ミネルバ〉は宇宙の塵と化す。

照準スクリーンの中央に、アマゾナスの戦闘艦が入った。

ジョウはミサイルのトリガーボタンを押した。

二十基のミサイルが一団となって〈ミネルバ〉の横腹から飛びだした。目標はただひとつ、アマゾナスの戦闘艦。それだけだ。

戦闘艦が回頭を開始した。ジョウがグリップを操作する。ミサイルが戦闘艦を追った。同時に〈ミネルバ〉も、その針路を変えた。

ミサイルの群れが、戦闘艦と〈ミネルバ〉のほぼ中間点に達した。

ジョウの指が、グリップ先端の自爆ボタンを押した。

〈ミネルバ〉と戦闘艦との間に、巨大な炎の花がひらいた。

スクリーンからもレーダーからも戦闘艦の姿が消えた。火球が視界を奪い、さらにレーダー波をも攪乱《かくらん》する。

間髪を容《い》れずに、ジョウはビーム砲のトリガーボタンを絞った。

一条のビームが、〈ミネルバ〉から火球へと伸びた。ビームは火球に吸いこまれ、その行方を見定めることはできない。

ジョウの指がボタンから離れた。

〈ミネルバ〉が転針し、ディランへと向かうコースにのった。

ミサイル二十基分の火球が拡散し、炎と光が急速に薄れた。

レーダーに光点が映った。

スクリーンにも敵戦闘艦の映像が戻った。

戦闘艦は、コントロールを失っていた。エンジンが一基破壊され、加速がこれまでの三分の二に落ちている。姿勢制御ができていない。

ジョウの口から、ほおとため息が漏れた。

「大当たり」

「やれやれですな」

タロスは両の手を揉《も》みほぐしていた。タロスの左腕はロボット義手であり、疲労には縁がない。それでも、こういうことをしてしまう。それほどに緊張がつづいた局面であった。

「これで、ディランの衛星軌道から地上に降下するまで邪魔されずにすむだろう」

ジョウが言った。

「そいつはわかりません」タロスは同意しなかった。

「当然、こっちが包囲網を破ってディランに向かったという報告がクリスのもとに行っているはずです。新手を用意して待ち構えている可能性のほうが大ですぜ」

「それは、そうだが」

ジョウは少し唇を尖らせた。タロスは一瞬の息抜きも許してくれない。

背後でドアのひらく音がした。

せわしげに、イトウが入ってきた。

「すごいじゃないか、ジョウ」大股で歩み寄り、ジョウの肩をつかんで揺すぶった。

「フェイントを兼ねたブラインド攻撃。さすがクラッシャーだ。いやあ、感心したよ。マージも喜んでいた。礼を言うように頼まれたぞ」

「マージはどんな様子だった？」

「元気だ」ジョウの問いに、イトウは即座に答えた。

「一応、自室で寝ているが、もう体力はほとんど回復した。問題は何もない。ディランへ降りて、すぐに戦闘任務を与えても、十分に遂行《すいこう》できるはずだ」

「降りられたらの話だな」

ジョウは肩をすくめ、手をひらひらと振った。

「どういう意味だ？」

イトウは怪訝な表情をした。

「見通しが、まだまだ暗いってことですよ」

タロスが状況を説明した。

イトウは渋面をつくり、腕を組んだ。

「すると、ほぼ確実に、もう一戦あるのだな？」

ややあって、言った。

「俺がクリスなら、間違いなくそうします」タロスが言った。

「ここで見逃したら、権威が地に堕《お》ちる」

3

「いいですか」タロスは言を継いだ。

「やつらの武器は、ＥＳＰしかない。強力だの危険だのといったところで、持っているのは、それだけだ。それが唯一の切札です。ところが、ここにそいつを封じてしまった宇宙船がいる。しかも、その船には厄介な敵が乗っていて、やつらの本拠地に向かう途中ときた。これを看過《かんか》できますか？　できやしません。技術が劣ろうが、戦闘能力に差があろうが、相手はたったの一隻、数を頼りに、二波三波の波状攻撃をかけます。それをしない指導者は指導者じゃない。クリスは自身の面子《めんつ》にかけて、〈ミネルバ〉を阻止しようとする」

「なるほど」

「まずいのは、待ち伏せしている敵じゃあない」ジョウが、その先をつづけた。

「波状攻撃にかまけているうちに、追っ手との間でサンドイッチになってしまうことだ」

「いまのアマゾナスの戦法だな」

「アマゾナスはプロだった。二波三波は誰がくるのかわからない」

「雌雄を決してやると気負ってきたが、こうなるとディランにたどりつくだけでも、命が五つか六つほしい」

イトウはうなりながら、ぼやいた。

「一対二十くらいで囲まれたら、たとえ向こうの艦長がまったくの素人であっても、こっちが逃げきれる可能性はゼロに近くなる」

タロスがシビアなことを言った。

「こうなったら、運を天にまかせよう」イトウは言った。

「わたしは何かの手違いで、ディランに配備された戦闘艦が一隻か二隻しかいないということを神に祈っている」

「虫のいい願い事だ」

ジョウが笑った。

しかし。

イトウの祈りは神に届いた。

ディランの衛星軌道上で〈ミネルバ〉を待っていた宇宙船は、たったの一隻であった。が。

その一隻が、最悪の相手だった。


レーダーに、光点が映った。

ドンゴが報告し、ジョウはレーダーの映像をメインスクリーンに入れた。

「一隻だ」

イトウがつぶやくように言った。教授はまた例の補助シートに着いている。船室に戻ろうとしない。

「どういうことだ、これは？」

ジョウがタロスに意見を求めた。

「わかりやせん」タロスは両手を上に挙げた。

「シレイア宇宙軍に残っている宇宙船がこれ一隻ということはないと思うんですが」

「そうだな」

「てえことは」

「おとりか？」

ジョウはバックレストに体を預け、腕を組んだ。

「こっちへ向かってきている」

イトウが言った。

「ESP波は弱い」

サブスクリーンに目をやり、ジョウがつぶやいた。

「アマゾナスだろうか？」

「そいつは、わからない」イトウの問いに、ジョウはかぶりを振った。

「マージに訊いてみよう」

インターコムでマージを呼びだした。

「あたしにも、判別できないわ」

スピーカーからマージの声が流れた。かすかだが、その口調に困惑と恐怖がある。役に立たないことを恥じているらしい。

「アマゾナスの専用艦船は、さっき撃破した〈アンティオペ〉一隻だけ」マージは言った。

「でも、クルーは二交替制だから、十分な戦闘力を有した船を借りてくれば、それだけでその船は〈アンティオペ〉になる」

「ふむ」

ジョウは顔をしかめた。

「ESP波の反応があるのだ。アマゾナスであるなしにかかわらず、クルーが強力な暗示で支配されていることは、まず間違いない」

イトウが言った。

「だけど、問題はそいつらがアマゾナスかどうかなんだろ」それまで口をつぐんでいたリッキーが会話に加わった。

「それとも、シレイア宇宙軍にはアマゾナス以上の腕を持った艦長やクルーが、ほかにもいるのかい？」

「いないこともないわね」マージが答えた。

「でも、クルーは各艦の実力を平均化するように配置されているから、アマゾナスみたいに、その全員が戦闘専門の特殊訓練を受けている船は一隻もないはずよ」

「うーん」

イトウがうなった。

「そろそろ船影が映像に入るころだぜ」リッキーが言った。

「想像であれこれ言っててもどうしようもないんだし、ちゃんと肉眼で相手をたしかめよう」

「そのとおりだ」

ジョウはリッキーの言に同意した。

メインスクリーンに映像を入れた。

しばらくは、無数の星と闇だけが映っていた。

ややあって、画面の右手上方に星の輝きとは明らかに異なる光が出現した。光は不規則に点滅し、やがて正面から見る宇宙船の形状となった。

ジョウは画面の位置を修整し、宇宙船をスクリーンの中央に置いた。

際立ったコントラストに彩られた宇宙船が、スクリーンの中でじょじょにその姿を大きくしていく。

イトウを除くクラッシャーの三人が、はっきりそれとわかるほどに激しく息を呑んだのは、その正体不明の宇宙船の輪郭が、画面のほぼ四分の一の面積を占めたときだった。

「あいつは……」

最初にうつろな声をあげたのは主操縦席のタロスだった。

「何かの間違いじゃないのか」

一言つぶやいて絶句したタロスのあとをジョウがつづけた。

「クラッシャーの船だろ、あれ！」

夢から醒めたかのように、リッキーが大声で叫んだ。

その、いささか間の抜けた甲高い声が、タロスとジョウの強い緊張をわずかにゆるめた。

「流星マークがある」

ジョウが言った。角度が悪くて、完全には見えないが、銀色に輝く船腹にはクラッシャーであることを示す流星マークと〝T〟の飾り文字が、たしかに存在している。

「タイラーの〈ハンニバル〉だ」

タロスが言った。すでに平静を取り戻したのか、声が落ち着いている。

「なんだ？　いったいどういうことだ？」

マークの意味を理解できないでいるイトウが、うろたえてジョウに訊いた。

「何かあったの？」

インターコムのスピーカーからも、状況を問うマージの声が流れてきた。

「タイラーは俺たちの仲間だ」

ジョウが質問に答えた。

「クラッシャーなのか！」

イトウの頬が小さく痙攣した。

「キャハ、〈はんにばる〉ハ一直線ニコチラヘト向カッテイマス」ドンゴが言った。

「アト百秒以内ニ射程距離ニ到達シマス」

「タロス、S回線をひらけ」

ジョウが指示を発した。S回線はクラッシャー専用の非常通信回線だ。

「だめです」タロスはかぶりを振った。

「さっきからやってますが、応答はまったくありません」

「ヒュプノだ！」イトウが大声で言った。

「マージたちと同じ目に遭《あ》ったんだ。どこかでクリスに捕まって、処置を受けたに違いない。クリスはクラッシャーこそがクラッシャーの最大の敵であることをよく知っている」

「ありうる話だ」タロスが振り向き、うなずいた。

「バードはシレイアの近辺を航行するカーゴ・シップの護衛にクラッシャーが雇われていると言っていた」

「タイラーが相手か」

ジョウの声が、ひどく硬い。ジョウはいったん倒していたビーム砲とミサイルのトリガーレバーをいま一度引き起こした。

「やるんですかい？」

タロスが訊いた。

「やりたくなくても、仕掛けられたら受ける以外にない」

ジョウは鋭いまなざしをタロスに向けた。瞳の奥に激しい怒りの色がある。

「先手はどうします？」

他人事のような口調で、タロスは問いを重ねた。

「向こうだ」ジョウはあごをしゃくった。

「ひょっとしたらということもある。様子を見るしかない」

そう言いながらも、ジョウは両の手でトリガーレバーをしっかりと握りしめている。

照準スクリーンに〈ハンニバル〉の映像が入った。

同時に〈ミネルバ〉、〈ハンニバル〉の両船は、互いの射程距離内に進入した。

〈ハンニバル〉の船首が短い閃光を放った。そして、その直後に〈ハンニバル〉は回頭した。船腹の一部が小さくひらき、そこから炎が噴出した。炎の中央には十数基のミサイルの影があった。

弧を描き、ミサイルが四方に広がる。

大口径のエネルギービームが、〈ミネルバ〉の主翼を擦過した。

強いが、しかし、致命的ではないショックが〈ミネルバ〉を揺すぶった。

タロスが〈ミネルバ〉を操る。ビーム砲の先制攻撃はかわした。〈ミネルバ〉は、同時に対ミサイルの回避行動を開始する。

慣性中和機構の能力を超えるGが、ジョウたちをそれぞれのシートから引きはがしにかかった。

「ちちちちち」

アマゾナスとの戦いで受けた傷が癒《なお》りきっていないリッキーは、その横Gに耐えきれない。口の端から、小さな呻き声が漏れた。

タロスは、あえてその声を無視する。いまは体調に気を遣《つか》っている余裕がない。

〈ミネルバ〉はうねるように反転し、ビーム砲のパルス射撃でミサイルの群れを迎え撃った。

ミサイルがつぎつぎと爆発する。宇宙空間にオレンジ色の炎が花ひらく。

〈ミネルバ〉の逆襲がはじまった。

ジョウの頭から、相手がクラッシャーだという認識が消えた。敵は敵。それ以外の何ものでもない。

タロスが〈ミネルバ〉の船首を〈ハンニバル〉に向けた。

彼我の距離が、急速に詰まった。

一撃が、勝負の要《かなめ》だ。いまの〈ハンニバル〉は、殺意の権化《ごんげ》である。攻撃テクニックをすべて放棄し、〈ミネルバ〉に迫ってきている。捨て身の戦法だ。ほとんど特攻と同じと言っていい。みずからを宇宙の塵に変えても、相手を確実に屠《ほふ》る。その狙いが明白だ。それは、精神を操られ、死を恐れることのなくなった者のみが用いる最善の攻撃手段である。

「行きます」

タロスが低い声で言った。

ジョウは無言でうなずき、それに応えた。

この一撃を外せば、〈ミネルバ〉に〈ハンニバル〉が突っこんでくる。そうなれば、クリスを目前にしてクラッシャー二チームが共倒れとなる。

ジョウの耳にクリスの哄笑が響いた。

ジョウの血が、熱くたぎった。

照準スクリーンの中で〈ハンニバル〉の光点が小さく旋回する。

ジョウの指が、ミサイルのトリガーボタンを押した。

二十基のミサイルが、オレンジ色の炎を吐いて、〈ミネルバ〉から飛びだした。

ミサイルは、一直線に〈ハンニバル〉をめざす。

弾頭が五方向に分かれた。

〈ハンニバル〉は、アンチミサイル・ミサイルを発射した。同時にエネルギービームも放った。

〈ミネルバ〉がミサイルの壁の外側にまわりこむように動く。

〈ミネルバ〉のミサイルが、〈ハンニバル〉のミサイルとビームで、またたく間に高熱のガスとなった。

〈ミネルバ〉がわずかに針路を変えた。

照準スクリーンの中央に〈ハンニバル〉の光点がぴたりとおさまった。

この角度からなら、ぎりぎりで〈ハンニバル〉のメインエンジンを狙うことができる。

ジョウはレーザートリガーのボタンを引き絞った。

闇の中を、一条のビームが疾《はし》った。

4

大口径ビーム砲の光条が〈ハンニバル〉に躍りかかった。

ほとんど時を同じくして、〈ハンニバル〉もビーム砲で反撃した。

ビームとビームが鋭く交差し、互いの獲物に突き刺さっていく。

〈ミネルバ〉の一撃は、〈ハンニバル〉のメインエンジンの中央を、誤ることなく射抜いた。

が、〈ハンニバル〉の狙いも正確無比だった。

〈ミネルバ〉の船尾が爆発した。

右エンジンをビームに灼かれた。

すさまじい衝撃が、船体を前後に駆け抜けた。

リッキーが小さな悲鳴をあげ、イトウがけたたましい悲鳴を発した。

ジョウは必死でコンソールパネルにしがみついた。照明がまたたき、船内の異常を示す赤いLEDがつぎつぎと灯る。

激しい振動に逆らって、ジョウの指が、いくつかのスイッチを的確に弾いた。

あらたなショックがきた。

今度は爆発というよりも、〈ミネルバ〉自身が身震いしたようなショックだった。

タロスが、被弾した右エンジンを船体から切り離した。爆発ボルトによって与えられたエネルギーで右エンジンは急速に〈ミネルバ〉から離脱していく。

数秒後、白色の閃光が〈ミネルバ〉を包んだ。光は丸く広がり、そして散った。そのあとに右エンジンの姿はない。

ショックがおさまった。

タロスの両手がめまぐるしく動きはじめた。とりあえずの課題は左エンジンと方向制御用ノズルだけを用いて〈ミネルバ〉を正常に航行させることだ。

「〈ハンニバル〉は？」

おもてをあげ、ジョウはレーダースクリーンに視線を走らせる。

「キャハハ、〈はんにばる〉、自由落下状態ニアリ」

ドンゴが報告した。

「吹っ飛んではいないんだな？」

「ソノヨウデス。キャハハ」ジョウの問いに、ドンゴは答えた。

「輻射熱《ふくしゃねつ》モ、ホトンド感知サレマセン」

「メインエンジンをぶち抜かれたんで、セイフティ機構が反応炉を停めたんだ」

リッキーが言った。

「相討ちですが、七・三でこっちの勝ちです」タロスが言った。

「こっちは、まだ自力で飛んでいる」

「爆発しないのか？」

震える声で、イトウが訊いた。

「動力も正常だし、いまんとこは大丈夫だよ」リッキーが答えた。

「右エンジンを失ったけど、それで狂ったバランスは、とっくに修正されている。あとはタロスの腕次第だね」

「ぬかせ」タロスが悪態をついた。

「俺にミスなどない」

「とにかく、これで邪魔な連中はいなくなった」ジョウが言った。

「あとはディランに着陸するだけだ」

「軌道にのせるのは、ちょいと骨ですがね」タロスが言った。

「しかし、なんとかやりますよ」

「クリスは何を考えてるのかな？」

イトウが自問するように言った。フロントウィンドウには、惑星ディランが青く広がっている。

「つぎに打つ手だね」

リッキーが言った。まともに答えた。

「けっ」タロスがせせら笑った。

「しゃれたせりふのひとつでも吐けよ」

むろん、それは無理な注文というものだった。

広間は、異様な雰囲気に包まれていた。

巨大な壁の一面が、そのまますべてスクリーンになっている。

スクリーンには、ディラン全土の地図が映しだされており、ときによってその映像はより限定された地域の詳細図へと変化する。さらには、色鮮やかなラインや光点が、地図の上を複雑に彩《いろど》っていく。

スクリーンに向かい合う形で、十数人の男女が、横一列に並んでいた。全員がシンプルなデザインのシートに腰を降ろし、その前には、黒い小型のデスクがしつらえてある。かれらは一様にデスクの天板を見つめていた。ある者は両手を広げ、またある者は頭をかかえて苦悶の表情を浮かべている。だが、視線がそれぞれの前にあるデスクの天板に向けられているのは、みな同じだ。

天板の上には、おぼろげな影があった。

影は不安定に揺らめきながらも、おのおのが、はっきりとしたある形を示していた。それは立体テレビの映像に酷似しているが、立体テレビの本体に相当する装置は、デスクのどこにも存在していない。

映像は、さまざまな場所の風景だった。いくつかは淡いカラーの映像もあったが、ほとんどは暗いモノトーンの映像だった。

森があり、湖があり、都市がある。同じ場所はひとつもない。すべてが異なっている。共通しているのは、その風景がどれもディランのどこかにあるということだ。映像は数秒おきに変化し、それまで木々に囲まれた山道の風景だったのが、ふいに白い波頭の砕ける海岸のそれに変わったりした。また、映像の中の一点に、ゆっくりとズームしていくこともあった。

映像は、天板を凝視するエスパーたちの念によって生みだされている。遠く離れた場所の状況を感知し、それを立体映像の形でデスクの上に念写する。そういう能力だ。

数人の親衛隊員が、デスクの周囲にいた。親衛隊員は変化するデスクの上の映像とスクリーンの地図とを一定の間隔でチェックしている。

かれらの指揮をとるのは、エルロンだった。

エルロンは、広間の中央の一段と高くなった場所にシートをしつらえ、そこにおさまっていた。肘掛けに右腕を置き、その拳《こぶし》をあごにあてている。色白の肌が、いまはさらに白い。内心のいらだちが表情やしぐさにあらわれているのだろう。眉根にしわが寄り、しきりと指を噛んでいる。

ぴくり、とその頬が震えた。女性的な印象を与える顔に不安の色が浮かび、エルロンは落ち着かなげに瞳を左右に動かした。

エルロンの視線は、広間の奥の大扉に向かい、止まった。

大扉が、静かにひらいた。

ふたりの近侍《きんじ》を従えて、クリスが広間へと入ってきた。エルロンは、あわててシートから立ちあがった。

クリスの冷たい眼が、エルロンを捉えた。

広間を小走りに横切って、エルロンはクリスの前に素早く参じた。クリスはやってきたエルロンを無視して広間の奥へと進んだ。エルロンは腰を低くして、そのあとを追った。

クリスは中央の段を登り、ついいましがたまでエルロンがすわっていたシートに、そのしなやかなからだを置いた。

クリスは、かれの目の前で繰り広げられている念写作業をひととおり見渡した。

「報告しろ」

かたわらに立つエルロンに向かい、クリスは愛らしいが有無《うむ》を言わせぬ口調で言った。

——はっ。

かしこまった思考で、エルロンはそれに答えた。

——サテライトAM－2によるトレースで、〈ミネルバ〉の降下予想地点は大幅に限定されました。現在、その範囲内をより詳細に探っているところです。

「二時間だ」

クリスは言った。

——は？

「やつらが降下してから、すでに二時間が過ぎた。なのに、まだその行方すらつかめていない」

——申し訳ございません。全力は尽くしているのですが。

「あのふがいないクラッシャーは回収したのか？」

——タイラーとその部下たちは〈ジュステーヌ〉に収容いたしました。

「無事ならば、ここへ連れてこい」

——かれらをですか？

「もう一度、対決させる。今度は地上での一戦だ」

——承知いたしました。

「おまえたちがジョウを発見できなければ、あいつらも捜索に投入する」

——そのようなことになっては、この者たちが面目を失います。

エルロンはうろたえ、デスクに向かって念を凝らしているエスパーたちを指し示した。

「わたしも、それは避けたい。だが、長引けば打たざるを得ない手だ」

——死力を尽くさせます。

「当然のことだな」

——われらにおまかせくださ……あっ！

ふいにエルロンの思考が中断した。

「どうした？」

おだやかにクリスは訊いた。

──オーティス様がこられます。

「なに？」

クリスの表情が曇った。美しい顔にとまどいの色が浮かんだ。

──もう、そこまでおみえになっているそうです。

あわただしい思考で、エルロンは言った。

──いかがいたしましょう？

「くる者を拒む理由はない」クリスは言った。

「この広間への出入りは自由だ。きたければ、好きにさせるがよかろう」

──はっ。

エルロンは小さくうなずいた。そして、クリスの言葉を急な来訪者のもとへと思考で伝えた。クリスは、そんなエルロンのさまをいつもどおりの冷ややかな眼でじっとみつめている。その横顔に、つい先ほどまでのとまどいの色は、もう存在していない。

右足をわずかにうしろに退き、エルロンは大扉のほうへと向き直った。

大扉がひらいた。

いつものように七人の男女を左右に連ねて、オーティスが姿をあらわした。ブーツのかかとが床を打つ乾いた音が、ほかに音のない広間に甲高く響く。

七人の従者は、広間の中ほどに至る直前で歩を止めた。オーティスだけがゆっくりと足を運び、クリスの眼前に立った。

オーティスは、形ばかりの会釈《えしゃく》をした。クリスは右手をわずかに挙げて、それに応えた。どちらも無言だった。

オーティスはおもてをあげた。それから静かに上体をひねり、背後を振り返った。

全身全霊をこめてデスクの上に映像を念写しつづけるエスパーたちを、オーティスはひとつとおり見渡した。

「クラッシャーの侵入を許したと聞いた」

おもむろにオーティスは言った。顔を背後に向けたままだった。声は低く、語尾がかすかに震えている。クリスは無表情を装おうとした。が、それとはほとんどわからないほどかすかに、左の眉の端がぴくりと跳ねた。

オーティスが視線をクリスのほうへと戻した。老人の鋭いまなざしが、クリスの紫がかったブルーの瞳を射る。ふたりはしばし睨《にら》み合う形になった。

――オーティス様。

エルロンの思考が、両者の間に割って入った。

――侵入を許したなどという表現は適切ではございません。アマゾナスどものふがいなさゆえに、こちら側の防衛線が突破されたのです。

「はて、それは面妖《めんよう》な」

オーティスは口を歪めて言った。目はクリスからそらしていない。

「クリスよ。あなたは、クラッシャージョウを罠《わな》の中へ誘いこむと言った。そのために〈ヴァルハラ〉の存在をあやつに教えたと。しかるに罠とはなんぞや。かくもたやすく破られる防衛線が罠であったのか？　だとすれば、これはクラッシャーの侵入をみすみす許したも同然ということになる」

「落ち着け、オーティス」

クリスが口をひらいた。

少年のすずやかな声だったが、不思議な重みがあった。

5

「たしかにジョウがやすやすとディランに降下、着陸したのは、わたしの誤算だ」クリスはつづけた。

「しかし、ジョウはまだ罠の中から逃れてはいない。なぜならディランそのものが巨大な罠だからだ。ディランは隈《くま》なくわれらが支配している。それは神聖アスタロート王国であり、その中にあっては、ジョウといえども幽閉された囚人と変わりはない。それは明らかだ」

「残念ながら、誤算はひとつだけではない」オーティスが反駁《はんばく》した。「ひとつの誤算は、さらにあらたな誤算を生む。見るがいい」

オーティスは身をひるがえし、デスクに向かって必死で念を凝らしているかれの同志たちを指し示した。

「かれらはジョウを探すためぎりぎりまで、その能力を酷使している。みな疲れ果てており、体力的にはほとんど限界に近い。だが、ジョウたちを発見しても、かれらに休息は与えられない。そうなればそうなったで、つぎの攻撃、つぎの罠のためにかれらの力が必要とされるからだ。いや、それどころか、さらに多くの同志が駆りだされ、疲弊《ひへい》していく」

「オーティス、それはうがった見方だ」

クリスはオーティスをなだめようとした。それをオーティスは手を挙げて制した。

「〈ヴァルハラ〉はわれらが切札だ」オーティスは、一語一語を区切るように強く発音した。

「しかし、その一方で〈ヴァルハラ〉はわれらを著しく消耗《しょうもう》させる。いわば、諸刃《もろは》の剣だ。われらの同志はけっして多くはない。しかも、〈ヴァルハラ〉のために能力を捧げられる者は、そのうちの三分の一ほどだ。いまここで、ジョウたちを探すために能力を浪費している同志の中にも、〈ヴァルハラ〉を動かすのに欠くことのできぬ者がいる。

疲労し、体力を失ったかれらが、いざというとき、〈ヴァルハラ〉を支えることができるか。切札は、いざというときに使えてこその切札だ。このままでは、なんのための〈ヴァルハラ〉かということにもなりかねない」

「〈ヴァルハラ〉は動く！」クリスは力をこめて言った。

「それは商船を相手に何度も繰り返した実験で、たしかに証明された。案ずることはない。必ずや〈ヴァルハラ〉は動く」

「〈ヴァルハラ〉は念で時空を歪め、強大なエネルギー場を亜空間に形成することで生じる」オーティスは言った。

「幸いにも、その第一段階には成功した。〈ヴァルハラ〉はいま、純粋なエネルギー体の目に見えぬ惑星として亜空間にある。だが、それはただそこにあるだけだ。実験でときおり通常空間に漂いでるものの、未だ定着はしていない。〈ヴァルハラ〉は定着してはじめてファンタズム・プラネットとして機能する。そのためには、まだまだ強力でまとまった念が必要とされる。それはへたをすると能力の完全燃焼、精神と肉体の死を意味するほどの命懸けの作業だ」

「…………」

「クリスよ。〈ヴァルハラ〉は動くとあなたは言う。だが、それは同志の献身的ともいえる自己犠牲があってようやく可能になることだ。そのことをあなたは忘れてしまっておる。同志の力は貴重だ。いたずらに浪費されてもよいものではない。われらが勝利を得、自由をつかむためにのみ、それは使われるべきだ。われらはそれを欲してあなたを指導者とし、その能力をあなたのもとに捧げた。違うか？」

「違ってはいない、オーティス。しかし……」

――陛下！　われわれは悲願をないがしろにする者を指導者とは認めません。

だしぬけに若い思考がクリスの言葉をさえぎった。オーティスの従者のひとり、バズレイの思考だった。

――黙れ！

すかさず叱責の思考が飛んだ。発したのはエルロンだった。親衛隊長は、白い頰を真っ赤に染めた。

――またしてもきさまか。立場を知れ。陛下に向かって、たびたびの暴言、許すわけにはいかん。

――うるさい！

さらに激しい思考が返ってきた。今度は、バズレイではなかった。バズレイの横に立つ大男の思考だった。身長は二メートルを優に超えている。ガザックという名のエスパーだ。ガザックはうなり声のような思考をエルロンに叩きつけた。

――おまえこそ黙っておれ、腰巾着《こしぎんちゃく》。ご御機嫌とりに明け暮れて、新人類としての誇りを失ったやつに用はない。

——ほざいたな、この役立たず！

エルロンは激怒した。身構え、念に憎悪をこめた。

テレパシーにすぐれるエスパーだった。思考をやりとりするだけでなく、その強力な精神波は、他のエルロンを親衛隊長に選んだ理由もそこにあった。クリスとオーティスを除けば、エルロンのテレパシー能力は、神聖アスタロート王国では随一のものといえた。

吹き荒れる嵐にも似たすさまじい精神波が、ガザックを直撃した。

「がっ！」

悲鳴とも咆哮《ほうこう》ともつかぬ叫び声をあげて、ガザックはその巨体をうねらせた。頭を両手でかかえる。顔が苦痛でねじ曲がった。

エルロンの精神波が、怒濤のようにガザックの脳へと押し寄せてきた。精神波は相手の神経をずたずたに引き裂く。エルロンは容赦《ようしゃ》をしない。薄笑いを浮かべ、いたぶるように念を強めていく。

光が弾け飛んだ。

スパークの火花のような青白い光だった。

ぱちっという、鋭い音も聞こえた。

音と光は、連続して弾けた。

火花は稲妻となった。

発しているのはガザックだった。ガザックの手足、頭部から青白い稲妻が四方に飛んでいる。

「う」

エルロンがたじろいだ。

稲妻が光の網となってガザックの全身を取り巻いていく。

「おおおおお！」

ガザックが咆えた。うつろにひらかれた目が、エルロンを見据えた。

ガザックは放電能力を持っていた。体内のエネルギーが、高圧電流となって放出される。ふだんは、その能力はガザックの意思によって自在にコントロールされている。

しかし、いまは違った。エルロンの精神波がガザックの能力を狂わせた。もしかしたら、ガザック自身が狂っていたのかもしれない。

ガザックが動いた。一歩だけ、ゆっくりとエルロンに向かって進んだ。

両手が、前に伸びた。

エルロンはパニック状態に陥っていた。もはや念どころではなかった。テレパシーでは放電能力に対抗できない。エルロンは逃げるべきであった。だが、親衛隊長としての矜持《きょうじ》が、エルロンにそれを許さなかった。

前に伸びたガザックの両腕が、まっすぐにエルロンの胸を捉えている。

エルロンは動けない。

「やめろ、ガザック」

あっけにとられて成り行きを見ていたバズレイが、ようやく我に返って、止めに入ろうとした。

が、それはもう遅かった。

ガザックの全身が、真っ白に輝いた。

網状になってガザックを取り巻いていた稲妻が、一本の電撃となった。

そのときである。クリスの右手がかすかに動いたのは。

電撃が爆発した。

エルロンの眼前だった。実際は電撃がエルロンの直前で弾き返されたのだが、そうは見えなかった。四散したエネルギーが、爆発したかのように見えた。

エルロンはショックで三メートルほど吹き飛んだ。

弾き返されたエネルギーは、その大部分がガザックのもとに逆流した。

炎がガザックを包んだ。

ガザックのからだが燃えあがった。

炎は一瞬にして消えた。しかし、その一瞬の炎が、ガザックを黒焦げにしていた。炭化したガザックのからだが、床に崩れ落ちる。

広間が、しんと静まり返った。

立体映像の浮かびあがっていたデスクの上から、揺らめく影が消えていた。ついいましがたまで念を凝らしていたエスパーたちは、ひとり残らず背後を振り返り、信じられないといった面もちで、惨劇《さんげき》のさまを見つめている。

「ガザック」

バズレイがつぶやいた。残る五人の従者は茫然と立ち尽くしており、声はない。

「クリス、介入したな」

オーティスが言った。

「これは事故だ」クリスは平然と言い返した。

「わたしは親衛隊長を失いたくなかっただけだ」

――個人の争いは当事者同士で決着をつける決まりですぞ。

怒りの思考がクリスに届いた。バズレイだった。

「いまは非常時だ」クリスは答えた。

「エルロンは指揮をとっていた。介入とか決着とか、そういった問題ではない。エルロンは守られねばならなかった」

　クリスはちらりと親衛隊長に目をやった。床にしたたかに叩きつけられたエルロンは、頭を左右に振りながら、ようやく上体を起こそうとしている。

「ガザックの死は事故か？」

　あらためてオーティスが訊いた。

「きわめて不幸な事故だ」

　クリスは眉ひとつ動かさない。

　——しかし、陛下！

「待て、バズレイ！」

　いきりたつ若者を、オーティスは制した。

「起きてはならぬことが起きた」オーティスはクリスに向かって言った。

「われらはいったん引き揚げる。話のつづきは後ほどにしよう」

「わたしも、それがよいと思う」

　クリスはうなずいた。

「つぎの機会には、わしひとりでくる」

「望むところだ」

　——オーティス様。

「バズレイ！」オーティスの凛《りん》と響く声が、バズレイの思考を止めた。

「ガザックのなきがらを運ぶのだ」

——は。

バズレイは唇を噛み、あごを引いた。

オーティスが向きを変えた。

念動力者がバズレイの指示を受けて、まだくすぶっているガザックのからだを宙に浮かせた。

オーティスとその従者たちが、広間をあとにした。

よろめきながら、クリスの前にエルロンが立った。

「エルロン」クリスが言った。

「手を打っておけ」

——手？

エルロンは首すじを押さえている。

「オーティスとその一派だ」クリスはつづけた。

「動きを封じろ。このままでは、いずれ破局を迎える。その前に、情勢を決しておく」

——承知いたしました。

「オーティスは桁違いにすぐれた超能力者だ。侮《あなど》ってはならんぞ」

——わかっております。

「ならば」クリスはエルロンから視線を移し、デスクの前にすわるエスパーたちへと向き直った。

「捜索をつづけろ」

静かに言った。

デスクに映像が甦った。

6

夜会は、いまがたけなわだった。

五十人あまりの男女が、グラスを片手に談笑を交わしている。そのうち何人かは、スタンダード・ナンバーを背景に、ダンスに興じている。ささやかな人垣を前にして、自作の詩を朗読している初老の紳士もいた。

銀河連合の主席をつとめるド・テオギュール主催のプライベートな夜会だ。主席官邸の小さなホールに招かれた客の中には、銀河連合の高官や各国政府要人の顔はほとんど見あたらない。その多くが、主席あるいは主席夫人の個人的な友人、知人たちである。連合の職員は、護衛官など、わずかに二、三人の顔が見えるだけであった。

夜会のホスト役を担《にな》うド・テオギュールは、夫人のテレサとともに、ホールの中央にいた。

ふたりのまわりには、小さな談笑の渦ができている。

こぢんまりとした、なごやかな夜会だった。

場違いな訪問客があらわれたのは、雰囲気が最高に盛りあがった、そんなときであった。

ホールの大扉が、なんの前触れもなく、唐突にひらいた。自動扉なので、静かにゆっくりとひらいたのだが、近くにいあわせた人びとには、そのひらき方はいかにも荒々しいものに感じられた。

ひらいた大扉から入ってきた人物が、ひどく急いでいたためである。その人物は、いかめしいダークグレイの軍服を身につけ、乱暴な足の運びで床を激しく踏み鳴らしながらホールへと飛びこんできた。数人の客が驚いて首をめぐらした。そのうちのひとりが怪訝《けげん》な表情を顔に浮かべた。かれは「なぜ、中将が？」と小さな声でつぶやいた。

とつぜんの闖入者《ちんにゅうしゃ》となったアドキッセン中将は、鋭い目を左右に走らせて、ホールを素早く見渡した。それは、宇宙軍きっての伊達《だて》男と呼ばれた中将にはおよそ似つかわしくない、あわただしいしぐさだった。

アドキッセン中将の目が、ド・テオギュールの年齢にそぐわぬ若々しい姿を捉えた。

「失礼」

人垣を掻きわけるようにして、中将はド・テオギュールのもとへ進んだ。

「閣下！」

中将は声をかけた。ド・テオギュールはうしろを振り返り、右手を軽く挙げている軍服の男に視線を移した。意外な人物をそこに見つけて、ド・テオギュールの眉が小刻みに上下した。

「アドキッセン」

「お話があります。閣下」中将は早口で言った。

「急用です。ぜひとも聴いていただきたい」

「わたしの部屋に行こう」ド・テオギュールは、即座に断を下した。

「ついてきたまえ」

ド・テオギュールは、まわりに集う客たちに短く詫《わ》びを言い、夫人に目くばせして、その場を離れた。中将がそのあとにつづいた。

ホールの奥の小さなドアをふたりはくぐった。

衛士の立つ廊下を抜け、主席執務室まで歩いた。

執務室の手前に主席秘書官の部屋がある。平日の執務時間内ならば秘書がいて来訪者をチェックするのだが、いまは誰もいない。

執務室に入った。

執務室の右手に、もうひとつ部屋があり、主席専用の応接室となっている。ド・テオギュールは、中将をそこに通した。

中将はド・テオギュールにうながされ、ソファに腰を降ろした。ド・テオギュールは、その正面にすわった。

「さて」間を置かずに、ド・テオギュールは言った。

「話を聞こう、アドキッセン。何があった?」

「クリスです」

身を乗りだし、眉根に深い縦じわを寄せて、アドキッセン中将は言った。

「クリス?」

ド・テオギュールの瞳が炯《ひか》った。

「暗黒邪神教のクリスです。報告書を提出しておきましたが」

「覚えているよ、アドキッセン」ド・テオギュールは手を打った。

「超能力者だ。たしかダンの息子が巻きこまれ、それにオルレンブロールも関わっていた」

「カインが分子爆弾で消滅した事件です。エスパーは反人類の組織をつくり、オルレンブロールの対エスパー同盟との間で戦争になりました」

「報告書には首謀者のクリスが逃亡したとあった」

ド・テオギュールの表情も、中将に劣らず、厳しいものになった。

「連合宇宙軍としては、この件に関しまして、空前ともいえる大捜査をおこなっています」中将は言った。

「しかし、クリスの行方は杳《よう》として知れず、ついに少数の専任捜査官を残して本部を解散するに至りました」

「その報告書も、わたしのもとに届いている」

「皮肉なことに、その報告書の作成が仇《あだ》になりました」

「なんだって？」

「クリスに関する情報は、捜査のための情報ではなく、主席に報告されるための形骸的《けいがいてき》な情報になっていたのです」

「まさか」

ド・テオギュールは両の手で拳をつくり、強く握った。

「昨日、一通の報告書がわたしのデスクへと届けられました」中将はつづけた。

「それは、五日も前の事件に関する、きわめて大雑把《おおざっぱ》な報告書でした」

「…………」

「その報告書には、惑星グレーブのパスツール記念財団医科大学付属病院にエスパーとおぼしき男があらわれ、医師、ナースなど三人を殺害した後にクラッシャーに射殺されたと書いてありました」

「エスパー？　クラッシャー？」

「惨劇のあった病室には、カインでクリスをあと一歩のところまで追いつめたクラッシャージョウが入院していたのです」

「なんということだ」

　ド・テオギュールは唇を噛んだ。

「クラッシャージョウは、グレーブの警察で、エスパーはクリスの部下であると供述しています。クリスが、そのエスパーを通じてジョウにメッセージを送ってきたのだそうです」

「グレーブの警察はどうした？」

「その供述を一笑に付しました」

「情けない話だ」

「それでも、当局はジョウの供述を形式どおりコンピュータにインプットしました。それが連合のコンピュータに転送され、わたしのもとに届く報告書になったのです。いささか時間は浪費されましたが」

「不運ばかりではないのだな」ド・テオギュールはかぶりを振った。

「だが、その報告書は、わたしのところには届いていない」

「わたしが止めました」

中将は言った。

「理由は？」

「追加調査のためです。グレーブからの情報だけでは意味をなしません」

「すると、きみはここへ詳報を持ってきたのか」

「そうです」

「報告したまえ。すぐにだ」

「わたしは情報部に命じて、ジョウとの接触を指示しました」

「ふむ」

「ですが、それはかないませんでした」

「どういうことだ？」

「事件の直後にジョウとかれのチームは当局の要請を無視して、グレーブを立ち去っていたからです」

「…………」

「目的地はザルードの第三惑星ツアーン。タルボ大学のプロフェッサー・イトウに会うというのが、その理由でした。ここに……」中将は制服のポケットから薄い書類の束をとりだし、ド・テオギュールに渡した。

「イトウの経歴が記してあります」

ド・テオギュールは無言でそれを素早く読んだ。

「いかがでしょう」頃合いを見はからって、中将は話をつづけた。

「研究テーマがESP波、そして、かれの研究所をとつぜん襲った竜巻と大地震」

「尋常《じんじょう》ではないな」

厳しい表情のまま、ド・テオギュールはゆっくりとうなずいた。

「尋常どころか、事はそれだけではありません」

中将は、さらにたたみかけた。

「なんだって？」

「当然のことながら、わたしは情報部の調査官をツアーンに派遣しました。その報告書がこちらです」中将は、あらたな書類の束をド・テオギュールに手渡した。

「ツアーンの当局は、おのれの無能を隠そうと、この事件の概要を秘していましたが、こういったことは必ず明らかにされるものです。ましてやそこにもあるように、シレイアの線で情報部二課が動いていたとなれば、なおさらです」

「このバードという中佐はどうなった？　行方不明となっているが、〈ドラクーンⅢ〉の爆発からは脱出できたのか？」

ド・テオギュールは書類の一節を指で示し、尋ねた。

「すくなくとも、爆発の際に〈ドラクーンⅢ〉にいなかったことだけは確かです。それは残存細胞のクローニングでも証明されています」

「すると、プロフェッサー・イトウ、バード中佐、そしてジョウのチームが、まとめて消息を絶ってしまったというんだな」

「そうです。シレイアの、おそらくはアマゾナスによる襲撃の後に」

「シレイアの調査は？」

「まだ不十分です」中将はかぶりを振った。

「しかし、シレイアに関するべつの調査報告がわたしのもとに届いています。こちらもご覧ください」

中将は、さらにもう一束の書類を、ド・テオギュールの前に差しだした。

ド・テオギュールは、目を通した。

頬から血の気が引いた。

「対エスパー同盟」

呻くように、低くつぶやいた。

「オルレンブロールの亡霊が、動きはじめています」

返す中将の声もしわがれている。

「すべての鍵は、シレイアにあるということか」

「対エスパー同盟の動きもシレイアに集中しています。バードが調べていた宇宙船の失踪事件にも、シレイアがからんでいます」

「その行きつく先に、クリスがいるのか」

「閣下」

中将は腰をあげ、覗きこむように主席の顔を見つめた。

「出動許可をわたしにください。艦隊をわたしの指揮で動かします。この一件、捨ててはおけません」

「シレイアは法治国家だぞ」

「限度は守ります。とりあえずは公海上での哨戒《しょうかい》と情報収集のみに抑え、シレイアの領海内には立ち入らないようにします」

「ふむ」

ド・テオギュールは腕を組んだ。

「シレイアの近辺には連合宇宙軍の基地がありません。このままでは、何かがあったときに初動で遅れをとります。わたしは、それだけは避けたいと思っています」

「いいだろう」ド・テオギュールは短く言った。決断に多くの時間は要《い》らない。

「出動したまえ。許可する」

「はっ」

アドキッセン中将は立ちあがり、敬礼した。

「理由は、きみがつくれ」ド・テオギュールは、言葉を継いだ。

「書類がまわってきたら、自動的に承認する。だが、くれぐれも約束は守ってほしい」

「閣下が失望されることはいたしません」

「ならば、すぐにかかってもらおう。わたしはホールに戻る。この書類は処分する」

「閣下」

「なんだ?」

「ありがとうございました」

「礼は早い」ド・テオギュールはぴしゃりと言った。

「問題はこれからだ」

三分後。

ド・テオギュールは、ひとりで夜会の席へと戻った。にこやかな笑み、落ち着いた物腰にはなんの変化もなかった。夜会はそれから夜更《よふ》けまで、華やかにつづけられた。

第五章　氷原の死闘

1

〈ミネルバ〉は、海底に沈んでいた。

水面下二百四十六メートル。平頂海山《ギヨー》の頂上にランディングギヤをだして着底している。周囲は、完全な闇だ。〈ミネルバ〉は燈火のスイッチをすべてオフにしている。どことなく宇宙空間に似た光景だ。深海魚の放つ、淡い小さな光が星々を思わせ、そのさまは、まるで夜空がそこに広がっているかのような錯覚を、見る者に与える。

「半径百きろ以内ニ不審ナ動キハ何モミラレマセン、キャハハ」

ドンゴが、けたたましく言った。

「了解」

ジョウが短く応じた。

フロントウィンドウは透光率をゼロにしてあり、メインスクリーンには何も映っていない。

インターコムのチャイムが鳴った。

通信スクリーンに、マージの映像が入った。

「なんとか、うまくいったみたいね？」

マージが言った。

「よくわからない」ジョウはかぶりを振った。

「一応、そっちの指示どおりには進入できた。磁気嵐もブリザードも利用したし、進入角度に至っては限界ぎりぎりの角度で入った。着水地点は北極点から約百十八キロ。これもまあまあだ」

「位置を察知されてないのなら、満点よ」

「その満点は、俺のものだな」

操縦席のタロスが胸を張り、言った。

「ヘッ、兄貴のナビゲートに従っただけじゃないか」

リッキーが異を唱えた。

「なんだと？」

タロスがすごんだ。

「まあまあまあ。ここはひとつ穏やかにいこうじゃないか」

ドアがひらき、イトウがにぎやかにブリッジへと入ってきた。

「やれやれ」

三人がいっせいにため息をついた。この教授が顔をだすと、尖《とが》った空気もたちまちのうちに角を削り落とされてしまう。

「ＥＳＰ波は、まったく検知されていない」一同の反応を完全に無視して、イトウは言葉をつづけた。

「もっとも水中ではＥＳＰ波は大幅に減衰されるから、せいぜい数百メートルの範囲のことでしかないがね」

「教授は、〈ミネルバ〉の位置をクリスに察知される可能性は低い、ということを言いたいんですな？」

タロスが訊いた。

「そのとおりだ」

イトウは重々しくうなずいた。

「だったら、早くつぎの行動に移りましょう」タロスは、ジョウに向き直った。

「こんなところでぐずぐずしてても、埒《らち》はあきません」

「でるには、それなりの段取りが要る」

ジョウはインターコムのスイッチをひとつ弾いた。

「やっとお呼びがかかったようですな」

マージのスクリーンの横に、バードの顔が並んだ。

「ちゃんと起きていたとは感心だ」

タロスが言った。

「ぬかせ」バードは大声でわめいた。

「さっきのはなんだ。着水というより墜落《ついらく》だぞ。あれをくらってまだ起きないやつがいたら、そいつは寝ているんじゃない。気絶しているんだ」

「たしかに、おまえは気絶するタマじゃねえ」

「ちっ」

「漫才はあとにしろ」ジョウが割って入った。

「時間がどんどん消えていく」

「困った連中だねえ」

リッキーが顔をしかめて言った。タロスの青白い顔が、黒みを帯びた。額に青筋も浮かんだ。が、タロスは口をひらかなかった。

「とりあえず、ミーティングをやる」

シートから立ちあがり、ジョウは言った。全員の視線が、ジョウに集中した。船室のふたりも、スクリーンを通じてジョウを見ている。

「マージの正確な情報で、ディランへの潜入はどうやら成功した」ジョウはコンソールのスイッチをいくつかオンにした。メインスクリーンに、ディランの模式図が映しだされた。

「クリスの城は、ディランの北極点にある。距離はここから直線で約六十二キロだ」

模式図の北極点に、赤い光点が灯った。

「ここへ、こっちから乗りこもうってんですな」

タロスが独り言のように言った。

「北極点に陸地はない」ジョウは言を継いだ。

「クリスの城は厚さ百メートル以上の氷の上に聳《そび》え立っている」

ジョウはメインスクリーンの映像を変えた。画面が、極点の横断面図になった。

「見てのとおりだ」ジョウは言った。

「クリスは極点の氷を人工的に強化している。だから、このあたりの氷は、それほど厚くはない。せいぜい三十から五十センチのオーダーだ。しかし、極点に近づけば、厚みは急激に増していく」

「氷の下を行くんだろ」

リッキーが勢いよく言った。

「何を使います？」タロスが説いた。

「いくらなんでも〈ミネルバ〉で行くってわけにはいかないでしょう」

「ガレオンと〈ファイター1〉、〈ファイター2〉には、小型のブレーカーが装着されている」ジョウは言った。

「〈ミネルバ〉はここで、ドンゴに修理してもらう。いまのままでは〈ミネルバ〉は飛ぶのがやっとだ」

「俺は行くぞ！」いきなり、バードが大声で叫んだ。

「プラスチック・ギプスに固められて船室に転がっているのは、もうごめんだ。誰がなんと言っても俺はついていく。忘れるな」

「お荷物が、何かわめいてますぜ」

タロスが冷たく応じた。

「メンバーは俺が決める」ジョウが言った。

「クリスは強大な敵だ。しかも、エスパーによる戦闘組織とシレイアの国軍を率いている。こんな人数でできることはたかが知れているといっていい」

「まず、アルフィンを救いだすことですな」

タロスが低い声で言った。

「そうだ」

ジョウはうなずいた。

「その上で、さらに何ができるのかを考える」

「〈ヴァルハラ〉を破壊してください」

マージが言った。

「最善は尽くす」

ジョウは、スクリーンに映るマージに目をやった。マージは唇を噛み、肩を小刻みに震わせている。

「俺たちは」ジョウはつづけた。

「そのために、ここまできたんだ」


さほど広くもない一室に、四十人あまりの男女が集まっていた。

長老オーティスを父とも慕うエスパーたちだった。みな、オーティスとともに、クリスの神聖アスタロート王国に参じた者ばかりだ。

かれらは整然と並んでいるわけではなかった。カーペットの敷かれた部屋の中央にオーティスが胡坐《こざ》し、そのまわりをかれらが幾重にも囲んでいる。

鋭い、食い入るような瞳が、オーティスをじっと見つめている。知らぬ者が見たら、まるで睨みつけているとでも思うことだろう。

もちろん、かれらはふだんは、このような目でオーティスを見たりはしない。しかし、いまは違った。かれらの間には、殺気立った雰囲気までが渦《うず》を巻いている。

「われわれは、もはやクリスと行動をともにすることができません」

バズレイが、言葉を口にだして言った。テレパシーは使わない。クリスの城の中ではテレパシーのほうが盗聴される恐れがある。

「ここにいる全員が、この城をでるべきだと思っています」バズレイがつづけた。

「クリスと敵対する気はありませんが、クリスに従う気もありません。われわれはもともとオーティス様に従ってきたのです。どうか、その意を汲《く》みとられ、われわれの願いをお聞き届けいただけないでしょうか？」

「………」

オーティスは、すぐには答えなかった。瞑目《めいもく》し、おし黙っていた。

「オーティス様」

抑えた声で、バズレイが返事をうながした。

「バズレイ」

ややあって、オーティスは静かに口をひらいた。

「はっ」

「本当に、ここに集うすべての者が、この城からの退去を希望しているのか？」

「え？」

オーティスの言葉の意味がわからず、バズレイは身を乗りだした。

「わしには、すべての者がこの城から去りたいと願っているようには思えない」

「そんな馬鹿な」

バズレイはうろたえ、あわただしく首を左右に振った。ほかのエスパーたちも、みなあっけにとられたような表情をしている。

「ここに、われらを陥《おとしい》れんとする者がいる」

「なんですって！」

バズレイの顔色が変わった。

「その者は心をシールドしてそこにべつの意識をはめこみ、われらの同志を装ってこの部屋へとやってきた」

「不可能です。そのようなことは」

「クリスには、それができる」

オーティスは、目をひらいた。冷たく燃える双眸が、バズレイを射た。

「この並みいるエスパーたちを前に、よくも隠しおおせたものだとわしも思う。しかし、わしにはわかる。偽りの意識の下にひそむまことの精神《こころ》がわしには見える」

オーティスは、ゆっくりと首をめぐらした。四十二人のエスパーたちが、一様に不安げな表情を浮かべて、かれを凝視している。その中のひとりに、オーティスは目を向けた。二十一、二歳の、まだうら若い女性だった。

「リディア」

オーティスは、その女性の名を呼んだ。

ライトイエローのスペーススーツを着たリディアの細い肩が、小さく跳ねた。リディアは両の手を胸に置き、顔を横にそらした。頬がわずかに紅潮した。

「リディア、立ちなさい」

オーティスは言った。

何ものかに操られるかのように、リディアがぎくしゃくと立ちあがった。

「はじめはヒュプノではないか、と思った」オーティスの穏やかな声が、室内に低く響いた。

「しかし、そうではなかった。おまえは、みずからの意志で、クリスを選んだ」

「嘘《うそ》だ！」叫び声があがった。ひとりの若者が立ちあがり、拳をふりかざした。

「何かの間違いだ。リディアが俺たちを裏切るはずがない」

「カシム、やめろ」

べつのもう少し年長の若者が、背後からカシムを止めた。

「リディア、本当か？」

鋭い声で、バズレイが訊いた。

「…………」

リディアは顔を覆ってうつむき、それに答えようとしない。

「リディアは動揺している」オーティスが言った。そして、右手を挙げ、その人差指をリディアに向けた。

「シールドを解こう」

リディアがはっとなった。動揺した心を鎮《しず》め、シールドを補強しようとする様子があった。

だが、一度ほころびかけたシールドは、オーティスの力の前になすすべもなかった。

リディアのシールドが消滅した。

それと同時に、リディアの意識があらわになった。テレパスたちは、争ってリディアの心を読んだ。

おお、という驚きの声が、何人かの口から漏れた。

「リディア、おまえ」

カシムも驚愕し、目を剝《む》いたひとりだった。

「カシム、許して。あたしは」

振り返り、カシムに向かってリディアは叫んだ。長い黒髪が波打ち、まるで生あるもののように大きく揺れた。

「ちくしょう！」

カシムの怒りが燃えあがった。拳《こぶし》を固め、全身が痙攣するように震えた。

2

「エルロンが。あの野郎が！」

カシムはリディアに向かい、突進しようとした。

その動きが唐突に止まった。目に見えぬ壁がカシムの前に立ちはだかった。

カシムが何をしようとしているのかを察知したテレパスが、それを念動力者に伝えた。念動力者は、カシムを金縛りにした。もしも、あと一、二秒、念動力者がカシムを押さえるのが遅れていたら、カシムは確実にその目的を果たしていただろう。カシムには、それだけの能力があった。

しかし、テレパスたちは、カシムに気をとられ、リディアのことを忘れていた。リディアのシールドを破ったオーティスにも、ほんの一瞬であったが、能力が空白になる時《と》間《き》があった。

その隙を、リディアは衝《つ》いた。

まわりを囲むエスパーたちの間を、リディアは素早くすりぬけた。エスパーたちが、あっと思ったときには、リディアはもうカシムの正面にきていた。

リディアの念動力が、カシムを縛る超能力のいましめを断ち切った。リディアはとくにすぐれた念動力者ではなかったが、ＥＳＰは距離が近ければ近いほど効率よく作用する。

リディアはカシムの鼻先にいた。

——あたしは、あなたを裏切った。

カシムの意識に、誇らしげとも思えるリディアの意識が流れこんできた。リディアはテレパスではない。だが、テレパスであるカシムは、リディアの思念をいやが応でもキャッチしてしまう。ましてや、その思念は直接、カシムに向けて放たれている。

リディアの意識はカシムを激怒させた。誇らしげな響きは、カシムへの嘲笑を意味する。

爆発的な怒りが、カシムの能力を無制御に解放した。

強力な念動力で弱められていた脳細胞の働きが、リディアによってもとに戻されていたことも、その解放をあと押しした。

エルロンがガザックを狂わせた際の数倍にも及ぶエネルギーが、リディアの脳へ精神波として送りこまれた。

すべては、リディア自身が、そうなるように望んだのだ。リディアの脳細胞が弾け飛んだ。原形質膜が、膨れあがった脳細胞の圧力で裂け、文字どおり微塵《みじん》に砕けた。

「！」

短い、声にならない呻き声を、リディアは発した。

目が大きく見ひらかれ、リディアは天を仰いだ。

すうっと力が抜けた。腕が優美な弧を描いて宙に舞った。華奢《きゃしゃ》なそのからだがゆっくりとくずおれた。

カシムは我に返った。

怒りが急速に萎《な》え、能力を極限まで使ったために混濁していた意識が、正常に戻った。

カシムの目に、床に倒れて動かないリディアの姿が映った。

何があったのかを、カシムははっきりと認識していた。そして、リディアがかれに何をさせたのかも。

「リディア」

恐怖に表情をひきつらせ、カシムは床にひざまずいた。両手で上体を支えて、覗きこむようにリディアの顔を見る。涙がその目にあふれ、頬を伝った。

「俺は。俺は……」

あとは声にならない。

「カシム」

誰かが、このうちひしがれたエスパーに、声をかけた。

それをきっかけに、オーティスを除く全員が、カシムとその眼前に倒れ伏すリディアの周囲に集まってきた。女性はひとり残らず、嗚咽《おえつ》を漏《も》らしている。

オーティスは、床に胡坐したまま、一同の動きを見守っていた。

「リディアは、エルロンから俺たちの行動を封じるように命令されていた」

ひとりのエスパーが、怒鳴るように言った。デフロスキーという名のテレパスだった。デフロスキーは、リディアのシールドが破られたときに、その思考を読んでいた。

「クリスは同志の中にスパイを送りこんだ。やつは俺たちが内紛を起こして自滅するのを待っている。やつは俺たちを敵とみなした」

「やつの策謀にのせられてたまるか！」

べつのエスパーが、デフロスキーのアジテーションに呼応した。

「逆襲しろ！」

「リディアを殺したのはクリスだ」

「黙っていたら、みんな始末されるぞ！」

つぎつぎに声があがった。叫んだ者は例外なく昂奮し、腕を振りあげた。それがまたあらたな昂奮を呼んだ。

殺気立った空気が、部屋全体にみなぎった。

エスパーたちは、男も女も騒然となっている。

これは、おさまらぬ。

と、オーティスは思った。かれらにとってカリスマ的存在であるオーティスといえども、この昂奮を鎮めることは不可能だ。いや、カリスマ的存在であるからこそ、オーティスはかれらの怒りを認容してやらねばならない。

オーティスは立った。

全員の視線が、オーティスに向けられた。

オーティスはうなずいた。

どよめきが起こった。

「ついてこい」

バズレイが言った。無言の同意が、かれのもとに届いた。

ひざまずいていたカシムが、リディアのなきがらを抱きあげた。念動力者が手助けしようとしたが、カシムはそれを断った。

バズレイが、ドアに向かって進んだ。みな、それに従った。

ドアは自動開閉にもかかわらず、バズレイがその前に立ってもひらこうとしなかった。

ここへ集まったときに、壁の内部にある開閉装置をオーティスが破壊したためだ。念動力者が五人がかりで、ドアを押さえつけている開閉装置の破片を外した。

ドアがひらいた。

と同時に、エスパーたちは、その場に立ち尽くした。

ドアの向こう側、通路の中はクリスの親衛隊員で埋まっていた。そして、かれらの中央に、レイガンを構えるエルロンがいた。

「きさま！」

バズレイは歯噛みした。

「どこへ行き、何をしようとしている？」

エルロンは薄く笑った。

「…………」

「どうやら、よからぬ相談をしていたらしいな」

「きさまに話す筋合いはない。どけ！」

「ずいぶん威勢がいいじゃないか」エルロンは、レイガンをこれ見よがしに振った。「残念ながら、おまえたちをここからだすわけにはいかない。別命あるまで、中でおとなしくしていてもらおう」

「なんだと」

バズレイは詰め寄ろうとした。その胸に、エルロンはレイガンの狙いを定めた。

「動くな」

「…………」

「一歩でも部屋からでたら、叛逆者《はんぎやくしや》として処刑する」

エルロンは勝ち誇ったように言った。

「おもしろい」

バズレイの背後で声がした。低いが、強い意志の感じられる声だった。

人垣が割れ、リディアを抱いたカシムが、前にでてきた。

エルロンがたじろいだ。

「撃ちたければ、俺を撃て」

カシムは言った。カシムは、バズレイとエルロンの間に入った。エルロンの眼前に、冷たいむくろとなったリディアのからだが突きだされた。

エルロンは気圧《けお》され、あとじさった。

カシムはエルロンを追った。

部屋をでた。

「どうした？　撃たないのか」

「仲間割れをしたな」

うなるようにエルロンは言った。

「仲間割れではない。殺したのはきさまだ。俺を撃て。リディアと一緒に俺を撃て」

カシムは前進をやめない。

「寄るな。そこで止まれ」

「撃て！」

声と同時に、カシムは念をこめた。エルロンは動揺していた。そのうえに、なまじすぐれているテレパシー能力が、かえってカシムの念に素直に反応した。

銃口から光線がほとばしった。

小さな破裂音が響いた。薄い煙があがり、肉の焦げる匂いが、あたりに漂った。

光線は、リディアの胴とカシムの胸とを貫いていた。

「そう。それでいいんだ」

圧《お》し殺した声で、カシムは言った。

バズレイをはじめとするオーティス派のエスパーたちは茫然としている。

カシムのからだが、ぐらりと揺れた。前へ、エルロンのほうへと倒れかかった。

エルロンは悲鳴をあげた。カシムに抱かれたリディアの顔が、エルロンに迫る。エルロンは横に逃げた。カシムは、それを許さない。残るすべての力を振り絞って、カシムはエルロンに体当たりした。

エルロンの悲鳴が、絶叫になった。

親衛隊員たちが、カシムに飛びかかった。つかまえ、強引に引きはがそうとした。

それが、きっかけになった。

親衛隊員の注意はカシムに向けられている。オーティス派のエスパーたちに対しては、隙だらけだ。

バズレイは、カシムが命を賭《と》して血路をひらいたことを悟った。

この機を失しては、二度とチャンスはめぐってこない。

バズレイの足が床を蹴った。手近な親衛隊員に躍りかかり、その腰からレイガンを奪った。クリスはエスパーたちに武器を持たせなかったが、親衛隊員だけはベルトにレイガンを帯びることを許されている。

レイガンをもぎとったバズレイは、それを周囲に向け乱射した。

数人の親衛隊員が、光線を浴びて弾け飛んだ。

間髪を容《い》れずに、オーティス派のエスパーたちが部屋から飛びだした。

カシムに心を乱され、いままたバズレイに先手を打たれた親衛隊員には、それを阻止することができない。

たちまち大乱戦になった。武器は使わない。ともにESPを駆使しての乱闘だ。

ESPは大別すると二種類に分かれる。ひとつは念動力《テレキネシス》であり、ひとつは精神感応力《テレパシー》

である。エスパーはさまざまな能力を持つが、すべての能力は、このふたつのどちらかに属している。たとえば、死んだガザックの電撃は念動力の一種で、サイコパワーが電気的に変化している。また、予知能力《プレコグニッション》や千里眼《クレアボアイヤンス》は、テレパシーの変形といえる。

したがって、乱闘は念動力とテレパシーが入り交じる形になった。念動力は派手だが、地味なテレパシーも脳を直接攻撃するために、殺傷力は高い。要は個人のパワーがものをいう。

互いに何人かが、原形を留めぬまでに肉体を破壊され、何人かが、脳をずたずたに引き裂かれた。

戦いにオーティスが加わった。

しばし、様子を見ていたオーティスは、おもむろに、その能力を解き放った。

それは、圧倒的な力だった。

オーティスは、命を奪わなかった。オーティスは生命に害を与えることなく、相手の動きを凍結させることができた。

並みのエスパーである親衛隊員では、歯が立たない。

「行け。城の外へ向かえ」

オーティスは言った。

「はっ」

バズレイが、仲間をとりまとめた。

通路を駆け抜け、脱出にかかった。

「がっ！」

「ぎゃっ！」

魂消《たまぎ》る絶叫が、その足を止めた。

先頭を切っていたふたりが、瞬時にして血まみれの肉塊と化した。胸を十文字に切り裂かれ、ふたりは床に転がった。

エスパーたちの顔から、いっせいに血の気が引いた。いかに念動力とはいえ、これはただならぬパワーである。これほどの能力を持つ者といえば、オーティス以外にはひとりしか考えられない。

「こざかしい雑魚《ざこ》どもだ」

通路の蔭から、クリスが姿をあらわした。

例によって白いローブをまとってはいるが、供の者は引きつれていない。

クリスは美しい顔に残忍な笑みを浮かべて、オーティス派のエスパーたちの前に立ちはだかった。その足は、床面よりも数十センチ上方にある。

「ちくしょう！」

念動力者が三人、心をひとつにして念を発した。

3

目もくらむまばゆい光が、宙空に立つクリスを包んだ。念動力が光に変えられ、クリスの直前で四散した。

「馬鹿め」

クリスは何ごともなかったかのように通路の中央に浮かんでいる。

三人の念動力者がひるんだ。

クリスが右手を伸ばした。黄金色に輝く火球が、しなやかな指先からほとばしった。人差指、中指、薬指が、その源となった。

三本の火箭《かせん》が、三人を直撃した。

鈍い音と悲鳴が重なった。火球は三人の腹部を灼いた。肉が炭化し、内臓がただれ、三人の胴体には直径二十センチを超える丸い穴があいた。上半身と下半身とは、わずかに残った肉片と皮膚とでつながっているにすぎない。

上体がバランスを失った。肉がちぎれ、床に落ちた。つづいて、下半身がゆっくりと後方に倒れていった。

オーティス派のエスパーたちは、息を呑んだ。女性の中には、恐怖のあまりにその場にうずくまる者もいた。

「これまでだ」

すずやかな少年の声で、クリスは言った。

「おまえたちには、わたしがみずから死を与えよう。わたしの偉大なる力の前に、一握りの灰と化すがよい」

クリスは両腕を頭上にかかげた。誰の目にも、クリスがその能力のすべてをオーティス派のエスパーたちに叩きつけようとしているのは明らかだった。

「それは、わしが許さん」

クリスのそれとは対照的に老いた声が、重く空気を震わせた。

クリスの頬が、ぴくりと跳ねた。

オーティスがきた。

クリスと同じように床から数十センチの空間を、滑るように移動してきた。

三メートルあまりの距離を置いて、両者は対峙した。

「オーティス、正面きってわたしと争うのか？」

クリスが訊いた。

「もはやくるところまできたようだ」オーティスは答えた。

「わしとおぬしとで決着をつけるほか、道はあるまい」

「死に急ぐのだな。オーティス」

「わしはもう十分に年老いた。死を恐れることはない」

「それは、けっこうだ」

「…………」

オーティスは、口を閉ざした。クリスも、それ以上は何も言わなかった。

しばし無言の時が流れた。

オーティスに従うエスパーたちは、なすすべもなくふたりの対決を見守っている。

瞬時、敵意が交錯した。

火球がクリスの指からオーティスに飛んだ。火球はオーティスを呑みこむ寸前に四散した。

それと同時に、オーティスの反撃がクリスを襲った。

大気が渦を巻き、鋭利な刃物と化した。

クリスのまわりを人工の竜巻が吹き荒れる。

クリスは逃げなかった。逆に、オーティスのほうへと間を詰めた。

念が竜巻の剣を弾く。ローブのそこかしこが裂け、白い布が宙を舞った。

クリスはさらに前にでた。

ほとんどオーティスと触れ合わんばかりになった。その行動にとまどいをおぼえ、オーティスはあらたな手を打つことができない。

ローブがひるがえり、その隙間からクリスの左腕がオーティスに向かって突きだされた。

クリスは銃を握っていた。

オーティスは、はっとなった。武器は計算外の代物だった。しかも念でかわそうにも、銃口はすでにオーティスの胸に接している。

クリスはトリガーボタンを絞った。

轟音が通路に響き渡った。

オーティスの細いからだが、後方に跳ね飛んだ。水平に走って、壁に叩きつけられた。つぎの瞬間、オーティスは爆発した。

クリスの銃から発射されたのは、ただの弾丸ではなかった。高性能な火薬を内部に仕込んだ、装甲炸裂弾だった。

装甲炸裂弾はオーティスのからだを血と肉の砕片に変え、そればかりでなく超硬度金属でできていた通路の壁を深々とえぐった。

赤い血の霧が通路に降った。

クリスは高らかに笑った。甲高いボーイ・ソプラノで、長く長く笑った。

そして、視線を移した。

今度はオーティスの信奉者を一掃《いっそう》する。

しかし、それはできなかった。

クリスの顔色が蒼白になった。血の気を失い、口の端がひきつった。

つい先ほどまで通路の隅に小羊のようにうずくまり、わなわなと震えていたはずのエスパーたちが、ひとりもいない。

まったく、完全に、ただのひとりもいない。

逃げる隙などなかった。身を隠す場所も、この通路には存在しない。

あわててクリスは城の中を透視した。この城の内部であれば、クリスはいかなる場所であろうとも透視できる。ただ一か所、オーティスの居室だけは不可能だったが、オーティスはたったいま、死んだ。

クリスは城のことごとくを驚異的な速度で透視した。

すくなくとも二十人は残っていたと思われるオーティス派のエスパーたちは、どこにもいなかった。

クリスは凝然となった。

ゆっくりと高度が下がり、クリスは通路に立った。

——陛下！

誰かが、クリスを呼んだ。

——陛下。

広間でジョウたちの捜索にあたっていたエスパーのひとりの呼びかけだった。

——ジョウを発見しました。この城に向かっております。陛下！

だが、クリスはその呼びかけを上《うわ》の空《そら》で受けとめていた。クリスの精神《こころ》は、べつのところにあった。

ソルの星域外縁を離脱してから、すでに十五時間近くが経過していた。

その間にワープは四回おこなわれ、目的地であるシレイアの星域外縁までは、あと一回のワープを残すのみとなっていた。

アドキッセン中将が率いる特別艦隊は、二十三隻の艦船から成り立っている。

旗艦は戦艦〈アキツシマ〉。連合宇宙軍……いや、銀河系で最大といわれる二千メートル級の巨艦だ。そして、それに従うのは、千五百メートル級の戦艦が三隻、千メートル級の戦艦が五隻、あとは重巡洋艦、軽巡洋艦、駆逐艦、補給艦などである。

〈アキツシマ〉は、鈎型の隊形をとる艦隊の中ほどを航行していた。通常の航路から大きく外れているので、民間の船舶と出合う確率は、ゼロに限りなく近い。もしも民間の船が、このものものしい艦隊行動を目にしたら、さっそく口うるさい報道機関が事の次第を探ろうと蠢《うごめ》きはじめることだろう。

アドキッセン中将は、自分の船室ではなく〈アキツシマ〉のメインブリッジにいた。広々としたブリッジには活気がみなぎり、つぎのワープに備えて、何十人という士官が、さまざまなチェックをおこなっている。

特別に誂《あつら》えられた提督専用のシートに腰を降ろしてパイプをくゆらしているアドキッセン中将に、やらねばならぬことは、まだ何もない。

しかし、中将の明晰《めいせき》な頭脳は、そのくつろいだ姿とは裏腹に、めまぐるしく働いていた。中将はまもなく、この艦隊をどう動かすかの断を下さねばならなかった。目的地にワープアウトしたとき、未だ方針が何ひとつ定まっていなかったとしたら、艦隊の士気は著しく低下し、軍は、軍としての機能を失うことになる。

「よろしいでしょうか、閣下」

背後からアドキッセン中将に声がかけられた。中将は軽く首をめぐらし、声の主を見た。

〈アキツシマ〉の艦長、ガイゲル少将が立っていた。

「かまわんよ。艦長」

中将は口もとをほころばせてみせた。ガイゲルは階級こそ少将だが、軍人としてのキャリアはアドキッセンよりも十年近く長い。むろん年齢も、そのぶんだけ中将より上だ。退官が一年後に迫っており、そのための花道が、この〈アキツシマ〉の艦長職であった。

それゆえ中将も、その立場にふさわしいだけの礼を払うように心がけていた。

「今後の艦隊行動について、ひとつ提言したいことがあるのですが」

ガイゲルは言った。

「拝聴しよう。話してみたまえ」

「申し訳ありません、ここではちょっと」

「さしさわりがあるのか？」

「この艦隊の出動理由に関わってきます」

「なるほど」

中将は二、三度うなずいた。

「別室が用意してあります」ガイゲルは言った。

「上級士官専用のミーティング・ルームです。そちらならば問題はないでしょう」

「わかった」

中将はシートから立ちあがった。

「案内してくれたまえ」

アドキッセン中将とガイゲル艦長は、連れだってメインブリッジをあとにした。

ミーティング・ルームはブリッジから、かなり離れていた。宇宙船も二千メートル級となると、艦内の移動だけでも一仕事になる。リニアモーターのカートと高速エレベータを乗り継いで、ふたりはミーティング・ルームに到達した。

ドアをあけ、中将が先に立って中に入った。入るのと同時に、中将は足を止めた。

さほど広くないミーティング・ルームの正面の壁に沿って、七人の重武装した兵士が無表情に立っている。

「どういうわけだ、これは?」

いぶかしみ、眉をひそめて中将はつぶやいた。出動理由に関わるような話があるのなら、余人を交えることはできないはずである。この艦隊の本当の出動理由を知っているのは、中将とガイゲル艦長だけだ。ましてや、戦闘配備でもないのに重武装とは、明らかに異常だ。

「これでいいのです。閣下」

立ち尽くす中将の背中をガイゲルが押した。バランスを崩し、中将は二、三歩、前に進んだ。

ドアが閉まった。さらに電磁ロックのかかる音がした。

「おかけください。閣下」

いつもと変わらぬ慇懃《いんぎん》な口調で、ガイゲルは言った。

ミーティング・ルームの中央には大型のテーブルが置かれていた。作戦シミュレーションも可能な特殊テーブルである。椅子《いす》はテーブルと一体になっており、全部で八脚あった。その中央の椅子をガイゲルは勧《すす》めた。

アドキッセン中将は、相手の出方をうかがうつもりで、ガイゲルの指示をわざと無視してみた。

間髪を容れずにガイゲルが合図し、重武装した兵士が動いた。前進して、手にしていた制式レーザーライフルをテーブル越しに中将へと突きつけた。

これは本気である。

肩をすくめ、勧められた椅子に中将は腰かけた。

ガイゲルはテーブルの反対側にまわった。兵士はレーザーライフルの銃口を下げ、壁ぎわに退いた。

中将の真向かいに、ガイゲルはすわった。

「聴かせてもらおうか、きみの有益そうな提言とやらを」

中将は笑って言った。

「まず、この艦隊の指揮権を、わたしに譲っていただく」

中将とは正反対に、硬い表情でガイゲルは言った。

「まことにもって、とっぴな提言だ」

「ちゃかすのは、きみのためにならんぞ。アドキッセン！」

ガイゲルは拳でテーブルを叩いた。

「反乱は、それ以上に厄介な事態をひきおこす」

「わたしのほうは、もとより承知だ」

「何か不満があるのか？　連合宇宙軍に」

中将は探りを入れてみた。

「不満は多い」ガイゲルは、あっさりと答えた。

「だが、最大の不満は、連合宇宙軍がエスパー狩りにのりださないことだ」

あっ、と思わず中将は声をあげかけた。

「連合宇宙軍は宇宙海賊を人類の敵ナンバー1に指定し、海賊狩りばかりをやっている。もちろん、宇宙海賊は人類の敵だ。しかし、ナンバー1ではない。その座はエスパーのためにある。エスパーこそが、ノーマルな人類のいちばんの敵だ」

「きみは対エスパー同盟のメンバーか？」

「そうだ」ガイゲルは大きくうなずいた。

「わたしは対エスパー同盟の幹部だ」

4

「わたしは設立直後から対エスパー同盟に参加している」

低い声で、ガイゲルはつづけた。

「この艦隊に、対エスパー同盟の人間はどれくらいもぐりこんでいる？」

アドキッセン中将が訊いた。

「それは答えられない。いくらわたしが親切でも、無理だ。わたしが手の内をさらすとは、きみも思ってはいないだろ」

ガイゲルは薄く笑った。頬のそげおちた三角形の顔の硬い表情が、ようやくほぐれてきた。そんな感じだ。

「では、対エスパー同盟について、何か教えてもらえないかな？　それはつまり、この艦隊の統帥権を譲るにあたっての一種の儀式のようなものなんだが」

「苦しまぎれとはいえ、ずいぶんおかしな理屈を持ちだしてきた」今度はガイゲルは声をあげて笑った。

「しかし、いいだろう。話してやる。どうせ、きみはもうド・テオギュールのもとへは帰れない身だ」

「…………」

中将は黙って両手を左右に広げた。

「対エスパー同盟は、連合宇宙軍の退役軍人によってつくられた組織だ。アドキッセン、きみは初期の連合宇宙軍に存在したＥＳＰの研究部隊のことを知っているか？」

「もちろんだ。一時期はあそこでの十時間の講習が義務づけられていて、任地から本部の研究所に通わねばならなかったわたしは、その制度を大いに恨んでいた」

「それが、きみの不幸のはじまりだったんだな」

「さて、それは」

「まあいい、きみの感想などはどうでもいいことだ。それよりも研究部隊そのものの話だ。研究部隊は、いまは亡きパデレフ中将によって統轄《とうかつ》されていた」

「鬼のパデレフ、クレイジー・パデレフ」

「パデレフ中将は、偉大な方だった！」アドキッセン中将のつぶやきを打ち消そうとするかのように、ガイゲルは強い言葉をかぶせた。

「多くの誹謗《ひぼう》中傷を浴びながらも研究に邁進《まいしん》され、ついに独自の理論を築きあげられた。それを、あのヤルバレートがめちゃくちゃにした。研究成果を勝手に持ち去り、自分に都合のいいよう、好き放題につなぎ合わせた」

「…………」

「ヤルバレートの人類二次進化論はパデレフ中将の理論を踏みにじり、蹂躙《じゅうりん》するものだった。その卑怯なやり方に激怒されたパデレフ中将は連合宇宙軍を去り、二一四七年に一民間人として対エスパー同盟をつくられた」

「はあ、わかってきたぞ。すると、退役、現役を問わず参加している軍人は、みんな

ＥＳＰの研究部隊の講習に行ったときに、パデレフ中将に心酔してしまった連中なのだな」

　アドキッセン中将は合点して、何度も首を縦に振った。オルレンブロールといい、ガイゲルといい、高い地位にある軍人が対エスパー同盟に参加しているはずだ。パデレフ中将が軍を去ったのは、もう二十年ほども前の話である。その当時の教え子ともなれば、たしかに提督や戦艦の艦長クラスがいてもおかしくはない。

「いろいろとわかって、うれしそうだな？」

　ガイゲルが訊いた。

「本当にいろいろとわかったよ」中将は言った。

「たとえば、この艦隊の他の船の艦長では、若すぎてパデレフ中将の講義を聴けなかったとかね」

「年齢は関係ない」ガイゲルは、かぶりを振った。

「いまここでわたしに従っている兵士は若いが、対エスパー同盟の正式メンバーだ。われわれは新規メンバーの確保も怠っていない」

「不思議だな。わたしはポスター一枚、見たことがないぞ」

「いまでも最初の訓練にはＥＳＰのテストがある。これはパデレフ中将の考案されたものではなく、ヤルバレートが提唱したやつだが、これが逆に役に立った。このテストで

ESPに対する嫌悪感を抱く者を選別し、ひとつところに集めてパデレフ中将のカリキュラムによる再訓練をほどこすシステムが完成した」

「それで対エスパー同盟の新顔が一丁あがりか。軍もなめられたものだな」

「ヤルバレートのテストがはじまってからもう十年になるが、やつの正式訓練にまで達した軍人はひとりもいない。これは当然のことだ。テストを仕切っているのは、対エスパー同盟なのだから。あせったヤルバレートは、三、四年前、銀河連合にねじこみ、くだらん決議を採択させた。しかし、あんなものは有名無実にすぎない。軍の大勢は、着着とエスパー否定になりつつある。先の事件の際のきみたちの調査も、オルレンブロールからパデレフ中将に至る線をわれわれが断ち切った。だから何もでなかった。きみたちが軍を思いどおりに動かしていると考えたら大間違いだよ」

「金はどうしている？」

「なに？」

「資金だ。いくら軍の組織や装備を勝手に流用しているとはいえ、やはり金は要る。それも莫大な額だ。まさか退役軍人の年金でまかなっているわけではないだろう」

「おもしろいことを訊くのだな」

ガイゲルは、あきれたように苦笑した。

「わたしは好奇心だけで生きてきたのでね」

「好奇心で中将になり、それゆえにいま、絶体絶命の危機に立つ、か。いいとも、教えてあげよう」ガイゲルはわずかに身を乗りだした。

「金は企業からでている」

「企業?」

「一流のね。グラバース重工業、スコーラン・エレクトリック、だれでも知っている名門ばかりだ。もっとも名目は非合法行為に対するコンサルタント料になっているが」

「ネイビー・ガードシステム!　退役軍人がつくった総合警備カンパニーだな。話だけは耳にしたことがある」

「あれが対エスパー同盟の表の顔だ。わたしも退役と同時に天下る予定だよ」

「ネイビー・ガードシステムはメーカーとバーターで武器、宇宙船を手に入れている。そうか。それが、すべて対エスパー同盟にまわっていたのか」

「正直いって、わたしはしゃべりすぎたようだ」口調をあらため、ガイゲルは言った。表情がまた硬いものに戻った。

「それに、そろそろ時間も尽きた。艦隊は最終ワープに入らねばならない」

「わたしの処分は?」

「殺さない。かわりに病気になっていただく。そのための薬も用意した。本当は生かしておきたくないのだが、万にひとつでも必要なときがあると困る。だから、急な発病ということで医療センターに隔離することにした」

「このわたしが病気になる。それは珍しい。およそ十八年ぶりのことだ」

「見舞いの花は忘れずに届けさせるよ」

ガイゲルは右手を挙げ、指を鳴らした。

兵士のひとりが進みでて、黒いケースをガイゲルに渡した。ケースには圧入注射器が入っていた。

「腕をだしたまえ」ガイゲルは言った。

「あまり気分のいいものではないらしいが、命に別状はない。おとなしく従ってくれればね」

ガイゲル少将は、ひとりでメインブリッジに戻ってきた。

ガイゲルは艦長席ではなく提督のシートに着き、副官を呼んだ。副官は何ごとかと思い、あわてて飛んできた。

「アドキッセン中将が倒れられた」

ガイゲルは声をひそめて言った。

「えっ？」

副官は目を剝いた。対エスパー同盟は、ガイゲルがアドキッセンに匂わせたほど軍内部に深く食いこんでいるわけではない。この副官も、対エスパー同盟とはいささかの関わりもなかった。

「いましがた会議をしていて、とつぜん、意識を失われたのだ。急いでドクターに診《み》せたが、原因がはっきりしていない。とりあえず、医療センターに隔離して集中治療をおこなっている」

「艦隊の行動はどうなります？」

「指揮は、わたしが引き継いだ。行動目的も事前に知らされている。今後は、〈アキツシマ〉の艦長と、連合宇宙軍の提督とを兼任する。スニーター！」

「はっ」

副官はかしこまった。

「全艦の通信回路をあけろ。最終ワープにあたって、今回の艦隊行動の目的を伝える」

「ワープの前にですか？」

「そうだ。ワープの直後から作戦行動がはじまる」

「…………」

「本艦隊は、ワープアウトと同時にシレイアの第二惑星ディランを包囲し、これに強襲をかける」

「！」

副官は息を呑んだ。まさか一国を相手に戦争を仕掛けるとは想像だにしていなかった。

「ぐずぐずするな！」蒼《あお》ざめて、立ち尽くしている副官をガイゲルは怒鳴った。

「すぐに全艦の通信回路をあけろ！」


クリスが広間に入ってきた。

うしろには近侍の者とエルロンがつづいている。

エスパーたちの不可解な失踪を目のあたりにしたクリスの美しい顔には暗い翳《かげ》があり、オーティスに手もなくひねられたエルロンには、いつもの横柄《おうへい》な態度が見られない。

中央のシートに、クリスが腰を降ろした。エルロンはその左脇に立った。

壁のスクリーンの映像が変わっていた。ディラン全土の地図ではなく、クリスの城を中心に据えた極点の図が映しだされていた。

極点、つまり、クリスの城から五十キロあまりのところに赤い光点がある。

「あれはなんだ。〈ミネルバ〉か？」

クリスが訊いた。

――違います。

親衛隊員のひとりが答えた。

――質量が小さすぎます。それにスピードも、ひどく遅いようです。

「わたしが念写する」

クリスの全身に気がみなぎった。額に力が集中し、群青の瞳は、さらに深い色と光を帯びた。

誰もコンソールのスイッチを操作しないのに、スクリーンがブラックアウトした。

そして一瞬の間も置かずに、べつの映像が入った。

映像は、北極の氷の下を這《は》い進むガレオンの姿であった。

ガレオンは前後に水上航行用のフロートを取りつけ、キャタピラの両脇にスポーツタイプのマリンジェットを装着していた。上面に電磁主砲を備えているので、それが氷にひっかかり、車体が右に傾いている。しかも、本来は人間を水中で運ぶために設計されたマリンジェットのパワーが非力極まりなく、その進行速度は時速五キロにも届かないというぶざまさであった。

「これはまた醜い恰好だ」

クリスは鼻先で笑い、ガレオンの内部も透視しようとした。が、それはかなわなかった。

「ブレーカーか」今度は笑いを消して、クリスは言った。

「しかも、マージは〈ミネルバ〉を北極海に導いた。信じられない。わたしのヒュプノと暗示をプロフェッサー・イトウは完璧に解いてしまったらしい。ブレーカーの性能といい、その生理学的応用といい、わたしはイトウを少し侮りすぎていたようだ」

——いかがなされます、陛下？

クリスの自戒をなだめるように、エルロンが訊いた。

「言うまでもない。あそこがやつらの墓場となる」一転して、クリスは強い口調で言った。

「タイラーをさしむけろ。もう一度、あやつにチャンスをやる」

——恐れながら、タイラーとそのチームは先の戦闘によるダメージからまだ回復しておりません。それに宇宙船の修理もいま少し時間がかかります。

「ならば、シレイア国軍とアマゾナスを送れ。ジョウたちはブレーカーを持っている。好んでわが同志たちから犠牲をだすことはない。同志には〈ヴァルハラ〉の完成という重要な任務もある。ここはわれらの奴隷である戦闘員にやらせるのが得策だろう」

——陛下の仰《おお》せのとおりです。

「では、すぐに手配しろ」

——はっ。

エルロンは広間を辞した。

クリスはスクリーンに映るガレオンをじっと見つめた。

「そうだぞ。ジョウ」小さくつぶやいた。

「この草も木もない白い氷原がおまえの墓場になる。俺はおまえがずたずたに引き裂かれ、北極の海底に沈むところを、ここで見物する。俺がこの手で引き裂いてやれないのはいささか心残りだが、それはまあよしとしよう。おまえからはすでにアルフィンを譲ってもらった。今回は、それで十分だ」

クリスは、美しい顔に愉悦《ゆえつ》の表情を浮かべた。

それは、人の死を心から楽しもうとする悪魔の微笑みであった。

5

そのころ。

クリスの透視を拒絶したガレオンの車内では、いっこうに距離のはかどらない状況に、ジョウが癇癪《かんしゃく》を起こしかけていた。

「失敗した。俺は甘かった」狭いコクピットの中で、ジョウは身もだえして呻いた。「こんなはずではなかった。計算では十キロ近い速度がでるはずだった」

「しかし、主砲が氷をえぐるくらいのこたあ、推測できたでしょうに」

ジョウの右横から、プラスチック・ギプスに半身を固められたバードが、あきれたように言った。

「できてたら手を打っている」ジョウは頭をかかえた。

「ちくしょう。段取りがぱあだ」

たしかに、打ち合わせと計算は綿密におこなわれた。クラッシャーは命知らずの冒険野郎と思われているが、しかし、その冒険の裏には念入りな計算が働いている。計算をしない冒険は、冒険ではない。ただの自殺行為だ。確実な見通しと、それを実行に移す度胸。これこそがクラッシャーの仕事の神髄《しんずい》である。

ミーティングで、ジョウたちは戦力的にはるかに勝る相手とどう戦うかでさまざまな作戦をだし合った。使える武器は、ガレオンと〈ファイター〉の1と2だけ。兵士は病みあがりひとりと怪我人ふたりを含む六人きり。これで効率よく戦うには一にも二にもタイミングしかない。

結論は十五分後にでた。

最初にジョウとバードがガレオンででる。バードが選ばれたのは、その負傷のせいだ。ドッグファイトで強烈なGのかかる〈ファイター〉にプラスチック・ギプスで固められたバードを乗せるわけにはいかない。といって、〈ミネルバ〉に残すにはいささかうるさすぎる。

ガレオンはおとりの役を担っていた。時速十キロで進めるとして、発見されるまでに、運がよければ二、三十キロは稼げるだろう。そうすると、クリスの城まで三、四十キロの地点に到達できる。そのあたりになると、氷の厚さは五メートルを超える。むろん、ガレオンが走行しても支障はない。

発見され、攻撃を受けた場合、ガレオンは主砲で氷を溶かして水中から脱し、同時に〈ミネルバ〉に信号を送る。〈ミネルバ〉からは〈ファイター1・2〉が発進し、低空飛行によってガレオンに気をとられている敵に対し奇襲をかける。〈ファイター〉ならば三十キロの移動に三十秒とはかからない。奇襲が成功したら、その勢いでクリスの城に殴りこみ、一気にアルフィンを奪回する。余裕があったら〈ヴァルハラ〉のシステムも破壊する。

「そんなのできるわけないいじゃないか！」

と、真っ先に反対したのはリッキーだった。もちろん、リッキーだけでなく、六人全員がいささか調子がよすぎる作戦だとは思っていた。

何よりも敵の出方が予測できないのである。

ガレオンを発見したクリスが、戦闘機を百機も繰りだしてきたらどうするのか。お手あげである。その前に、そもそも二、三時間も発見されないという保障はあるのか。……ない。

しかし、どんなに能天気であろうとも、これが考えうる最良の作戦であることは間違いなかった。とにもかくにも、〈ミネルバ〉が使えないのだ。他の作戦は、ほとんど考えられない。

〈ファイター1〉にはリッキーとイトウ、〈ファイター2〉にはタロスとマージが搭乗することが決まった。リッキーがくじ引きで負けて、そうなった。

ガレオンに急いで改造を施し、計算は完了した。あとは行動あるのみと言って、ジョウはバードとともに飛びだした。

その二分後に、計算違いは動かしようのない事実となった。

それでもジョウは、しばらく我慢すれば加速がついてなんとかなるのではないかと思っていた。本来なら戻ってガレオンを再改造すべきだったのだが、あせりが判断を狂わせた。

ジョウのあせりと癇癪には理由があった。

負傷の後遺症である。安静の忠告を振りきって病院からでてきたジョウのからだは体力を大きく損なっている。それが肉体の疲労と強度のストレスを生み、一種の心身症を惹《ひ》き起こしてしまった。これは医師から渡された薬を呑んでいれば、ある程度は軽減できたことだ。が、ジョウは眠くなるのを恐れ、それを怠っていた。

そして、ジョウの癇癪がピークに達したとき。

敵がきた。

初弾はミサイルだった。

だしぬけにガレオンの頭を押さえつけていた氷が弾け、こなごなに割れ飛んだ。無数の氷塊がガレオンの外鈑《がいはん》を乱打し、ジョウとバードはそのショックよりも音で意識がおかしくなった。

氷の厚さは、このあたりですでに二メートルはある。

ジョウは電磁主砲で氷をななめに削りとり、急ごしらえの斜路をつくった。

水しぶきをあげ、ガレオンは氷上に躍りでた。

爆発ボルトを作動させ、フロートとマリンジェットを外す。

エンジンを全開にした。

「バード、撃つほうはまかせたぞ！」

ジョウは叫んだ。

「オッケイ」

バードは対空レーザー砲を自動照準にした。こうしておけばレーザー砲は勝手に標的を探して撃ちまくる。反応がやや鈍いのが難点だが、やむを得ない。バードの右手は主砲のトリガーでふさがっていて、左手のほうはギプスで固まっている。

ガレオンは氷上を疾駆《しっく》した。とはいえ、キャタピラーの装甲車では、エアカーのようにはいかない。

ジョウは敵の勢力をチェックした。〈ミネルバ〉への信号はとうに発信している。とにかく何十秒かだけ無傷でもちこたえればいい。そうすれば二機の〈ファイター〉がくる。

だが、チェックし終えたジョウの表情は暗くなった。

敵の勢力が予想以上に大きい。

レーダーに映る光点は、大型の戦闘機と思われるものが三十以上、小型に至っては五十以上をかぞえた。

大編隊である。おそらく、クリスの城に常駐させている機体のほとんどすべてを出動させたのだろう。

「ちくしょう」

いきなり、バードが悪態をついた。

「どうした?」

「対空レーザー砲をやられた!」

「ちっ」

車内温度が上昇している。明らかに敵のビームが外鈑をかすめている。ただ瞬間的なので装甲が破られないだけだ。

「おっ」またバードが声をあげた。

「こっちが撃ってねえのに爆発したやつがいる」

「なに？」

ジョウはレーダースクリーンに目をやった。そこに、ふっとあらたなふたつの光点があらわれた。まるでワープしてきたかのように見えるが、そうではない。飛行物体がレーダーの死角から圏内に入ってくると、このように映る。

「きた！」

ジョウは指を鳴らした。待ちに待った〈ファイター1〉と〈ファイター2〉だ。

しかし、という思いがジョウを包んだ。

きても、これでは勝ち目がない。あの二機は撃墜されにきたようなものだ。

「まあいい」

ジョウは強くかぶりを振った。とにかく、やるだけやる。それでだめなら、しようがない。

ジョウはガレオンを反転させた。

「突っこむぞ」

バードに声をかけた。

「撃ちまくりますぜ」

バードはひょうひょうとしていた。

どっかに味方はいないのか？

ジョウは思った。

いた。

味方は、いた。

バズレイはオーティスの声を聞いた。

いや、そうではない。聞いたような気がしただけだ。

それは、他のエスパーたちも同じだった。

テレパシーではなかった。テレパシーならば自分の意識の中に相手の意識がまぎれこんでくる。しかし、このときは違っていた。相手の意識の中に、自分の精神そのものが封じこめられた。そんな感じがした。

バズレイは動こうとしてみた。からだは凍りついたように動かない。周囲の光が翳りはじめ、薄いもやがかかったような状態になった。ここはクリスの城の通路であったはずだが、いまは、そう見えない。宙に浮いて勝ち誇っていたクリスの姿も失せた。バズレイは仲間を呼ぼうとした。だが、口はひらいたものの、声がでてこない。テレパシーも試したが、やはり役に立たなかった。

そのときだった。オーティスの声が聞こえてきたのは。

オーティスは、ついいましがた、かれの眼前でクリスの凶弾に斃《たお》れたはずだ。肉体が爆発し、血と肉片が四方に飛び散るのを、たしかにバズレイはおのが目で見た。

しかし、声はまぎれもなくオーティスの声だった。ただ、それは聞こえてくるのではない。反響するオーティスの声の中を自分は漂っている。バズレイは、そんな気がした。もしかしたら、かれを包んでいる薄いもやそのものが、オーティスの声なのかもしれない。

――案ずること無用だ。わしを信ずる者たちよ。

声はそんなふうに理解できた。

――わしは、生と死の狭間にいる。いまも、おまえたちとともにいる。我が同志よ。わしを信ずる者たちよ。クリスと戦え。生き延びて、クリスと戦え。クラッシャージョウが城に向かっている。かれを助け、ともに力を合わせてクリスの野望を砕け。そして、〈ヴァルハラ〉を止めよ。止めて、〈ヴァルハラ〉に縛られている同志たちを解放せよ。おまえたちは、すでにクリスの手を離れた。

声は渦を巻き、やがて消えた。

ふと気がつくと、もやが晴れかけている。

ためしに両手を動かしてみた。バズレイの腕は、苦もなく動いた。

まわりに目をやった。

息を呑んだ。

　通路が消滅していた。通路ばかりではない。クリスの城、それ自体がどこにもない。見渡す限り、どこまでもつづく純白の氷原。頭上には、雲ひとつない蒼空がある。けっして陽の落ちることのない、極点の夏の空だ。

　同志がいた。バズレイから十メートルと離れていない場所に集まり、ひとかたまりになっていた。

　起きたことに対するショックで、全員が虚脱状態に陥っている。

　バズレイは、テレパシーで同志たちに刺激を与えた。同時に人数も確認した。バズレイ自身を含めて、二十七人がそこにいた。

　同志はひとりひとり、我に返っていった。念動力者がシールドを張り、冷気をシャットアウトする。夏とはいえ、氷原の気温は氷点下十度以下だ。

　落ち着いたところで車座になり、先ほどのオーティスの声について語り合った。

「クラッシャージョウが城に向かっていると聞いた」

　男のエスパーのひとりが、そう言った。

　しかし、この氷原のどこにも、それらしい姿は見当たらない。

「よしんば会えたとしても、敵対していたわれわれが、どうやって接触すればいい？」

　べつのエスパーが訊いた。

「それは自分がなんとかする。それよりも、自分たちがジョウを助けることに異論はないのか?」

バズレイが問いを返した。

短い間を置いて、答えはいっせいに返ってきた。

「われわれはみな、オーティス様の指示に従う」

エスパーたちは、クリスに対する怒りをあらわにしていた。

「では、ここで待とう」バズレイは言った。

「オーティス様はそれが可能になるように、われわれをここへ導いたはずだ」

その判断は、正しかった。

一分とは待たなかった。

地平線に、黒い点があらわれた。はじめはまばらな点だった。だが、それはすぐに無数とも思える点の集団となった。

つぎに音がきた。甲高い、戦闘機のエンジン音だった。

6

「シレイア国軍と、アマゾナスだ」

誰かが透視して言った。

「まさか、われわれを？」

「いや違う。狙いはべつだ」

透視能力者が、地平線の端を指差した。

目標は透視能力者が示した地点だ。

そこで爆発が起きた。氷が裂けて、吹き飛んだ。

「何ごとだ？」

テレパスや念動力者が、おろおろとしている。

緑色の螺旋《らせん》ビームが、水中から空に向かってほとばしった。

四角い、箱のようなものが、氷上に躍りあがった。

「地上装甲車だ！」

肉眼でも、それは確認できた。

「ジョウが乗っている」

全員にそのことがわかった。ブレーカーに阻まれて、ガレオンの中を覗くことはできない。しかし、それでもかれらには、それがわかった。かれらは、オーティスの力を感じていた。

「こっちへくるぞ」

「どうする？」

「散開して、身を低くしろ」

バズレイが指揮をとった。

「パイロットを狙うんだ。機体は、念動力者が軟着陸させろ。あとで要るかもしれん。とにかく一機も逃すな」

「わかった」

エスパーたちは、四方に散った。

待つ間に、地上装甲車の対空レーザー砲が吹き飛ばされ、二機の戦闘機が、あらたに戦いに加わった。それはどうやらジョウの仲間のもののようだった。バズレイは、あらためて、その二機を狙うなと指示をだした。

戦闘機の編隊が接近した。

勝負は、あっという間についた。

ふつうの人間は、エスパーの敵ではない。

念を凝らしながら、バズレイは、人類とエスパーは永久に理解し合えないだろうと確信していた。それは苦い思いだったが、バズレイはひとまずその思いを胸の奥に呑みこんだ。

いま、かれらの敵は人類ではない。

同じエスパーの、クリスだ。

スクリーンの映像は、クリスの念写ではなく、城のエアポートから陸続と発進していく戦闘機のそれへと変わっていた。

クリスはシートの背もたれに体をあずけ、無表情にスクリーンを見つめている。

——攻撃ポイントまでは、一分とかかりません。すぐにあぶりだして、ひねりつぶすことでしょう。

エルロンが言った。

「何機だした？」

クリスは訊いた。

——全機でございます。エアポートに駐機させてございました八十九機。

「どういうつもりで、ジョウほどのクラッシャーが、あのような作戦を選んだのかな？」

——は？

「あれでは、殺してくれと言わんばかりだ」

——何か読み違えをしたのではございませんか？

「それとも、ほかに何か切札を隠し持っているかだ。……まあいい、それはすぐにわかる」

——失礼します。

エルロンに向けて、思考が入ってきた。

——なんだ？

——星域監視ステーション３０３から緊急通信が届いております。

——内容は？

——連合宇宙軍の大艦隊が、シレイアの領海内に侵入してきたとのことです。

「なにっ！」

血相を変えたのはクリスだった。

——艦隊規模は？　警告に対する返答は？

エルロンも、うろたえていた。

——二千メートル級戦艦を旗艦とする全二十三隻の変則艦隊です。警告は完全に無視され、無人ステーションが、その際に二基、破壊されました。

「連合宇宙軍ではない」

クリスは呻くように言った。

——なんですと？

「対エスパー同盟だ。連合宇宙軍を乗っ取り、真正面から堂々と侵入してきた」

——そんなことが。

「できる。やつらなら、やる」クリスは立ちあがった。頬が紅潮し、端正な顔に怒りの色がにじんでいる。

「この大事なときに、ふざけたマネを」

——こちらは大丈夫です。

エルロンは言った。

——陛下はどうぞ対エスパー同盟のほうをご存分に。

「〈ヴァルハラ〉を動かす」クリスは言った。

「そして今度こそ、〈ヴァルハラ〉を定着させる」

——では、いよいよ〈ヴァルハラ〉が完成する……。

「見るがいい旧人類。選《え》りすぐった二千人のエスパーが現出させる地獄を！　いまこそ、銀河系の真の支配者が誰であるか、きさまらに思い知らせてやる！」

ディラン強襲を公表してから、艦内の空気は一変していた。

強い緊張がみなぎり、誰もが神経を張りつめている。中には貧血で倒れた者もいる。

無理もなかった。大海賊が一国を支配しているケース以外に、連合宇宙軍の艦隊が独立国に戦いを挑むことはない。それも、当の独立国の行政府から特別の要請があったときにのみ可能となる。今回のように連合宇宙軍が独立国へ一方的に攻めこむという事態は銀河史上、はじめてのことだ。

〈アキツシマ〉のブリッジでは、刻々と迫りくる対決の瞬間に備え、おびただしい量の情報と指令が艦隊の各船に送りだされていた。一方で、〈アキツシマ〉自身の戦闘態勢もととのえねばならないので、士官は交替要員も駆りだされて、てんやわんやといった状況である。なにしろ、シレイアのアマゾナスといえば、その勇猛果敢《ゆうもうかかん》な戦闘力で銀河系に名を轟《とどろ》かせている。連合宇宙軍といえども、容易には戦えない相手だ。

その中で、ガイゲル少将はただひとり、悠然とメインスクリーンに見入っていた。メインスクリーンには、これから向かう惑星ディランが小さな円盤状に映っており、その上に白く座標ラインがかぶさっている。

「スニーター」

ガイゲルは副官を呼んだ。

長身で精悍《せいかん》な顔つきのスニーター少佐は、間髪を容れず、提督のシートまでやってきた。

「まだ、ディランから反応はないか？」

「ありません」ガイゲルの問いに、スニーターはきびきびと答えた。

「星域監視ステーションからの警告だけです」

「けっこうだ」ガイゲルは鷹揚《おうよう》にうなずいた。

「何も言ってこないことも予測されている」

「…………」

「部署に戻れ」

「はっ」

スニーターは一礼し、コンソールのほうへと戻りかけた。

異変が生じたのは、そのときだった。

ふいにブリッジ全体が白光に包まれた。

いきなり太陽の中にでも放りこまれたような感じである。

光以外に何も見えなくなった。

しかし、それはまぶしいものの、不思議に目は痛んだりしなかった。現実の発光現象ではなく、視神経の調光能力に異常な力が働いたという感じだった。

光は、一、二秒で鎮まった。

鎮まるのと同時に、悲鳴があがった。

「わっ！」

ガイゲルもそのひとりだった。驚きのあまり、シートから落ちかけた。

ブリッジの中央に、巨大な顔が浮かんでいる。

おとなの顔ではなかった。少年の顔だ。この世のものとも思われぬ、たぐいまれな美少年の頭部である。

艶やかな金髪。まっすぐに通り、高すぎもせず低すぎもしない愛らしい鼻。ある種のフルーツを思わせる真紅の唇。そして、宝玉のごとき瞳だ。群青に近いが、緑とも紫ともつかぬ微妙な色合いを秘めたその瞳が静かにあたりを睥睨《へいげい》している。

とつぜんの出現に驚いた士官たちも、つぎの瞬間には我を忘れ、その天使のような美しさに魅入《みい》られた。

だが、その美しい少年は天使ではなく、邪悪な魔王であった。

「猿どもが、右往左往している」

クリスは言った。

クリスのボーイ・ソプラノは、その顔に劣らず、美しく響いた。しかし、かれの言葉の意味に気がついたとき、ブリッジの士官たちは、この美少年が、かれらと敵対しているとうの本人だと悟った。それは少年の美しさや、少年の声の甘さとはなんの関わりもないことだ。ため息がでるほど美しい敵がいるということを、士官たちはひとり残らず認識せねばならなかった。

「おまえたちは猿だ」クリスはつづけた。

「人類にとって類人猿がただの猿でしかなかったように、おまえたちは、われわれにとってただの猿でしかない」

「黙れ！」

我に返ったガイゲルが叫んだ。ガイゲルは立ちあがり、その小柄な体軀をいっぱいに伸びあがらせてクリスの顔を睨みつけた。

「威勢のいいのがいるな」

クリスは微笑んだ。それがまた実に美しい笑顔だった。

「何がおかしい？」

クリスを知るガイゲルは、他の士官のように少年の美しい笑顔に心を奪われたりはしなかった。

「おまえが、この船の艦長か？」

クリスは訊いた。

「そうだ」ガイゲルは胸を張った。

「そして、対エスパー同盟の幹部だ」

「おまえはわたしを知っているようだな」

「きさまはクリス。あるいはアスタロッチと呼ばれているエスパーだ」

「そのとおり。では、艦長に頼もう。この船をわたしに譲ってほしい」

「なんだと？」

「連合宇宙軍きっての巨艦は、偉大なわたしにこそふさわしい。そう思わないか？」

「ほざけ！」

「わたしに向かってそういう口をきくのは、益にならないぞ」

「笑わせるな」

「ならば、これではどうだ？」

「ぐわっ！」

ガイゲルの細い目が、だしぬけに丸くなった。鼻腔が大きくひらき、口から舌が飛びだした。

「うあああああ」

ガイゲルは両手で頭をかかえ、激しく痙攣した。

「脳をわたしの力で圧している。力がもう少し強まれば、おまえの脳は破壊される。その前に、この船を譲ると言いたまえ」

「うあああ」

ブリッジから通路へつながるドアのひとつが、大きくひらいた。

重武装の兵士が飛びこんできた。

兵士はガイゲルのもとに駆け寄った。

電撃が走った。

七人の兵士は一瞬にして黒焦げになり、弾け飛んだ。

「譲ると言え」

「いやだ」

「そうか」

ばっ、というかすかな音がした。

それはガイゲルの頭の内部で発した音だった。

ガイゲルの動きが止まった。

そのまま崩れるように倒れた。脳を見えない指で握りつぶされ、ガイゲルは苦悶のうちに絶息した。

ブリッジは寂《せき》として声がない。誰もが言葉を失い、意識を惑乱させている。

「これで、この船は、わたしのものになった」

クリスは穏やかに言った。

「あとの雑魚《ざこ》は必要としない。処分しよう。乗員はすべて見るがいい。わたしの偉大な力を。神聖アストロート王国の輝ける象徴、〈ヴァルハラ〉を！」

メインスクリーンの映像が、勝手に切り換わった。二十二隻の〈アキツシマ〉の僚艦が映った。いつの間にか〈アキツシマ〉だけが、艦隊から遠ざかっている。

僚艦のいる空間の、さらにその先で何かが光った。

光が生まれた。宇宙の闇のただなかに。

光は見る間に大きくなり、膨れあがった。発光ガスが渦を巻き、プラズマの嵐が、その表面を彩っている。光の膨張は止まらない。どこまでも巨大になっていく。

直径が三千キロを超えた。それはすぐに四千キロになり、五千キロを突破した。

メインスクリーンのほとんどが、発光する球体で覆われた。膨張は八千キロで止まった。すべての計器は、それが実際に存在することを〈アキツシマ〉のクルーに教えている。幻ではない。直径八千キロに及ぶ純粋エネルギーの球体が、艦隊のすぐ目と鼻の先に出現した。

〈ヴァルハラ〉。

その球体は、〈ヴァルハラ〉と呼ばれていた。

第六章 〈ヴァルハラ〉

1

〈ヴァルハラ〉からプラズマ流の腕が伸びた。電撃の尾を引き、小刻みにのたうちながら、腕は本体から猛烈な勢いで伸びていく。直径数百キロはある円筒状の腕だ。

腕の先が広がった。あたかも網を打ったかのような光景だった。腕の表面を走る無数の閃光が、そのイメージをより強いものにした。

腕は、〈ヴァルハラ〉から艦隊まで、十万キロ近い距離を一気に突っ走った。

その先端が、〈アキツシマ〉の僚艦に達した。

最初に呑みこまれたのが、千五百メートル級の戦艦〈コンロン〉だった。〈コンロン〉は青白い火花を散らす渦流に、その船体が包まれた。さらに、それをプラズマのベールが覆っていった。

めた。


腕は広がるのをやめない。つぎつぎと艦船は腕に呑みこまれていく。一、二隻の船が、艦長の独断でブラスターを発射したが、それはなんの役にも立たなかった。逆に腕は膨張速度を速めた。またたく間に、艦隊はプラズマの腕の中へと消えた。表面の電撃が、いっそう激しくなった。腕は〈アキツシマ〉に達する直前で動きを止めた。

光の乱舞が鎮まっていく。

腕が縮みはじめた。

フィルムのリバース・モーションを見るかのように、二十二隻の僚艦を一呑みにした
腕は、もとの状態へと返る。

腕が〈ヴァルハラ〉に吸収された。

〈ヴァルハラ〉が、再び球体に戻った。

先ほどまで僚艦が占めていた空間には何もない。あるのは漆黒の闇ばかりだ。破片ひとつ漂ってはいなかった。

「〈ヴァルハラ〉が定着した」クリスは言った。

「〈ヴァルハラ〉はこれより、ソルをめざす。亜空間を抜け、数時間でソルに達し、銀河連合の本部を呑みこむ。そして二十時間もすれば、全銀河は、わが足下、神聖アスタ

ロート王国に向かってひれ伏す」

　クリスは笑った。高らかに笑った。

「もう誰にも〈ヴァルハラ〉は止められない。もう誰にも人類が猿となるのを止めることはできない！」

　メインスクリーンの映像から、〈ヴァルハラ〉が消えた。また亜空間に入った。しかし、定着した〈ヴァルハラ〉はもう自在に亜空間を移動できる。〈ヴァルハラ〉はクリスの意志を受け、ソルへ向かって超高速で走りだした。

「この船は」クリスはつづけた。

「ディランの衛星軌道に置く。おまえたちはわたしの城で、わたしの忠実な部下になる。おまえたちは互いにその名誉を喜び合うがよい」

　クリスの姿がブリッジから消えた。

　あとには静寂が残った。

　士官は力を失っていた。意識があやふやになり、発狂した者も、何人かいた。

　スニーター少佐は、かろうじて正気を保っていた。判断力と体力も、わずかだが残っていた。かれは、思考力がほんの少しでもありそうな者を探した。
　二、三人が大丈夫だった。
　かれらと、どうすべきかを相談した。〈アキッシマ〉は何もしなくてもディランに向かっており、それを変えることはかれらにはできない。メインコンピュータが動作を停止している。

医療センターにいる提督のもとに行くしかないという結論がでた。

「提督は隔離されている」士官のひとりが言った。

「病気を恐れるわけではないが、意識がないと、どうにもならない」

「それは軍医になんとかしてもらう」スニーターは言った。

「いまはまず面会するのが先だ」

「そういうことだな」

意見の一致を見た。

スニーターが副官として、医療センターに向かった。

闇の中にクリスはいた。

闇といっても薄闇に近い。クリスのいる場所は数段高くなっており、眼下には広い矩《く》形《けい》の部屋がある。部屋というよりも、やはりここもホールと呼ぶべきであろう。四角く切られた空間に二千人ものエスパーがひしめいている。

念を凝《こ》らし、〈ヴァルハラ〉を必死で支えているエスパーたちだ。念動力者が形をつくり、テレパスがかれらを補佐する。そして、クリスが数段高い、いまいる場所に立ち、その意志を〈ヴァルハラ〉に吹きこむ。そうすると〈ヴァルハラ〉は動き、人類に災厄を与えるため、亜空間を走る。

クリスの役割は、ひとまず終わった。〈ヴァルハラ〉は動きだした。動きの節目節目《ふしめ》にのみクリスの意志は必要とされる。

クリスはひとまず、広間のほうへと戻ろうとした。

だが、戻るまでもなかった。向こうからエルロンが飛んできた。〈ヴァルハラ〉を動かしているときは、テレパシーが通じない。だから、直接ここにやってきた。

――陛下！

エルロンは蒼白だった。それだけで何が起きたのか、察しがついた。

――シレイア国軍とアマゾナスが全滅しました。

「なんだと？」

それは、さすがにクリスの想像を超えた。

――バズレイです。オーティスの一派がとつぜんあらわれ、戦闘機を片はしから……。

「オーティス！」

クリスの顔色も変わった。通路から消え失せた一群のエスパーたちが意識の上に浮かびあがってきた。かれらが城の外にいる。何十キロと離れた氷原の上にいる。

「テレポテイター」

短くつぶやき、クリスはかぶりを振った。かつてテレポートをなしうるエスパーは存在しなかった。空間転位はクリスにもできるが、あれは念動力の変形であって、テレポートとは似て非なるものである。だが、かれらの移動は、たしかにテレポテイターの力によるものだ。そうとしか考えられない。

「オーティスがテレポテイター」

クリスのショックは二重になった。クリスといえども、移動するには宙を滑走せねばならない。

——陛下！

エルロンが叫んだ。

クリスははっとなった。

——ジョウがきます。こちらに向かっています。

その思考が終わるか、終わらぬうちだった。

耳をつんざく轟音とともに、クリスの城が揺れた。

ガラスの砕ける音が響き、壁があちこちで崩れた。

「クラッシャージョウ！」

クリスの歯が、ぎりっと鳴った。

ぎごちない話し合いが終わった。

話し合ったのは、もっぱらジョウとバズレイだった。バズレイは、これまでのクリスとのいきさつを、オーティスのことを中心にこもごもと語った。意識して、バズレイはテレパシーを使わなかった。

「時間がない」横からイトウが口をはさんだ。

「共同作戦で、このまま一気に突っこもう」

「…………」

「城にはもう戦闘機がありません」バズレイが言った。

「しかし、他の基地にはクリスの支配するシレイア国軍が強大な戦闘力を配備していま す。攻撃が遅れれば、かれらが到着するでしょう。そうなったら、われわれに勝ち目はありません」

「俺たちは、仲間を人質にとられている」ようやくジョウが口をひらいた。

「そのことで何か知っていることはないか？」

「アルフィンという女性ですか」

「そうだ！」

ジョウの表情が険しくなった。

「アルフィンは、クリスがどこかへ幽閉しました。そこがどこかは、わかりません。おそらくクリスの居室あたりではないかと思います。しかし……」

「俺たちは何よりもまずアルフィンを救出したい。その上で、城だろうが、クリスだろうが、〈ヴァルハラ〉だろうが、根こそぎ叩きつぶしてやる。どうしたらいい？」

「クリスの城は、頂上部分を水平に切り落とした台形のピラミッドになっています」バズレイは言った。

「かれが〈ヴァルハラ〉のために設計した城です。中央に四角い吹き抜けがあり、地下に〈ヴァルハラ〉の制御ホールがあります」

「…………」

「クリスの居室はピラミッドの最上層です。居室の一部には、わたしも足を踏み入れたことがありますが、全体となると見当もつきません。むろん透視もかないません」

「では、まず最上層を襲えばいいんだな？」

「そうだと思います。保証はできませんが」

バズレイは視線を落とした。

「保証のできることなんて、世の中にひとつもありゃしない」ジョウは言った。

「万にひとつの可能性でもあるのなら、それに賭ける。それしかない。——タロス！」

「へい」

タロスが前にでた。

「教授の提案どおり、一気に行く。準備を急いでくれ」

「へい」

タロスはきびすを返し、リッキーとともに〈ファイター1〉と〈ファイター2〉に向かった。

「何かこう、力が全身にみなぎる気分だ」イトウがうれしそうに言った。

「びしばしやってやるぞ」

「はりきりすぎは、怪我のもとだぜ」

バードが自分のプラスティック・ギプスを示して教授を牽制《けんせい》した。

――ジョウ。

遠慮がちに、バズレイがテレパシーを送ってきた。距離が近ければ、強力なテレパスは非エスパーの意識に、自分の声を割りこませることができる。

「なんだ?」

ジョウはバズレイの意を察し、小声で答えた。

――くれぐれも、エスパーたちの被害を抑えてもらいたい。かれらはクリスに心を閉ざされているだけです。

「それは、わかっている」ジョウはうなずいた。

「こっちの狙いもクリスだけだ。しかし、こちらが死なないためには、それだけのことをするときもある」

——わたしは残念でなりません。これは、オーティス様とわたしたちが描いた夢とは遠すぎる世界です。

「理想は、いつだって遠くにある」

ジョウは、ふっと空を仰いだ。

深い、からだが溶けこみそうな鮮やかなブルー。それが、ひどく目にしみた。

準備完了を告げるタロスの声が、風にのって聞こえてきた。

あわただしい搭乗がはじまった。

ガレオンは〈ファイター1〉と〈ファイター2〉によって空中に吊り下げられた。搭乗メンバーに変化はない。ジョウとバードがガレオンに乗っている。

〈ファイター1〉と〈ファイター2〉を囲む形で、エスパーたちの乗る二十七機の小型戦闘機が編隊を組んだ。

上昇と同時に、クリスの城が視界に入ってきた。

白い氷原に、銀色のピラミッドがいかめしく聳《そび》え立っている。

高さは、四、五百メートルもあろうか。底辺の一辺は、ゆうに一キロを超える。

堂々たる巨城だ。

数秒で、降下に移った。

城の銀色の壁面が、いっせいに色を変えた。窓がひらき、火砲が外に向かって突きだされた。

〈ファイター2〉では、タロスが薄い笑いを浮かべていた。

「けっ、ちゃんとあるものはあるんだな」

「油断しちゃだめよ」後部シートのマージが言った。

「火器管制を担当しているのは素人のエスパーじゃないわ。シレイア国軍の兵士とアマゾナスよ」

「百も承知だ。まかしとけ！」

〈ファイター1〉のリッキーのもとに、GOサインが届いた。二機で一輛のガレオンを吊っている以上、タイミングを外すわけにはいかない。ミスればワイヤーが切れ、ガレオンは地上に落下する。

「まだか？　まだ撃っちゃいかんのか」

後部シートのイトウは、トリガーレバーをつかんで、頬をひきつらせている。

降下角度が、急激に深くなった。

ピラミッドの対空砲火が、火を吹いた。

「まだか。まだか」

目を丸くし、歯を剝きだしてイトウは叫ぶ。

「撃てよ。もう撃っていい！」

リッキーがイトウに向かってわめき返した。

二機の〈ファイター〉に先行して、エスパーたちの戦闘機が対空砲火の嵐の中に突入した。

数十基の小型ミサイルが、尾を引いてピラミッドに殺到していく。

ミサイルはさらに弾頭が分かれて数百基になる。

命中した。

ピラミッドが紅蓮《ぐれん》の炎に包まれた。

2

まばゆい火球が、つぎつぎと壁面に花ひらいた。

たちまち、対空砲火が弱くなる。

その間隙を縫って、〈ファイター〉の二機がピラミッドに接近した。

壁面が、ぐうんとコクピットに迫ってきた。Gが、首をもぎとらんばかりに乗員の肉体へのしかかってくる。イトウが、ひいひいと歓喜の悲鳴をあげた。

いまや壁面は眼前にある。

距離は十メートルとはない。金属の壁。銃眼となっている窓。張りだしたバルコニー。それらがはっきりと見てとれる。

逆制動をかけ、反転した。

同時に急上昇。

爆発ボルトに点火。

〈ファイター〉とガレオンをつないでいたワイヤーが切れた。

ガレオンは遠心力で投げだされ、頭から壁面に吹き飛んでいく。

〈ファイター〉が二機並んで背面飛行に入った。

ガレオンは壁に激突寸前となった。

ガレオンの主砲が咆えた。

電磁砲の螺旋ビームが、ピラミッド最上層の壁を一瞬にして撃ち抜いた。

そこへガレオンが突っこんだ。

すさまじい轟音とともに、ガレオンはピラミッドの内部へと進入した。

ガラスが砕け、壁が崩れる。

車内では、バードがはしゃいでいた。

「ちくしょう！　クラッシャーをやめるんじゃなかった」

ガレオンが着地した。衝撃で床にひびが走った。ジョウは、そのままエンジンを全開にした。

通路には十分な幅があった。走りながら、ガレオンは電磁主砲を乱射した。

「撃て！　とにかく撃ちまくれ」

ジョウは言った。ジョウは通路の壁という壁を破壊し、クリスの部屋を丸裸にするつもりでいた。

バードは狂喜して、その指示に従った。こんな楽しい攻撃はない。

反撃がきた。

エネルギービームだった。念動力で瓦礫も飛んできた。いずれもガレオンには通じない。

バードが、主砲で蹴散らした。何人かのシレイア軍兵士とエスパーが、崩れる壁に圧《お》しつぶされた。

「人間にはかまうな」ジョウが言った。

「どうせ、たいしたことはできない。それよりも、壁を壊せ。奥へ入る」

「了解」

バードは目標を変えた。

手近な壁を大きく破壊し、ガレオンは通路から直角に壁の向こう側へと方向を転じた。

地味な、とくに何もない部屋がえんえんとつづいている。おそらくメディティション

・ルームか何かだろう。仏画や祭壇のある部屋もあった。
しかし、人の姿はない。

むちん、アルフィンもいない。

またエネルギービームが降ってきた。

通路側からだ。ジョウは左右の転輪を逆転させ、ガレオンをその場で転回させた。

エルロンの率いる戦闘隊が、バズーカやハンド・ミサイルで武装してやってきた。クリスの親衛隊を中心に、シレイア国軍とで構成されている。

今度は無視できない装備だ。

ガレオンは応戦した。

ジョウが正面の機銃を受け持った。

バードは的確に相手を主砲で撃破していく。ハンド・ミサイルとバズーカの砲弾が、ガレオンに命中した。

強いショックがきた。いかな装甲車でも、外鈑に損傷がでる。

「ちっ」

ジョウが舌打ちした。右後部のブレーカーがミサイルで破壊された。ガレオンには個人用の小型ブレーカーが五個、取りつけてある。これで表面を隈《くま》なくブレーカーの力で覆っていた。それだけに、そのうちのひとつがやられたとなると、ダメージは大きい。

そこをエルロンは衝《つ》いてきた。クレアボワイヤンスでもあるエルロンは、一部が透視できることに、すぐ気がついた。電気系統の回路が、かれの目に映った。

エルロンの指示が、念動力者に飛んだ。

時を同じくして、ガレオンの正面機銃が火を吹いた。バズレイとの約束どころではない。いま、エスパーを倒さねば、ガレオンは足を止められる。

銃弾が数人のエスパーを薙《な》ぎ倒した。そのひとりが、エルロンだった。

ガレオンの後部回路がスパークした。

血にまみれて、エルロンが瓦礫の中に転げ落ちる。

ジョウは回路を予備に切り換えた。幸い、予備は問題なく動作した。

「この階は、からだ」ジョウは叫んだ。

「下へ降りるぞ、バード！」

「オッケイ」

べつの壁を、バードは撃ち抜いた。ガレオンは通路にでた。キャタピラが、瓦礫ごとエルロンのからだを轢《ひ》きつぶした。

とりあえず反撃はなかった。


一方。

城の外も激戦がつづいていた。

ガレオンを切り離した〈ファイター1〉は、エスパーたちの戦闘機とともに、城の攻撃に加わった。まず、城の四方にありったけのミサイルを叩きこんで、対空砲火を黙らせた。

これで、うるさい砲撃は三分の一になった。

あとはビーム砲で砲塔をひとつずつつぶしていく。ソニックブームも、十分に武器になった。壁面すれすれを音速で飛び抜けるので、壁が裂け、砲塔が爆発する。

だが、味方の被害も小さくはなかった。

エスパーたちが素人のためと、敵の念動力が、やはり強力だった。エスパーたちは、念動力やテレパシー攻撃に対しては自分たちの能力で抗している。しかし、まとまった力で狙われるとパワーで負ける上に、操縦のほうがおろそかになった。

すでに半数の機体が落とされている。残り半数も、かなりあやうい。それでも〈ヴァルハラ〉を動かしたため、クリス側は絶対的にエスパーの数を欠いている。バズレイたちは知らなかったが、それが意外にかれらの益になっていた。

だが、その優位も長くはつづかなかった。

敵の戦闘機があらわれた。シレイア国軍の援軍ではない。戦闘機はたった二機だ。銀色に輝く、十五メートル級の剣のように細い戦闘機だった。

どこからあらわれたかはわからない。とつぜん、それは上昇してきて、エスパーたちの戦闘機を、まるで蠅《はえ》を叩きつぶすかのように、容易《たやす》く撃墜した。

三秒間で五機が落とされた。

エスパーたちの戦闘機は、城の攻撃どころではなくなり、逃げまどって算を乱した。

「ちいっ」

〈ファイター2〉では、タロスが目を剝いていた。

「〈リンクス1・2〉」

「知ってるの？」

マージが訊いた。

「〈ハンニバル〉の搭載艇だ」タロスはうなるように言った。

「どっちかにタイラーが乗っている」

「クラッシャー！」

それが、どんなに恐ろしい敵か、マージは骨身にしみて知っている。

「どうしよう？」

バズレイが訊いてきた。

「念だ。念を使え。操っているのはエスパーじゃねえ」

タロスは叫んだ。だが、それは有効な手ではなかった。城のエスパーが、力を合わせたからだ。二機の〈リンクス〉は、強力な念によってほぼ完璧にシールドされている。

「リッキー」

タロスは〈ファイター1〉を呼んだ。ECMがひどかったが、なんとか通じた。

「やるかい。タロス」

リッキーには呼びかけの意味がわかっていた。

「仲間と思うな」

タロスは言った。断腸の思いで、そう言った。

〈ファイター1〉と〈ファイター2〉は弧を描いて反転した。

二機の〈リンクス〉は、エスパーの戦闘機をなぶるように追いまわしている。実力の差は圧倒的で、エスパーの戦闘機は、〈リンクス〉の敵ではない。

そこへ〈ファイター1〉と〈2〉が殴りこんだ。

ビーム砲の光条が〈リンクス〉を貫こうとする。

ひらりと、それを〈リンクス〉はかわした。〈リンクス1〉が右、〈リンクス2〉が左に展開した。

〈ファイター1〉が〈リンクス1〉、〈ファイター2〉が〈リンクス2〉と戦うことになった。

壮絶なドッグファイトがはじまった。

エスパーの戦闘機は手がだせない。その動きについていけず、激突するか、誤って〈ファイター〉を撃ってしまいそうになる。

ひとり、バズレイだけが戦いに加わった。バズレイは民間機のライセンスを持っていた。

エネルギービームが自在に入り乱れた。

力はほとんど五分と五分だ。スピードで〈リンクス〉が勝り、動きで〈ファイター〉が勝る。腕はともに〈2〉のほうが上だ。タイラーは〈リンクス2〉を操っている。

互いにビームが擦過しながらも、致命傷はなかった。

もつれあうように城の上空を移動し、やがて五機の戦闘機は、ピラミッドの真上にきた。

そのとき、クリスの指令が、ピラミッドの頂上に待機するシレイア国軍の兵士に飛んだ。

──かまわず、五機に対空砲火を浴びせかけろ！

ミサイル攻撃から免れたいくつかの砲塔が、照準を戦闘機へと向けた。ドッグファイトをつづける五機は、ピラミッド頂上での動きにまったく気がついていない。本来ならエスパーの戦闘機が叩くべき相手だったが、素人のかれらはタロスの指示がなければ、そういったことに頭がまわらなかった。

対空砲火がいっせいに火線を五機の戦闘機に集中させた。

エネルギービームが、機体のそこかしこをでたらめに貫いた。

〈リンクス1〉が爆発した。

つづいてバズレイの機体が、炎の塊と化した。

〈リンクス2〉と〈ファイター1・2〉は、さすがに、ビーム砲での攻撃をぎりぎりのタイミングで察知した。

とっさに機体をひねり、撃墜を免れた。

しかし、ダメージからは逃れられなかった。

三機とも、機関が停止した。

「タロス、だめだ！」

リッキーが叫んだ。

「中庭だ。中に降りろ。外だとやられるぞ」

タロスが怒鳴った。

その声を、タイラーも聞いた。

三機は、翼を並べて不時着態勢に入った。決着は地上でつけることになる。

〈ファイター2〉がきれいに着地した。

中庭は広かった。三百メートル四方は楽にあった。

つづいて〈リンクス2〉が降りた。これも鮮やかだった。〈ファイター1〉は胴体着陸だった。下面ノズルをやられた〈ファイター1〉は、中庭の対角線上を端から端まで滑走した。

キャノピーをあけ、乗員が飛びだした。〈ファイター2〉からは、タロスとマージ。〈リンクス2〉からは、タイラーとディック。〈ファイター1〉からは、リッキーとイトウ。六人は地上に降り立つと、間を置かず、独自に展開した。すでに武器は手にしていた。

銃撃戦がはじまった。

シレイア国軍の兵士とアマゾナスも、わらわらと集まってきた。中庭のようにだだっ広いところでは有利な戦闘はできない。

タロスたち四人は、城の中へと飛びこんだ。誰かが狙ったのだろう。〈ファイター1〉が爆発した。

リッキーとイトウは、通路を走っていた。通路とはいえ、狭くはない。ホールのようになっている。

「陣地をつくれ」イトウは言った。

「とにかく身を隠すんだ！」

それは正しい指示だった。

3

タロスとマージは、ひとまず、大きな柱の蔭に身をひそめた。タロスは、クラッシュパックを背負っている。

「こっちは手薄だわ」

マージが言った。

「そのぶん、タイラーともうひとりのクラッシャーが相手だ」

周囲をうかがいつつ、タロスが応じた。殺気が強く感じられる。だが、タイラーとディックがどこにいるのかは判然としない。おそらく向こうもそうだろう。

「クラッシャーは、クラッシュジャケットを着ている」タロスは言った。

「防弾耐熱の服だ。命中しても倒したとは思うなよ」

「わかってる」

マージはうなずいた。マージは通常の黒いスペースジャケットを身につけていた。これにはクラッシュジャケットのような機能はない。

「狙うなら頭だ。首から上が飛んだら、間違いなく死んでいる」

「あなたには、それも通用しないみたいね」

「冗談がでるくらいなら、気にすることたあねえな」

「気にしてほしいわ」

横目でマージはタロスを見た。柄にもなくタロスは赤くなった。

「ねえ」

「しっ！」

マージが何か言おうとするのを、タロスは制した。タロスの人造でない部分の皮膚が粟立《あわだ》っている。危険が、それも重大な危険が近づきつつある。

かすかな音がした。

ほとんど聞きとれるはずのない音だったが、サイボーグ化されたタロスの耳は、その音を聞き逃さなかった。

「走れ！」

マージの耳もとに囁《ささや》いた。そして、ついでにマージを押しだした。

タロスは床に転がった。

たったいままで、ふたりがいた場所にレーザーの光条が殺到した。

転がりながら、タロスはレーザーライフルを乱射した。

床がひらいた。

中から、タイラーとディックが飛びだした。

「そういう仕掛けか」

タロスはうなった。床下に隠し通路があるらしい。

タイラーとディックは、左右に分かれた。どちらも武器はレーザーライフルだ。これはタロスとマージも同じである。

タロスは、タイラーの出鼻を叩こうとした。場所は広くないホールで、柱が多い。何か重要な装置がこの上にあるのだろう。その重量を支えるために柱が多い。柱は小人数でのコンバットにもってこいの小道具となった。

影が柱からでた。タロスはパルス撃ちでレーザーを一連射した。違う、という声が頭のどこかで響いた。違うのは、相手だ。タイラーではない。もうひとりのほうだ。タロスはディックを知らない。だが、タイラーのチームでタイラーより腕が立つやつがいるはずがない。タロスがもうひとりのほうを相手にするとなると、必然的にマージはタイラーということになる。

「やばいぜ」

タロスは呻いた。が、とにかくこの相手を倒さないことには、マージを助けにいけない。

マージは、互角に戦っていた。なんといっても名にしおうアマゾナスのトップ・ソルジャーだ。クラッシャーのチームリーダーが相手でも、ひけはとらない。銃がある限り、男女の体力差も無視できる。ハンディにはならない。かえって、相手が女と思って甘くみたら、それが有利に働く。

しかし、タイラーは何も考えていなかった。これはディックも同じである。ヒュプノで思考能力がないのだ。タイラーたちのヒュプノは、マージのときよりも念入りにかけられていた。タイラーには戦闘以外の自主判断能力は、完全に失われている。機械と呼ぶのなら、これほど適切な呼称はない。タイラーはいま、人を殺すための機械であった。機械は身を捨てて相手を引きずりだすのが、最良の手段であるという結論をだした。

タイラーが柱からでた。

間髪を容《い》れずにマージはレーザーライフルを突きだした。

エネルギービームがタイラーの胸を灼いた。タイラーは声もあげずに、その熱に耐えた。タロスなら反射的に頭部を狙っただろう。しかし、マージは胸を撃ってしまった。

タイラーは火傷を負ったが、それは致命傷でもなんでもなかった。

タイラーは一瞬にして有利なポジションを得た。

マージは絶望の悲鳴をあげた。

その声をタロスは苦闘のさなかに聞いた。

ディックは予想以上に手強かった。死を恐れぬヒュプノは、セオリーを無視して反撃してくる。タロスは二度ほどディックのからだを灼いたが、タロスも三度あまり、からだを灼かれた。幸いサイボーグのタロスは、火傷を負わない。にしても、五分以下というのが、タロスは気分が悪かった。

こいつは奥の手でやるか。

マージの身を案じて、タロスは決着を急いだ。

レーザーライフルをディックに向けた。

ディックが撃ち返した。レーザーライフルが真っ赤に灼けた。タロスはレーザーライフルを捨てて、左手首をはずした。

ダメージを受けたかのように、前のめりに転がる。

つられてディックがでてきた。

左腕の機銃を連射した。顔面を砕かれ、ディックは五メートル近く吹き飛んだ。血と脳漿が激しく飛び散った。レーザーライフルが床に落ちて、乾いた音を立てた。

タロスはきびすを返した。左手首をもとに戻し、腰のホルスターからレイガンを引き抜いた。

マージとタイラーは、すぐ近くにいた。

マージはレーザーライフルを失っていた。タロス同様、ビームに灼かれたらしい。マージはタイラーの銃口を眼前に見ている。

タロスは、わざと叫んだ。

「マージ！」

タイラーが振り向いた。

その隙をマージは見逃さなかった。飛びつき、レーザーライフルを奪おうとした。レーザーライフルは、床に転がった。

素手の格闘になった。短い格闘だった。体力差がはっきりとでた。マージは殴られ、蹴られた。タロスが助けるひまもない。タイラーはレーザーライフルを拾った。

「野郎！」

タロスはレイガンでタイラーを撃った。仲間だとか、後輩だとかいう意識は消えていた。タイラーはマージを殴った。それは、絶対に許せない。

タイラーは上体をひねった。ひねりざまにレーザーライフルの銃口をタロスに向けた。

タロスとタイラーの目が合った。タイラーの目は人間の目ではなかった。少なくとも、タロスにはそう見えた。意志を失った機械の双眸が、タロスをじっと凝視していた。

タロスはいま一度、レイガンのトリガーを絞った。タイラーも、タロスを撃った。

タイラーの額に丸い穴があいた。レーザーライフルの光線はタロスの腕から胸を灼いた。

タイラーは一回転しつつ、レーザーライフルを撃ちつづけた。その光線が、床に倒れ伏したマージの背中をもななめに灼いた。タロスはひっくり返った。タイラーは頭から床に落ちた。鈍い音がした。

すでに倒れていたマージは、わずかに、びくんとからだを震わせただけだった。

すぐに、タロスは跳《は》ね起きた。

マージに駆け寄った。

「マージ！」

うろたえ、あせってマージを抱き起こした。

「タロス」

マージには、まだ息があった。か細い、絶え絶えの息だったが、それでも声になった。

「マージ、死ぬな！　なんとかしろ」

タロスは怒鳴った。

マージは薄く微笑んだ。

「ちくしょう。なんだ。ちくしょう」

タロスは咆《ほ》える以外に何もできない。

「タロス、さよなら」

マージが目を閉じた。呼吸が止まった。すうっと力が失せ、細い首が、こくりと前に落ちた。

「マージ！」

　タロスはマージの上体を揺すぶった。そんなことをしても無駄とはわかっていたが、それでも揺すぶった。

「マージ！　ちくしょう」

　タロスは怒鳴り、わめいた。涙はでなかった。タロスは泣かない。何があっても、泣かない。

　マージのからだを、そっと床に横たえた。

　怒りが膨《ふく》れあがった。タロスの巨体がはちきれんばかりの激しい怒りだ。両の拳を、色が白くなるほど固く握った。その拳が、ぶるぶると震えた。

　震えは肩から全身へと広がっていく。

「ぶち殺す！　何もかもぶち殺す」

　吐き捨てるように言った。

　けたたましい音が響いた。

　銃撃音と爆発音と足音が、ごちゃごちゃに入り交じっている。

　金属を叩きつけるような音を撒《ま》き散らして、誰かがこちらへと転がってきた。

「タロス！」

　声がした。リッキーの声だった。

「仲間か？」

イトウの声も聞こえた。

「タロス」

小型バズーカをかかえたリッキーが、素早く走りこんできた。

リッキーはタロスを見た。タロスは床に倒れたマージを前にすわりこんでいる。リッキーは息を呑んだ。

「どうした？」

イトウもきた。

「マージが」

リッキーは言った。

「やられたのか？」

イトウの表情がこわばった。

「リッキー！」

タロスが立ちあがった。振り返り、リッキーを見た。その形相に、リッキーは震えあがった。かつてない恐ろしい顔をタロスはしている。

「リッキー！」タロスは、もう一度言った。

「そっちはどうなっている？」

「あっちはだめだ」答えるリッキーの声は、タロスに対する恐怖で途切れがちになる。

「陣地をつくって防戦したんだけど、破られちまった。だから、こっちへきた」

「ガレオンと合流しよう」イトウが言った。

「ばらばらだと、いつか追いつめられる」

「わかった」タロスは言った。

「なんでもやってやる。ひとり残らずぶち殺して、屍体の山をつくってやる！」

「ひい」

リッキーはイトウにすがりついた。

「行くぞ、てめえら！　ガレオンは上からくる」

「は、はい」

ふたりはおどおどと返事をした。


ガレオンは抵抗らしい抵抗に出合わなかった。

城の各階を破壊しつつ、下へと降りていった。たまにアマゾナスやシレイア国軍の兵士と砲火を交えたが、どれも長くはつづかなかった。エスパーのほうは明らかに数を減じていた。

一階に達した。この城はピラミッド状になっているので、階を下るごとにフロアの面積は広くなっていく。

一階は広々としていた。柱でいくつかの区画に分けられている感じだった。

ガレオンはフロアの真ん中を堂々と進んだ。行手を阻む者がいるとは思えなくなっている。

だが、それは存在した。

大ホールの中に侵入したときだった。

ホールの正面に高い段があり、そこに白いローブをまとったひとりの少年が立っていた。

美しい少年だった。まるで白亜の彫像かとさえ思われた。

その少年の顔を、ジョウは片時も忘れたことがない。その少年は前に会ったときは、天使の顔をした悪魔だった。

いま、その少年は悪魔から魔王へと成長していた。

「クリス」

ジョウはつぶやいた。スクリーンに映るクリスは、まぶしいほどに輝いている。

「これがクリスか」

バードは茫然としていた。はじめて見るクリスに目を奪われた。これが悪魔？　これが人類の敵？　その目はそう問いかけている。

「ここまできたか、ジョウ」

クリスが言った。二百メートル以上離れているのに、その声は壁に反響して、むしろうるさいほどであった。しかし、いくらうるさくても、そのすずやかな声は、内容さえ気にしなければ、耳に心地よい。

「アルフィンは、どこだ？」

ジョウは訊いた。ガレオンのシステムがその声を増幅し、ジョウの声は、クリスの声以上に長くホールに反響《こだま》した。

4

「ここに、アルフィンはいない」クリスは言った。

「会いたくば、わたしを倒すがいい」

「望みどおりにしてやる」

ジョウは、トリガーレバーを握った。照準をつけるのももどかしく、ボタンを押した。電磁砲の光条が、クリスを襲った。クリスのからだが、ひらりと宙に舞った。テラスが爆発し、砕け散った。

ジョウはガレオンの出力を全開にした。

ガレオンがクリスを追って突進していく。

クリスは白い妖精のごとく、宙空に躍る。

緑色の螺旋ビームが、もどかしく走り、クリスを捉えようとした。そのたびに光線は壁を灼き、ホールを破壊する。

崩れた壁が降ってきた。

クリスは笑っている。

光線がかすりもしないのに、崩れる壁がでてきた。クリスが念で砕いている。

「いかん！」

バードが叫んだ。

クリスはガレオンを瓦礫の下敷きにしようと狙っている。それがわかった。

クリスが宙を舞いながら、両の手を優美に振った。

天井がいちどきに落ちてきた。

大量の瓦礫がガレオンを直撃した。クリスの笑い声が、崩れる音に重なった。

ガレオンがつぶれた。エンジンをやられ、主砲も折れた。車体はその半分が瓦礫に埋まった。

クリスがホールから笑いながら去っていく。

「ちくしょう」

ジョウはわめき、ガレオンのハッチを手荒くあけた。

クラッシュパックを背負って飛びだした。手には愛用の無反動ライフルを握っている。

バードも、レーザーライフルを手にして、車外にでた。

「どういうつもりだ、あいつは」

バードはかぶりを振った。クリスの意図が読めない。

「バード！」

ジョウが叫んだ。

「なんです？」

「反応がある。アルフィンのクラッシュジャケットだ」

「え？」

ジョウは左手首の通信機を示した。そこについているメーターが、アルフィンのクラッシュジャケットからでている特殊な熱波に反応して数字を表示している。

「どっちです？」

バードは訊いた。

「あっちだ」

ジョウはクリスの去った方角を指差した。

「行きますか？」

「当然だ」

ジョウはもう駆けだしている。

「罠《わな》ってことを考えてねえな」

ぼやきながら、バードもそのあとにつづいた。

ホールの向こうは、またホールだった。

ただし、今度はずうっと規模が小さい。

中に入るやいなや、攻撃を受けた。アマゾナスの集団だった。

ジョウはライフルを連射した。バードもレーザーライフルで応戦した。

「何人いる？」

ジョウはバードに訊いた。

「ざっと十人」

ジョウは手榴弾をだした。ピンを抜き、投げた。

「一掃してやる」

爆発した。

アマゾナスは半分になった。

ジョウは瓦礫のくぼみから飛びだした。

一気に勝負をかけた。

レーザーが二、三度、腕や足を擦過したが、ひるまなかった。

二連射で、五人のアマゾナスを撃ち倒した。

「アルフィンがからむと、むちゃくちゃだね」バードは肩をすくめ、あきれた。「おやっさんがユリア姐《ねえ》さんを救ったときのことを思いだすよ」

「アルフィン！」

とつぜん、ジョウが叫んだ。

バードはぎょっとなった。

アルフィンがいた。

このホールにも高い段があり、そこに玉座とおぼしき椅子がしつらえてある。アルフィンはレースのドレスを着て、その玉座に腰を降ろしていた。

「アルフィン！」

ジョウは我を忘れた。

手を振り、走りだそうとした。

その足もとをエネルギービームが灼いた。

ジョウははっとなって身構えた。

「待つんだ。ジョウ！」

太い声が凛と響いた。タロスの声だった。

ジョウは首をめぐらした。右手の扉が大きくひらき、そこにタロスが立っている。タロスのうしろにはイトウとリッキーの姿も見える。なぜか、マージはいない。

「タロス、何をする？」

ジョウは怒鳴った。声に強い怒りがある。

「ESP波だ！」イトウが前にでた。

「はっきりとでている。あのアルフィンからだ！」

その言葉が終わるか終わらぬうちだった。

椅子にすわるアルフィンが銃を抜いた。小型のレイガンだった。狙いはジョウについている。

あっけにとられて、ジョウは動けない。

光線がほとばしった。アルフィンのレイガンではない。タロスのレーザーライフルだ。

光線はアルフィンの胸を刺し貫いた。

アルフィンの手から銃が落ちた。

顔が波打った。皮膚にしわが寄り、それがざわざわと動いた。

顔が変化した。女だ。しかし、アルフィンとは似ても似つかぬ顔になった。髪も栗色に変わった。

「カメレオン・フェイス」

イトウが言った。

ホールの壁がいっせいにひらいた。扉でないところも、扉のようにひらいた。その奥から、兵士がぞくぞくとでてきた。すべてシレイア国軍の兵士だ。四、五十人はいる。

タロスが左手首をはずした。右手にはレイガンを持っている。リッキーはバズーカ砲を捨て、レーザーライフルに変えた。イトウは二挺レイガンである。

「ひとりで十人だ」

バードがつぶやいた。

「楽なもんだぜ」

硬い声でジョウは言った。いまの罠で、ジョウの怒りは頂点に達している。

いきなり前に進み、ライフルを乱射した。

それが口火になった。

すさまじい撃ち合いがはじまった。

タロスが撃ちまくり、イトウが連射し、リッキーが手榴弾を投げる。バードも右手一本で、撃つ手を止めない。ジョウはといえば、果敢というと聞こえはいいが、無謀にも乱戦を挑んで、あたるを幸い、撃ち倒している。人数の差は問題ではない。とにかく倒すというはっきりとした意志が、ジョウたちにはあった。

たちまち、三十人あまりが戦闘能力を失った。残る二十人は、バリケードを築いてそこから撃ってくる。

　バードがやられた。

　プラスチック・ギプスごと、左腕を灼かれた。プラスチック・ギプスが、かえって仇になった。熱をあびて、融けたギプスが腕に食いこんだ。バードは激痛にのたうちまわった。

　リッキーが素早く駆け寄り、カバーに入った。つづいて、タロスも援護にきた。

「うあああああ」

　さしものバードも悲鳴をあげている。

「ジョウ！」

　イトウがジョウを呼んだ。イトウは柱の蔭から蔭をまわって、いつの間にか、偽《にせ》アルフィンのいた玉座のうしろに入りこんでいる。そこは位置が高いので、狙うによく、隠れるのによい。そこからイトウはジョウを呼んだ。

「俺はこっちでいい」

　下の一角から、ジョウは答えた。

「そうじゃない」イトウは言った。

「この玉座のうしろの壁に強いＥＳＰ反応がある。向こうに何かあるぞ」

「なに？」

ジョウの顔色が変わった。

ジョウはタロスを見た。タロスは、行け、と手を振っている。

柱を伝って玉座の位置まで登った。イトウとタロスが援護してくれた。

「ここだ！　ここの壁だ」

玉座の真うしろの壁をイトウは指し示した。

「どいてろ」

ジョウは上着からアートフラッシュを引きはがし、投げた。壁が爆発的に燃えあがった。

炎が、壁に穴を穿《うが》った。

熱を我慢して、ジョウは穴の中を覗きこんだ。穴の奥に階段がつづいている。

「すごい反応だ！」

イトウがESP波検知器を見せた。数字がマックスに達している。

「この向こうが〈ヴァルハラ〉の制御ホールだ」

ジョウは言った。

「わたしは行く」

イトウが宣言した。

「もちろん俺も行く」

ジョウは玉座まで戻り、手信号で状況を伝えた。タロスが指で丸をつくり、オッケイと答えた。

「行くぜ、教授！」

ジョウは言った。

「ああ」

イトウは強くうなずいた。

階段が終わると、長い通路があった。狭い通路だった。ふたりが並ぶと窮屈《きゅうくつ》になる。どれくらい、その狭い通路を進んだことだろう。その通路を抜けると、不思議な闇があった。

闇は薄く、霧に似ていたが、それは、やはり闇としか呼べない代物で、ジョウはしばし目が慣れるのを待たねばならなかった。

闇の中から、声が聞こえてくる。

うなりとも叫びともつかぬ奇妙な声だ。低くいつまでもつづき、人を不安に陥れるような抑揚がついている。それは、大会堂での祈りの合唱に似ており、ジョウは以前耳にした暗黒邪神教の呪文の声を連想した。

「不気味この上ない声だ」イトウが言った。

「これはいったいなんなのだ」

「わからない」

ジョウは素っ気なく言った。だが、そう答える必要もなかった。声の正体はほどなく割れた。

闇の広がりの中に、人の頭部が浮かんだ。

頭部はジョウたちが立つ位置よりもずっと下にあった。ひとつではない。無数の頭が眼下にある。ちょうどプールのように矩形《くけい》に切られた部分があって、そこに人がひしめいているという感じだ。これもまた、この城に多い巨大ホールの一種なのだろう。ひしめく人びとは、二千人ほどいた。二千人が、一段低くなった矩形のホールに集まり、なにごとか言葉を唱え、念を凝らしている。

「〈ヴァルハラ〉の制御ホールだ」

ジョウが言った。

「わかるのか、これが？」

「こいつらが〈ヴァルハラ〉を支えているんだ。間違いない。暗黒邪神教の洞窟を思いださせる」

「そのとおり」

声が降ってきた。クリスの声だった。ジョウは首をめぐらし、クリスの姿を求めた。

頭上、かなりの高みに、クリスの姿はあった。クリスはひときわ濃い闇の中にいた。闇はそこだけが丸く、色濃くなっていた。闇の中に立つクリスは白いローブが鮮やかに映え、美しさがいやが応にも増している。

「これは〈ヴァルハラ〉の制御ホールだ」クリスは言った。

「この中に、二千人のエスパーがトランス状態でひしめいている。かれらに具体的な意識はない。しいていえば、かれらは夢を見ている。ひとり残らず、かれらを救う〈ヴァルハラ〉の夢を見ている」

「幻の夢だ！」

ジョウは決めつけた。

「幻ではない」クリスはかぶりを振った。

「〈ヴァルハラ〉は存在する。かれらの心の中にも、現実にも」

「すごい！」イトウが言った。ひどく昂奮している。

「すごいぞ。これほどのＥＳＰ値ははじめてだ。なんというすばらしさ。なんという可能性」

「おまえがイトウか？」

クリスが訊いた。

「そうだ。わたしがプロフェッサー・イトウだ」

　イトウは胸を張った。

「〈ヴァルハラ〉のことを知りたいのか？」

「知りたい。〈ヴァルハラ〉はどうやって実体を形成している？」

「〈ヴァルハラ〉はファンタズム・プラネット。純粋に精神力だけで生まれた、エネルギーの惑星だ」

「………………」

「実体はあるが、それはまた虚体でもある。最初は亜空間に生まれ、その存在を願うかれらの念がひとつに合致したとき、亜空間と通常空間の狭間に定着した。いまの〈ヴァルハラ〉は自由にわたしの意志に反応し、通常空間と亜空間を移動する。通常空間にあってはプラズマの嵐を起こし、ありとあらゆる物質をその中に吸収して成長をつづける」

「そんなものが、人間の思念だけで生みだせるのか？」

「答えは可だ。二千人の同志がおのれを捨てて奉仕したとき、〈ヴァルハラ〉の誕生は確実なものとなった。われわれの力に限りはない」

「おお」

　イトウの表情が、恍惚《こうこつ》状態のそれに変わった。

5

「新しき銀河系の支配者であるわれわれが生みだしたこの〈ヴァルハラ〉により、旧人類はほどなくその終焉《しゅうえん》を迎える」クリスは言葉をつづけた。「〈ヴァルハラ〉は星を呑み、人を呑み、物質のすべてを呑みこむ。そして、そこにあらたに、われら新人類の文明が築かれていく。〈ヴァルハラ〉は永遠だ。不滅の力をもって、われらの輝ける象徴となる」

「相変わらず、演説だけはうまいな。クリス」ジョウが言った。

「さすがは政治家あがりだ。誰もが感服する」

「おまえはひねくれ者だな。クラッシャージョウ」

クリスは苦笑した。

「俺はいまから、ここにいる二千人のエスパーをひとりずつ殺す。それで〈ヴァルハラ〉は終わりだ」

「馬鹿を言うな」いきなり、イトウが色をなした。

「かれらは奇跡を呼んだのだ。野蛮なマネをかれらにしてはいけない」

「止めるな。イトウ」クリスは言った。

「〈ヴァルハラ〉はすでに生まれ、定着した。もはや消えることはない。たとえかれらを射殺したとしても、それは変わらない。いま、かれらは〈ヴァルハラ〉の夢を見ているだけだ。〈ヴァルハラ〉を支える作業はすでに終わった」

「廃人だというのか。こいつらが」

ジョウの表情が曇った。

「かれらは奉仕したのだ。〈ヴァルハラ〉にその力のすべてを捧げた。それだけだ」

「きさま！」

「ところで、ジョウ」クリスは、口調をあらためた。

「おまえは〈ヴァルハラ〉を見たいとは思わないかね？」

「〈ヴァルハラ〉など、どうでもいい！」ジョウは声を荒らげた。

「アルフィンはどこだ。アルフィンを返せ」

「アルフィンか」クリスは楽しげに笑った。

「彼女は〈ヴァルハラ〉にいる」

「なんだと？」

「だから、わたしはおまえを〈ヴァルハラ〉に誘っている。きたまえ、〈ヴァルハラ〉に」

「わたしは行くぞ！」

イトウが進みでた。

「残念ながらプロフェッサー、あなたはお呼びできない」

「なぜだ？」

「わたしが必要としない人だからだ」

「ジョウはいいのか？」

「ジョウには、ぜひきてもらわねばならない」

「わたしも、連れていけ！」イトウはレイガンを構えた。

「頼む、連れていってくれ。わたしは〈ヴァルハラ〉を見たい。ＥＳＰがつくった究極の産物をわたしはこの目で見たい」

「聞きわけのない方だ」

ひゅう、と甲高い音がした。

左上方からだった。直径一メートル強の巨岩がどこからか飛んできた。

巨岩は、イトウをめざしていた。

避けられるタイミングではなかった。巨岩はほとんど真正面から、イトウを直撃した。

血にまみれ、イトウは床に叩きつけられた。顔面が砕け、首が九十度、ねじ曲がった。

倒れたイトウの瞳孔が大きくひらいている。

即死だ。

「教授！」

ジョウはイトウのもとに駆け寄った。悲鳴すらあがらなかった。いきなり弾き飛ばされ、それきりだった。ジョウはイトウの上にかがみこみ、激しくかぶりを振った。

「ブレーカーなど無力だ」

クリスが言った。

「なぜ殺《や》った？」

低い声で、ジョウは訊いた。

「最初から殺すつもりだったのだ」冷ややかにクリスは言った。

「イトウは旧人類で、邪魔な男で、そして、騒がしい男だった。殺す理由は十分にある」

「きさま」

ジョウは立ちあがり、クリスを睨みつけた。

「きたまえ、ジョウ。〈ヴァルハラ〉に」クリスは言う。

「アルフィンに会いたいのだろ」

「………………」

ジョウは無言で、クリスのもとに行く道を探した。すぐ近くに、闇へ伸びる階段があった。

倒れたイトウをちらと振り返り、ジョウは歩きだした。〈ヴァルハラ〉など見たくもない。ただ、アルフィンのことだけが頭にある。だから、この階段を登る。

ジョウは一度ひらききったイトウの瞳孔が、また閉じはじめているのに気づかなかった。

それは、クリスも同じだった。


階段を登りきった。

そのいただきで、クリスはジョウを待っていた。背後に丸い闇がある。

ジョウは敵意をあらわにして、クリスへと近づいていった。

ふうっと吸いこまれるような感覚があった。

歩いても歩いてもクリスは近づかない。かわりに、丸い闇だけが大きく広がっていく。

意識が浮遊するのが感じられた。それは混濁によく似た感覚だった。

気がつくと、周囲は光に満ち満ちている。

足は、地についてなかった。光の上に浮いている。いや、光の中というべきか。頭上も、右手も、正面も、左手も、ジョウの肉体のすべてが、さまざまな色の光の乱舞に包まれていた。ジョウはふとワープボウを思いだした。色はこちらのほうが少し淡い。

そして、ジョウの正面にある白い光の中に、クリスとアルフィンがいた。アルフィンはクラッシュジャケットを着ており、目がうつろだった。

「アルフィン」

ジョウはそっと声をかけた。

「…………」

答えはない。

「ここがどこか、わかるかね。ジョウ」

クリスが尋ねた。

「…………」

ジョウは口をひらかない。

「ここが、〈ヴァルハラ〉の中心だ」クリスは一方的に説明した。

「光はすべてエネルギーだ。なんと力に満ちあふれたうるわしい世界だろう」

「…………」

「ここには時間《とき》がない。永遠のみがある。時空の狭間に浮く〈ヴァルハラ〉にあるのは、光だけだ。ここでわたしは、旧人類が滅んでいくさまを見る。そう。かつて神々が、ヴァルハラの広間で酒宴をひらいて、その日を待っていたときのように」

「…………」

「見ろ、ジョウ！」

　クリスは、あごをしゃくった。

　言われたほうを、ジョウは見た。

　光の先に宇宙船があった。連合宇宙軍の戦艦だった。二千メートルはあろうかと思われる巨艦だ。

「あれは、連合宇宙軍の〈アキツシマ〉だ。対エスパー同盟の手先となってここへきたところを、わたしが拿捕《だほ》した。いまは、わたしの船だ。他の船は〈ヴァルハラ〉が呑みこんだ。〈アキツシマ〉はディランの衛星軌道にいる。わたしに不可能はもはやない。連合宇宙軍の矜持も、瞬時にして、わたしは踏みにじることができる」

「…………」

「わたしは、アルフィンを返さない」

「！」

「アルフィンは、わたしがいただく」

「返せ！」

　ジョウはライフルを構えた。

「無駄だ」

　クリスは首を横に振った。

　ジョウはトリガーボタンを押した。撃鉄が空打ちする乾いた金属音が響いた。

「ここでは武器は用をなさない。すべてのエネルギーが〈ヴァルハラ〉のものとなる。だから……」

クリスは、ジョウの腰に向かって指を伸ばした。ジョウの腰のベルトに装着してあったブレーカーの箱が、ひとりでに外れた。ブレーカーは宙に浮き、そこでくしゃくしゃとつぶれて丸くなった。

「ブレーカーも、このとおりだ。なんの役にも立たない。ここは精神の世界。生体エネルギーと思念のみが力を持つ。むろん、力があればの話だが」

いきなり、ジョウは殴り倒された。倒されたといっても宙に浮いているので、天地や上下はない。あごが腫れ、ひっくり返った。

「まだだ」

クリスは言った。クリスは何もしていない。笑っているだけだ。

今度は右頬を張りとばされた。つぎに左の頬も。

殴打は、二撃三撃と繰り返された。思念が拳となってジョウを殴っている。

唇が切れた。鼻血もでた。

ジョウの顔面は、鮮血にまみれた。アルフィンはうつろにひらいた目で、じっとそれを見ている。しかしなんの反応も示しはしない。

ジョウはぐったりとなった。

「痛いか？　それとも、たいしたことないかな？」

「…………」

「わたしは殺そうと思えば、いますぐにでもおまえを殺すことができる。もっとも殺しはしないがね。痛めつけるだけだ。これまでの恨みをこめて。おまえには人類が滅ぶさまを見せてやろう。思念に力を持たないおまえは、永久にここからでることがかなわない。ここにいて、人類がいかに無力であるかを、最後の人類として見届けるのだ。それが、おまえのつとめになった。まもなく〈ヴァルハラ〉は最初の星を呑みこむ。恒星も惑星も一緒だ。むろん、そこには植民地がある。かれらは何が起こったのかも知らず、一瞬にして滅んでいく」

「殺せ！」顔が腫れあがっているため、くぐもった声でジョウは叫んだ。

「殺せ。アルフィンと一緒に俺を殺せ」

ジョウは動いた。ありったけの力を振り絞って体勢を立て直し、クリスにつかみかかろうとした。

クリスは、それをなんなくかわした。

「おまえは本当に恐ろしい」クリスは言った。

「前のときもそうだった。動けるはずのないおまえが、なぜか動いてわたしをおびやかす。それとも、わたしが甘すぎるのかな」

クリスはあらたに念をこめた。念の打撃が、またジョウの顔面で炸裂《さくれつ》しようとした。その念が、止まった。

クリスは驚愕した。それは、あってはならぬことだった。

もう一度、やろうとした。だが、今度は、念そのものが力にならなかった。

クリスの顔から血の気が引いた。

ジョウとクリスとの間に、すうっとひとつの影があらわれた。

クリスは息を呑んだ。

影は形になった。人の姿だった。

プロフェッサー・イトウが、クリスの前に立ちはだかった。

「イトウ」

クリスの目が、丸く見ひらかれた。信じられないものをクリスは見ていた。イトウはさっき、クリスの放った巨岩の直撃を受け、血に染まって即死したはずだ。

「なぜだ？　イトウ」

クリスは、怯えた。怯えを知らぬ魔王が、恐怖にかられて一歩、後方に退いた。

「教授」

ジョウもイトウを見た。かれの目の前にあらわれたのは、まぎれもなくあのプロフェッサー・イトウだ。砕かれたはずの顔面には傷ひとつなく、瞳には生き生きとした光が強く宿っている。

「残念だな」別人のように張りのある声で、イトウは言った。「わしはイトウであって、イトウではない。そう、おまえがクリスであって、クリスでないように」

「まさか」

その正体にクリスは思いあたった。

「また会えたな、クリス」イトウは穏やかに言った。「わしは、おまえの推察どおり、オーティスだ」

「！」

「生まれ変わり《リインカーネーション》は、おまえだけのものではない。わしにもまた、それは可能だった」

「ううう」

「わしには赤児を探す時間がなかった。そこで、絶命したイトウのからだを借りることにした。イトウは、そのたぐいまれな発想の頭脳をみてもわかるように、偉大なＥＳＰだ。それゆえに、マージのヒュプノも鮮やかに解いた。本人もおまえも気づいてはいなかったが」

「………」

クリスは唇を嚙んだ。双眸《そうぼう》に憎悪の炎が、暗く湧きあがった。

6

「ジョウ！」

ふいにイトウはうしろを振り返った。

「はい」

ジョウは思わず少年のように素直な返事をした。

「アルフィンを抱け」

「え？」

「アルフィンを抱け。早く」

「は、はい！」

「クリスは動けない」

ジョウはあわてて動いた。宙を漂い、アルフィンに接近して、そのからだをそおっと抱いた。

「もっと強く！」

「はい」

ジョウは、アルフィンを抱く腕に力をこめた。

「おのれ」

クリスが呻いた。必死で念をこめようとしている。

「よせ、無駄だ。もはやおまえは無力だ。わしの力とイトウの力がひとつになったとき、おまえは力を失った」

「……………」

「ジョウ」

「はい」

「あとを頼む。あの不幸なエスパーたちを解き放ってくれ」

「あなたは？」

「わしはいい。わしはクリスとともに人類から遠く離れる。それが、わしの宿命だ」

「じゃあ……」

「ジョウ。さらばだ」

ふっと吸いこまれるような感覚がジョウを捉えた。一瞬、気が遠くなり、またすぐに意識は戻った。

ジョウは制御ホールの脇にいた。

眼下には念を凝らし、呪文を唱えている二千人のエスパーがいる。ジョウはあたりを見渡した。イトウの屍体がない。

「あら」

いきなり声がした。ジョウの腕の中だった。

「やだ。ジョウ。何してんの？」

そう言われた。

アルフィンが意識を戻している。我に返っている。

「あ、いや」

あわててジョウは腕を離した。アルフィンはしっかりと二本の足で床の上に立っている。

「どうしたの、これ。あたし、何してたの。あーん、何もわかんない！」

アルフィンは、けたたましくわめいた。

「どうって、その……あっ！」

ジョウの表情がこわばった。

アルフィンは背後を振り返った。その表情もまた硬くなった。

ホールの上方、広々とした空間に〈ヴァルハラ〉があらわれた。それは映像だった。

その表面にプラズマ流が荒れ狂う〈ヴァルハラ〉の凶々《まがまが》しい姿だ。

そして、オーティスの声がホール全体に重々しく響き渡った。

「目覚めよ。わが同志」

「クリスは、もはやこの世界に帰らない」

「〈ヴァルハラ〉は亜空間に戻り、永遠の旅につく」

「目覚めよ。同志たち」

「夢は、もう終わった」

どよめきが起きた。二千人のどよめきだ。呪文《じゅもん》が消え、瞑想は完全に破られた。二千人のエスパーたちが、つぎつぎと身を起こす。そして、ほうけた表情で、周囲を見まわしている。

ジョウとアルフィンは、ただ凝然《ぎょうぜん》と立ち尽くすのみ。

「ジョウ！」

「アルフィン！」

どこかから、声が飛んできた。タロスとリッキーの声だ。

ふたりは首をめぐらした。

武器をかかえたタロスとリッキーが、ホールの端にいる。

「どういうことだ、これは？」

ふたりが、ジョウとアルフィンのもとに走ってきた。タロスが目を剝いている。

「アルフィンがいて、ジョウの顔がひどく腫れあがってる。ジョウ、アルフィンにぶたれたのかい？」

リッキーが訊いた。

「いや。違う」

ジョウは片手で頬を押さえた。

「教授はどこです？　プロフェッサー・イトウは」

タロスがあたりを探した。

「教授はいない」

「どこ、行ったんです。ああ、じれったい。ジョウ、武器はあります。クリスをやっつけましょう。どこにいるんだ。あのくそガキは！」

「クリスもいない」

「いないって、ジョウ。しっかりしてください。クリスの手から、アルフィンを救いだしたんでしょ？」

「なんで、あたしが救いだされるの？」

アルフィンがむっとして、訊いた。記憶が欠落しているらしい。なぜ、ここにいるのか、彼女にはわかっていない。

「なんだ、こりゃ、めちゃくちゃになってるじゃないか！」

タロスは頭をかかえた。

「んもう。ぜんぜんしまんねえなあ！」

いらついて、リッキーは足を踏み鳴らした。

そこへ二千人のエスパーが下からホールへとあがってきた。

大混乱になった。


だしぬけに意識が戻ってきた。

目覚めると、ふたつの顔がアドキッセン中将を上から覗きこんでいた。

ひとつは副官のスニーター少佐の顔で、いまひとつは、医師の顔だった。よく見ると、スニーターは医師の額にレイガンを突きつけている。

「穏やかでないことをやっとるな」

目覚めたアドキッセン中将の第一声は、それだった。

「提督、ご無事でよかった」

スニーターは、それだけ言って涙ぐんだ。

「はて、どうして寝ていたのだろう」

中将は、あやふやになっている記憶をしばしまさぐってみた。

すぐに記憶は正常に戻った。

「すると、この医師も仲間だったのか?」

中将はスニーターに訊いた。

「はっ！　様子がおかしかったので、レイガンを持ちだしたところ、すべて白状いたしました」

敬礼して、スニーターは答えた。

「まったく、誰も信用できない船になっておる」

「それどころではありません。提督閣下」

スニーターはうわずった声で言った。

「メインブリッジをガイゲルに占拠されたままなのか？」

「そんな生やさしい状態ではありません」

「わかった。命令だ。状況を説明したまえ」

中将は言った。副官は、これまでに起きたことを細かく語った。戦闘の準備、クリスの出現、ガイゲルの死、そして僚艦の遭難。

〈アキツシマ〉を残して艦隊が全滅したと聞き、中将の表情が暗く翳った。そのことだけは、耳にしたくなかった。

「それで、本艦はどういうことになっている？」

しばしの間を置き、口調をあらためてから、中将は訊いた。

「ディランの衛星軌道上に運ばれ、現在そこで周回を重ねております」

「ふむ」

ん」

「メインコンピュータが作動しておりませんので、われわれにはどうしようもありませ
「くやしがるな。相手があまりにも強大な力を有していたということだ」

中将は部下をなぐさめた。

「ところで、わしの容体はどうなのかね」

今度はレイガンを突きつけられている医師に向かって、尋ねた。

「極めて正常です」医師は肩をすくめて、言った。

「薬剤の影響はすべて排除されています。副作用もみられません」

「では、退院してもいいのかな」

「いつでも、どうぞ」

「助かった」

中将はベッドから起きあがった。着替える時間も惜しいので、パジャマの上にガウンを羽織った。履物は、サンダルである。

「どちらへ行かれます？」

スニーターが訊いた。

「メインブリッジだ。様子を見たい」

「医師はどうしましょう。逮捕しますか？」

「ほっときたまえ、船の中じゃ逃げられない。それに逃げる気もないんだろ？」

「はあ、まあ」

医師は、また肩をすくめた。

中将は二、三歩進んで、すこしよろめいた。あわててスニーターが肩を貸した。

メインブリッジに入った。

士官が協力して介抱にあたったらしく、意識が正常に戻っている士官が増えていた。

士官は、提督がパジャマ姿とはいえ戻ってきたので、おおむね安堵《あんど》した。

中将は提督のシートに着いた。ガイゲルの屍体はすでに片づけられている。

メインスクリーンには、惑星ディランと〈アキツシマ〉のたどっている衛星軌道の模式図が入っていた。

「ここから外宇宙を見た映像をメインスクリーンにくれたまえ」

中将は言った。

映像がすぐにきた。

映っている範囲が狭い。

「少し引いてくれ」

映像が変わった。

「もっと広く」

また変わった。

「もっとだな」

かなり広くなった。

「そのまま、ゆっくりと横にパン」

カメラが移動した。

中将は、そのさまをじっと見つめている。

「ん？」

ひっかかるものがあった。

「止めろ！」

パンが停止した。

「右上に寄せてくれ」

中将の指示した位置に、異様な光があった。

光は大きくなりつつある。

どんどん広がって、巨大な円盤型になった。ブリッジのあちこちから「あれだ！」

「〈ヴァルハラ〉だ！」という声があがった。

「〈ヴァルハラ〉って、なんだ？」

「さっきの美少年が関係してるのか？」

メインブリッジが、むやみに騒がしい。

中将は、あえてそれをたしなめなかった。

「あっ！」誰かが叫んだ。

「メインコンピュータが動きだしている」

「なに？」

さらに騒然となった。

「船のコントロールが可能だぞ！」

士官が右に左に動きはじめた。

「チェックを開始しろ」

中将が命令を発した。

「どうされます？」スニーターがきた。

「ディランに海兵隊を降ろされますか？　それともこのまま基地に戻られますか？」

「うーん」

中将はうなった。むずかしいところだ。艦隊は僚艦二十二隻を失っている。その状況で作戦行動を起こしていいものかどうか、迷う。といってこのまま何もせずに帰ったのでは、なんのためにここまできたのかがわからない。なにしろ、何が起きたのかすら定かではないのだ。

返答を保留したまま、中将は三十分近く考えこんだ。

そして、そろそろ結論をだそうと思ったとき。

「入電です!」

通信士が叫んだ。

「相手は?」

スニーターが大声で訊いた。

「クラッシャーです」

「なんだと?」中将はシートの上で飛びあがった。

「クラッシャー?」

問い直した。

「はい!」

「それはジョウというのか?」

「そうです。間違いありません」

「わかった」

中将は大きくうなずき、メインブリッジにいる全士官に向かって言った。

「諸君、すべてを明らかにしてくれる人物が残っていた。われわれは、かれと接触するために、いましばらく、この軌道上に待機する」

「おお！」

という喜びの声があがった。何がどうあれ、真相を知るというのはほっとするものだ。

「閣下、どうぞ」

艦内ボーイがコーヒーを運んできた。

「うむ」

中将はそれを受け取り、クリームを加えて、一口すすった。

どういうことなのだろう。

中将は思った。

結局、わしがくるまでもなかったということか。

いや、そうでもあるまい。

かぶりを振った。

帰ったら大幅な組織変更だ。忙しくなる。

そして、アドキッセン中将は、照れたように苦笑した。

カップがソーサーに当たり、軽やかな音を立てた。

本書は２００２年８月に朝日ソノラマより刊行された改訂版を加筆・修正したものです。

クラッシャージョウ・シリーズ／高千穂遙

連帯惑星ピザンの危機

連帯惑星で起こった反乱に隠された真相をあばくためにジョウのチームが立ち上がった！

撃滅！　宇宙海賊の罠

稀少動物の護送という依頼に、ジョウたちは海賊の襲撃を想定した陽動作戦を展開する。

銀河系最後の秘宝

巨万の富を築いた銀河系最大の富豪の秘密をめぐって「最後の秘宝」の争奪がはじまる！

暗黒邪神教の洞窟

ある少年の捜索を依頼されたジョウは、謎の組織、暗黒邪神教の本部に単身乗り込むが。

銀河帝国への野望

銀河連合首脳会議に出席する連合主席の護衛を依頼されたジョウにあらぬ犯罪の嫌疑が⁉

傑作スペースオペラ

敵は海賊・A級の敵
神林長平

宇宙キャラバン消滅事件を追うラテルチームの前に、野生化したコンピュータが現われる

デス・タイガー・ライジング1 別離の惑星
荻野目悠樹

非情なる戦闘機械と化した男。しかし女は、彼を想いつづけた——SF大河ロマンス開幕

デス・タイガー・ライジング2 追憶の戦場
荻野目悠樹

戦火のアルファ星系最前線で再会したミレとキバをさらなる悲劇が襲う。シリーズ第2弾

デス・タイガー・ライジング3 再会の彼方
荻野目悠樹

泥沼の戦場と化したアル・ヴェルガスを脱出するため、ミレとキバが払った犠牲とは……

デス・タイガー・ライジング4 宿命の回帰
荻野目悠樹

ついに再会を果たしたミレとキバを、故郷で待ち受けるさらに苛酷な運命とは？　完結篇

ダーティペア・シリーズ／高千穂遙

ダーティペアの大冒険

銀河系最強の美少女二人が巻き起こす大活躍大騒動を描いたビジュアル系スペースオペラ

ダーティペアの大逆転

鉱業惑星での事件調査のために派遣されたダーティペアがたどりついた意外な真相とは？

ダーティペアの大乱戦

惑星ドルロイで起こった高級セクソロイド殺しの犯人に迫るダーティペアが見たものは？

ダーティペアの大脱走

銀河随一のお嬢様学校で奇病発生！　ユリとケイは原因究明のために学園に潜入する。

ダーティペア　独裁者の遺産

あの、ユリとケイが帰ってきた！　ムギ誕生の秘密にせまる、ルーキー時代のエピソード

ダーティペア・シリーズ／高千穂遙

ダーティペアの大復活

ユリとケイが冷凍睡眠から目覚めたら大変なことが。宇宙の危機を救え、ダーティペア！

ダーティペアの大征服

ヒロイックファンタジーの世界を実現させたテーマパークに、ユリとケイが潜入捜査だ！

ダーティペアFLASH 1 天使の憂鬱

ユリとケイが邪悪な意志生命体を追って学園に潜入。大人気シリーズが新設定で新登場！

ダーティペアFLASH 2 天使の微笑

学園での特務任務中のユリとケイだが、恒例の修学旅行のさなか、新たな妖魔が出現する

ダーティペアFLASH 3 天使の悪戯

ユリとケイは、飛行訓練中に、船籍不明の戦闘機の襲撃を受け、絶体絶命の大ピンチに！

星界の紋章／森岡浩之

星界の紋章Ⅰ—帝国の王女—

銀河を支配する種族アーヴの侵略がジントの運命を変えた。新世代スペースオペラ開幕！

星界の紋章Ⅱ—ささやかな戦い—

ジントはアーヴ帝国の王女ラフィールと出会う。それは少年と王女の冒険の始まりだった

星界の紋章Ⅲ—異郷への帰還—

不時着した惑星から王女を連れて脱出を図るジント。痛快スペースオペラ、堂々の完結！

星界の紋章ハンドブック

早川書房編集部編

『星界の紋章』アニメ化記念。第一話脚本など、アニメ情報満載のファン必携アイテム。

星界マスターガイドブック

早川書房編集部編

星界シリーズの設定と物語を星界のキャラクターが解説する、銀河一わかりやすい案内書

星界の戦旗／森岡浩之

星界の戦旗Ｉ―絆のかたち―

アーヴ帝国と〈人類統合体〉の激突は、宇宙規模の戦闘へ！『星界の紋章』の続篇開幕。

星界の戦旗II―守るべきもの―

人類統合体を制圧せよ！ラフィールはジントともに、惑星ロブナスIIに向かったが。

星界の戦旗III―家族の食卓―

王女ラフィールと共に、生まれ故郷の惑星マーティンへ向かったジントの驚くべき冒険！

星界の戦旗IV―軋《きし》む時空―

軍へ復帰したラフィールとジント。ふたりが乗り組む襲撃艦が目指す、次なる戦場とは？

星界の戦旗ナビゲーションブック

早川書房編集部編

『紋章』から『戦旗』へ。アニメ星界シリーズの針路を明らかにする！カラー口絵48頁

著者略歴　1951年生，法政大学社会学部卒，作家　著書『ダーティペアの大冒険』『ダーティペアの大復活』『ダーティペアの大征服』（以上早川書房刊）他多数

HM=Hayakawa Mystery
SF=Science Fiction
JA=Japanese Author
NV=Novel
NF=Nonfiction
FT=Fantasy

クラッシャージョウ⑦
美《うつく》しき魔王《まおう》

〈JA956〉

二〇〇九年五月二十日　印刷
二〇〇九年五月二十五日　発行
（定価はカバーに表示してあります）

著者　高《たか》千《ち》穂《ほ》遙《はるか》
発行者　早川浩
印刷者　矢部一憲
発行所　株式会社早川書房
郵便番号　一〇一 - 〇〇四六
東京都千代田区神田多町二ノ二
電話　〇三 - 三二五二 - 三一一一（大代表）
振替　〇〇一六〇 - 三 - 四七七九九
http://www.hayakawa-online.co.jp

乱丁・落丁本は小社制作部宛お送り下さい。
送料小社負担にてお取りかえいたします。

印刷・三松堂印刷株式会社　製本・株式会社明光社

ISBN978-4-15-030956-5 C0193